Andreas Pietzsch

Weil man es zulässt

Kriminalroman

Das Buch

Eine Rechtsanwältin, die in dubiose Geschäfte mit Arbeitsbeschaffungsmaßnahmen verwickelt ist, wird brutal ermordet. Sehr junge Mädchen, meist Nestflüchter, verschwinden spurlos aus dem Stadtbild. Hauptkommissar Arnt Asbach von der Sonderermittlungsgruppe gegen organisierte Kriminalität, kurz KoK genannt, stößt bei seinen Recherchen auf einen Filz aus Korruption, Immobilienschacher, Menschenhandel und Zwangsprostitution. Bei einem Besuch im Rotlichtmilieu Hamburgs gerät er in Lebensgefahr und unter Mordverdacht.

Als er in einer Nacht- und Nebelaktion ein Kinderbordell aushebt und die Herren der Hautevolee an den Pranger stellen will, wird er vom Dienst suspendiert.

Der Autor

Andreas Pietzsch ist gebürtiger Dresdner. Er arbeitete als Chemiearbeiter, Heizer, auf dem Bau und in der Landwirtschaft. Nach dem Studium der Naturwissenschaften wurde er Lehrer.

Die in diesem Roman agierenden Personen sind vom Autor frei erfunden. Ähnlichkeiten mit lebenden oder verstorbenen Personen sind zufällig und nicht beabsichtigt.

CW01507015

Herstellung und Verlag:
BoD – Books on Demand, Norderstedt
ISBN: 9783752893939

Die Frau schwankte leicht. Mit glasigen Augen musterte sie die Autos, die sich in Richtung auf die graue, trostlose Stadt zubewegten. Manchmal hielte eines der Autos. Sie sah auf den ersten Blick, dass es von jenseits der Grenze kam. Die Fahrer steckten den Kopf aus dem Seitenfenster und zeigten auf das blonde, zarte, etwa vierzehnjährige Mädchen mit dem Muttermal an der rechten Halsseite. Das Mädchen verbarg sich dann jedes Mal hinter den schmutzigen Röcken der Frau.

„Wie viel?", fragten die Männer.

Das Mädchen begann am ganzen Körper zu zittern und beruhigte sich erst, wenn die Frau „Ne" sagte und die Autos weiter fuhren. Sie wusste schon lange, was die Männer von ihr wollten. Der Onkel, der seit zwei Jahren bei der Tante wohnte, vermietete sie stundenweise an die Männer in den teuren Autos, die sie Schneckchen, Prinzessin und blondes Mäuschen nannten. Sie schenkten ihr danach oft Schokolade.

Zuerst hatte sie die Männer, die ihren Körper befingerten, gekratzt und gebissen. Daraufhin war es zwischen den Männern und dem Onkel zu heftigen Streiteren gekommen.

Der Onkel sperrte sie in den dunklen, kalten Keller. Ohne etwas zu essen und zu trinken. Sie war sicher gewesen, dass sie im Keller sterben würde. Als der

4

Onkel sie aus dem Keller holte, war sie halb verhungert und fast verdurstet.

Er gab ihr Tee zu trinken. Sie hatte gesehen, dass er etwas aus einem Fläschchen in den Tee tröpfelte. Es war ihr egal. Sie trank den lauwarmen Tee in einem Zug aus. Danach wurde sie sehr müde. Der Onkel zog sie aus und legte sie auf ihr Bett. Dann zog er sich aus und legte sich auf sie.

Es tat ein bisschen weh, was er da machte, aber nicht sehr. Sie hatte ihn von sich runterschieben wollen, aber ihre Arme waren wie gelähmt und so ließ sie ihn machen. Sie erwachte erst am nächsten Tag gegen Mittag. Der Geschmack in ihrem Mund war ekelhaft und ihr tat der Kopf weh. Unten herum fühlte es sich klebrig an.

Periode hatte sie gedacht. Doch auf der Toilette sah sie, dass es kein Blut war.

Von da an hatte sie die Männer nicht mehr gebissen, wenn die sie in ihren Autos mitnahmen und in abgelegenen Orten an ihr herumfummelten und ihren Kopf nach unten drückten. Die Angst vor dem Onkel war größer als der Ekel. Wenn sie nicht nett und freundlich zu den Männern sein würde, käme sie wieder in den Keller, bis sie vermodert wäre, hatte ihr der Onkel gedroht.

Freundlich und nett war sie trotzdem nicht, aber sie ließ es über sich ergehen. Zu Hause putzte sie sich eine halbe Stunde die Zähne und manchmal übergab sie sich.

Vom Onkel bekam sie Schokolade, wenn die Herren mit ihr zufrieden waren und manchmal eine Tasse

Schnaps aus der Flasche, die immer für die Tante bereit stand. Das Zeug war ihr zuerst beinahe wieder hochgekommen und es kratzte wie verrückt im Hals, aber wenn man es runterschluckte, wurde die Welt wieder freundlich und hell.

Gestern hatte ihr der Onkel gesagt, dass sie morgen abgeholt würde und in Deutschland in einem Hotel als Zimmermädchen arbeiten sollte. Der Onkel warf dabei der Tante einen schiefen Blick zu.

Selbst wenn an der Sache etwas faul sein sollte, wäre es wahrscheinlich besser für sie, von diesem Onkel wegzukommen. Sie ekelte sich mehr vor dem stinkenden Onkel als vor den meist sauberen und gut riechenden Männern in den großen Autos von jenseits der Grenze.

Wenn die Tante im Wohnzimmer auf dem alten Sofa volltrunken schnarchte, zerrte sie der Onkel ins Schlafzimmer. Was er da mit ihr machte, war ekelhaft und manchmal tat es richtig weh.

Trotzdem wollte sie eigentlich nicht fort. Sie hatte hier ihre Freundinnen und sie hoffte immer noch, dass eines Tages ihre Mutter kommen und sie mitnehmen würde. Manchmal kam eine Ansichtskarte und manchmal kam auch Geld von ihr aus einer Stadt, die Amsterdam hieß. Auf den Karten stand noch, dass Mutter bald zu Besuch käme und Eliska zu sich holen würde.

Der Onkel machte dann immer eine wegwerfende Handbewegung und sagte: "Die soll nur in ihrem Puff bleiben, Hauptsache, die schickt die Moneten."

Als Eliska sagte, sie wolle nicht nach Deutschland,

zeigte der Onkel nur auf den Keller.

Jetzt standen sie schon über eine Stunde in der gleißenden Sonne an der schmutzigen Straße und warteten. Von weitem sah sie ein großes, dunkles Auto kommen, und als es direkt neben ihnen hielt, zitterten ihre Beine. Das rechte Seitenfenster glitt lautlos nach unten und aus dem Inneren des Wagens dröhnten die Rhythmen eines Sommerhits. Der Mann auf dem Beifahrersitz beugte sich nach vorn, stellte die Musik leiser, sah die Frau an und deutete auf das Mädchen: „Eliska?"

„Ano", sagte die Frau und schob das Kind in Richtung der hinteren Autotür.

Der Mann stieg aus und ergriff die Hand Eliskas. Mit einer fließenden Bewegung riss er die hintere Tür auf, stieß das Mädchen ins Auto und schlug die Tür zu.

Eliska begann zu schreien und versuchte die Tür aufzustoßen. Der Fahrer drehte sich um, verpasste ihr mit der Rückhand einen harten Schlag ins Gesicht und zischte: „Halts Maul, sonst ..." Er hielt Eliska ein langes, gezacktes Messer vor die Augen.

Der Mann, der noch draußen stand, drückte der Frau einen Umschlag in die Hand. Die Frau sah hinein und eine gieriges Glitzern verdrängte den stumpfen Schleier in ihren Augen.

„Dekuji", murmelte sie und schob den Umschlag in ihre Tasche.

Das Auto wendete und fuhr zurück.

Nach einer längeren Fahrt kamen sie in eine große, schöne Stadt. Auf dem Straßenschild konnte sie das

Wort DRESDEN lesen. Sie wusste jetzt, dass sie in Deutschland war, dem Land, in dem selbst die armen Leute, und auch die, die nicht arbeiten wollten oder konnten, gut lebten. Das hatte ihr der Onkel gesagt. Sie hoffte, dass sie hier viel Geld verdienen würde. Vielleicht könnte sie dann ihre Mutter besuchen.

Das Auto fuhr eine lange Straße entlang, die aus der Stadt herausführte. Links sah sie einen Fluss, auf dem ein Dampfer mit vielen Menschen an Bord stromaufwärts fuhr. Das musste die Elbe sein.

Das Auto bog in eine Seitenstraße ein und hielt vor einem mehrstöckigen Haus mit grauer, hässlicher Fassade. An den Fenstern hingen rötliche Vorhänge.

„Aussteigen!", befahl der Mann, der sie in das Auto geschubst hatte. Er packte Elisa derb am Arm, schob sie auf das Haus mit der dunkelgrünen Tür zu und klingelte.

„Tut weh", stöhnte Eliska und versuchte sich zu befreien. Der Mann drückte umso fester zu. Eliska verstand das nicht. Sie würde doch nie davonlaufen, jetzt, wo sie eine Arbeit im Hotel bekommen sollte. Außerdem gefiel ihr der Mann, es war ein schöner Mann.

Eine Stimme aus der Wand ertönte: „Hallo."

„Marian mit einer frischen Lieferung."

Nach einer Weile ging die Haustür auf und in dem halbdunklen Flur stand ein sehr großer, sehr dicker Mann mit einem Bauch, der an ein Bierfass erinnerte. Der Mann hatte einen unangenehmen, stechenden Blick, der durch die eng beieinander liegenden Augen noch verstärkt wurde.

Die Männer gaben sich die Hände.

„Alles glatt gegangen, Marian?" Eliska hörte, dass der Bierbauch beim Sprechen lispelte.

„Alles Roger", antwortete der schöne Mann, der sie jetzt losließ. Er steckte den Briefumschlag, den ihm Bierbauch reichte in seine Jackentasche.

„Immer gern zu Diensten, Mirko." Der schöne Mann drehte sich um und ging zu dem Auto.

„Wie heißt du?", wandte der Mann, der Mirko hieß, sich an das Mädchen.

„Eliska."

Er wies mit dem Daumen Richtung Treppe.

Der Bierbauch berührte beim Treppensteigen den zarten Körper des Mädchens. Mit der Hand befühlte er ihr Hinterteil und knurrte: „Muss runder werden, das Ärschel!"

Er schob sie durch die Tür in einen großen Korridor, von dem mehrere Türen in andere Zimmer abgingen, zeigte mit dem Daumen auf die Zimmernummer 3, schob Eliska durch die Tür und schloss hinter ihr ab.

„Wieder eine", murmelte er vor sich hin, „die den Herren bestimmt gefallen wird, aber zuerst werde ich sie einreiten."

Er ging in sein Zimmer, das gleich neben der Korridortür lag, öffnete den uralten Schrank, griff die Flasche Doppelkorn, goss sich einen ein und ließ sich in den dunkelbraunen Ledersessel fallen.,

Das Leben ist schön, wenn du Geld, Schnaps und Weiber hast, dachte Mirko Müller. Was ihm nicht immer in seinem oft sehr beschissenen Leben beschieden war. Einst Hoffnungsträger in der Gilde der Gewichtheber, hatte nach der Wende kein Schwein auch nur das geringste Interesse an seinen in der Vergangenheit immerhin recht beachtlichen Leistungen in diesem Kraftsport gezeigt.

Überleben musste man trotzdem.

Arbeiten war ihm im Laufe seines vom Staat subventionierten Lebens ein Fremdwort geworden. Er war kurz nach dem Fall der Mauer nach Köln gegangen, hatte sich in einer Muckibude, später im Autohandel betätigt. War letzten Endes von der grauen Masse der 80-Millionenherde aufgesaugt worden.

Ein Nobody!

Geplatzte Träume von Ruhm, Geld und schönen und geilen Weibern.

Verlorene Illusionen!

Die große, weite Welt war für einen Habenichts wie ihn mit Brettern vernagelt.

Alkohol wurde zu seinem Lebensinhalt.

Beinahe hätten sie ihn bei einem kleinen Handel mit Anabolika erwischt.

Zurück in die Heimat, zurück nach Dresden!

Hier hatten sie ihn allerdings erwischt.

Anabolika und leichte Drogen hatten ihn eine Weile über Wasser gehalten und ihm dann doch eine Verurteilung auf Bewährung eingebracht.

Sein Leben änderte sich schlagartig, als er diesen Marian Klimpke, den ausgebufftesten Bullen des hiesigen Polizeiapparates, kennenlernte.

Er mietete mit dessen Geld die große Altbau-wohnung auf der Leipziger Straße, richtete die

Zimmer so ein, wie er Zimmer aus Filmen kannte, die im Rotlichtmilieu spielten, und der schöne Marian lieferte die Mädchen.

Junge Mädchen.

Sehr junge Mädchen.

Er machte sie mit seinen speziellen Methoden schnell gefügig.

Dann kamen die Freier.

Freier aus der gehobenen Gesellschaft.

Freier mit Geld ohne Ende.

Im feinen Zwirn.

Im Laufe der Zeit hatte er mitgekriegt, dass hinter dem Bullen ein Geldgeber stand, der zu den ganz großen in der Baubranche gehörte.

Er goss sich noch einen ein. Eigentlich konnte er die Neue gleich für das Geschäft vorbereiten, damit die von Anfang an wusste, was hier zu tun war.

Er kippte den doppelten Doppelkorn hinter .

Ach was, das hatte Zeit. Die läuft nicht weg, war sowieso zu mager für seinen Geschmack.

Er goss sich noch einen ein und brannte sich einen Zigarillo an.

„Prost Marko, ich glaub` du hast`s gepackt! Was kost` die Welt, ich kauf sie mir!"

Anja war kurz von ihrer Liege aufgeschreckt, als sich die Tür öffnete. Der Mann , den sie Onkel Mirko nennen sollte, hatte ein Mädchen ins Zimmer geschoben und die Tür wieder abgeschlossen.

Die Neue sah sich verschüchtert in dem rosa ausstaffierten Zimmer um.

Anja deutete auf die freie Liege an der gegenüberliegenden Wand.

„Dekuji", sagte das Mädchen, verbesserte sich aber sofort und sagte „Danke". Sie hatte in der Schule gut Deutsch gelernt. Deshalb bekam sie wahrscheinlich auch die Stelle im Hotel.

Anja drehte sich wieder zur Wand und heulte weiter. Wenn sie wenigstens mit Maria in einem Zimmer wäre, obwohl die an allem schuld war. Ohne Maria wäre das alles wahrscheinlich nicht passiert – oder doch?

Sie waren in den letzten Monaten Freundinnen geworden, Maria und sie. Maria war nach der neunten Klasse vom Gymnasium abgegangen. Nicht. dass sie es nicht geschaffte hätte. Sie hatte in keinem Fach größere Probleme., aber sie hatte geschwänzt und war angetrunken zum Unterricht gekommen. Sie lebte bei einer Tante und deren Mann, der sich mehr für das hübsche Mädchen als für die Tante interessierte.

Sie hatte Maria vor drei Monaten aus der Patsche geholfen. Als sie bei Lidl einkaufen wollte, war sie in einen heftigen Aufruhr geraten. Der Verkaufsstellenleiter hielt Maria am Arm feste und drohte, die Polizei zu holen.

„Hast du geklaut?", hatte sie gefragt.

„Quatsch, hab nur mein Portmonee vergessen."

Sie hatte das Geld für die Bierbüchsen dem Verkaufsstellenleiter in die Hand gedrückt.

Danach waren sie so etwas wie Freundinnen geworden. Maria hatte sie mit ihrer Clique bekanntgemacht. Das war das wahre Leben. Die Jungen hingen bis Mitternacht an der Bierflasche im Alaunpark ab, die meisten hatte einen Hund, lebten auf Staatskosten und scherten sich einen Scheißdreck darum, was morgen sein würde. Die Barbies, die sich die Jungen neben ihren Hunden hielten, mussten den Alk besorgen.

Hieß: Klauen.

Dafür gabs zur Belohnung Knick-Knack.

Die erste Flasche Wodka, die sie an einem Kiosk, wo niemand nach dem Ausweis fragte, gekauft hatte, war für Mario gewesen

„Komm ablaichen, hast dir`s verdient." Er hatte sie zu einer Bank gezogen, ihr den Slip heruntergezogen und sie entjungfert.

„Ach du Scheiße", hatte er danach gesagt, als er den Blutfleck vorn an seiner hellen Jeans sah.

Für sie war es ein Schuss in den Ofen gewesen. Es hatte weh getan, das war alles. Sie konnte das Affentheater nicht verstehen, das die Mädchen aus ihrer Klasse darum machten. Trotzdem war sie froh gewesen, dass es passiert war. Endlich konnte sie mitreden, aber sie würde niemals zugeben, dass es eigentlich keinen Spaß machte.

Sie war jetzt immer später nach Hause gekommen und es gab ständig Krach. Das Genöhle der Mutter konnte sie kaum noch ertragen. Die Nachmittagsstunden in der Schule hängte sie meist ab, denn das wahre Leben begann ab Mittag, wenn die Jungs ausgeschlafen hatten.

Sie ging jetzt fest mit Mario. Wenn sie ihm Alk besorgte, legte er sie zur Belohnung auf eine Bank oder auf den Erdboden und so allmählich fing es an, ihr Spaß zu machen. Bisher hatte sie den Wodka von ihrem Taschengeld gekauft und nicht geklaut, wie es die anderen Mädchen machten.

Einmal war sie sehr spät nach Hause gekommen. Es gab einen fürchterlichen Krach.

Stubenarrest!

Die hatten sie doch nicht mehr alle. Nur weil sie erst gegen zwölf nach Hause gekommen war. Ja, sie hatte nach Alkohol gerochen, aber sie war nicht besoffen gewesen, wie Vater behauptete. Dann hatte er ihr eine gefeuert, nachdem sie, „ihr könnt mich alle mal", geschrien hatte. Immerhin war sie jetzt fast 16 und ging in die 10. Klasse.

Sie war in ihrem Zimmer verschwunden, hatte ihren Rucksack gepackt und war im Morgengrauen aus dem Haus geschlichen. Sie war mit verschiedenen Bussen und Bahnen durch die Stadt gegondelt und war sich unendlich frei vorgekommen.

Am Nachmittag im Park war sie von Mario scheel angesehen worden.

„Is was?"

„Maria hat behauptete, du würdest das Zeug kaufen statt klauen."

Sie war stumm geblieben.

„Heute wird geklaut, sonst kannst du dich verpissen. Fünf-Finger-Rabatt, wenn nicht, bist du draußen und kannst die einen neuen Stecher suchen.

Sie war wieder stumm geblieben.

„Maria wird dich begleiten."

Gegen Abend waren sie losgezogen. Maria hatte das Gorbitz-Center vorgeschlagen. Da war sie lange nicht mehr gewesen, also würde sie dort niemand erkennen. An der Kasse hatten sie nur die Tüte Chips bezahlt und dann mit der Wodkaflasche unter der Jacke von der Kasse bis zum Ausgang einen Sprint hingelegt, der sich sehen lassen konnte. Sie waren drei Stationen gelaufen und dann erst in die Straßenbahn eingestiegen. Ihr Herz hatte so gerast, dass sie dachte, es würde ihr aus der Brust springen.

Sie nahm sich vor, so etwas nie wieder zu machen.

Mario hatte die Flasche genommen und geknurrt: „Kannst heute Nacht bei mir schlafen."

Es war eine elende Bude in einem Hinterhaus in der Alaunstraße. Es stank nach altem Tabakrauch, ungewaschenen Klamotten und ranzigem Fett. Sie musste auf einem versifften Bettvorleger schlafen, während Mario seinen Rausch auf der verkeimten Liege ausschlief. Um die Mittagszeit zog er sie auf die Liege und machte sich über sie her . Als er fertig war, grunzte er: Verpiss dich und schaff für den Nachmittag `n paar Hülsenfrüchte ran.

Sie wusste inzwischen, dass Hülsenfrüchte Bierbüchsen waren.

Also wieder klauen.

Einen Augenblick hatte sie daran gedacht, reumütig nach Hause zurückzukehren. Aber das Theater, die missmutigen Gesichter, die Vorhaltungen und Predigten, alles geregelt, der ganze Tag genau verplant und „Denk an deine Zukunft", lieber nicht.

Sie hatte die folgenden Wochen mal bei Mario, mal bei Maria übernachtet. Die Schule war für sie erledigt. Immer öfter waren sie ins Café zu Hilde Knopfe gegangen. Die Frau stellte grundsätzlich keine Fragen und wenn man hungrig war, bekam man ein belegtes Brötchen oder ein Stück Kuchen.

Und dann war der Tag gekommen, als man sie erwischt hatte.

In einem großen Einkaufscenter am Stadtrand waren sie mit zwei geklauten Wodkaflaschen unter den Jacken geschnappt worden. Maria hatte dem jungen Verkaufsstellenleiter angeboten, ihm einen zu blasen, wenn er sie dafür abhauen ließe.

Der Bodenturner hatte den Kopf geschüttelt und die Polizei gerufen.

Der gutaussehende Bulle, der sie an einen Schauspieler aus alten Filmen erinnerte, musterte die Mädchen eingehend von oben bis unten. Der andere Bulle stand breitbeinig vor der Tür.

Nach einem kurzen Gespräch mit dem Verkaufsstellenleiter verfrachteten die Bullen sie in ihrem

Auto und fuhren los.

Sie landet im Neustadtrevier und mussten eine gute Stunde in einem kahlen Raum verbringen. Dann kam der schöne Polizist allein zurück in das Zimmer.

Als Maria der Träger ihres Tops nach unten rutschte, hatte Anja das Glitzern in den Augen des Bullen gesehen.

„Was mach ich jetzt mit euch zwei Barbies?"

Schweigen.

„An die Eltern übergeben wäre sicher das Beste."

„Das auf keinen Fall!", hatten sie gerufen.

„WG?"

„Sie hatten beide genickt.

Der Bulle war mit ihnen kreuz und quer durch die Stadt gefahren.

Sie hielten vor einem mehrstöckigen Haus mit grauer Fassade.

„Wir sind da."

Sie waren ausgestiegen und vor einer alten Haustür stehen geblieben.

Als der Summer ertönte und der schöne Polizist die Tür aufstieß, waren sie die Treppe hoch gestiegen.

Eine Tür war geöffnet worden, und sie hatten fasziniert auf den gewaltigen Bauch des Mannes geblickt, der da vor ihnen stand.

„Zwei schöne Mädchen für deine WG, Mirko."

„Geht klar, Marian."

Ein Briefumschlag war in der Hand des Polizisten gelandet.

„Pass gut auf sie auf, Mirko!"

Sie wurden in zwei unterschiedlichen Zimmern untergebracht.

Anja wusste noch, dass sie großen Durst gehabt und die offene Büchse Cola in einem Zug geleert hatte. Danach war ihr etwas schwindlig geworden und sie war eingeschlafen.

Am nächsten Morgen war sie von diesem Mirko geweckt worden.

„Zieh dich aus , du Assel!" Er stieß beim Sprechen mit der Zunge an.

Sie hatte die Decke bis zum Kinn hochgezogen.

„Ausziehen!" Er hatte ihr die Decke weggerissen.

Sie war aufgestanden und hatte ihm einen Vogel gezeigt. Im selben Moment waren Sterne vor ihren Augen explodiert. Die heftige Ohrfeige war auf ihrer rechten Gesichtshälfte gelandet. Sie war im ersten Moment wie erstarrt, hatte sich dann aber mit einem Wutschrei auf den Mann gestürzt und war ihm mit ihren Fingernägeln ins Gesicht gefahren. Der Kerl war der reinste Mundgulli: Knoblauch, Alk, Tabak und angefaulte Zähne. Er hatte ihre Hände gepackt und einen Pfiff ausgestoßen. Ein zweiter Mann war ins Zimmer gekommen. Während der Fettbauch sie festhielt, wurde sie von dem zweiten Mann brutal ausgezogen. Mundgulli hatte sie umgedreht, über den Tisch gebeugt und wollte sie von hinten vergewaltigen. Mit der Kraft besinnungsloser Wut hatte sie sich losgerissen und war zur Tür gestürzt. Die zweite Ohrfeige, die ihr der zweite Mann verpasste, traf ihr Ohr. Sie war kurzzeitig weggetreten.

Durch einen fürchterlich brennenden Schmerz auf den Oberschenkeln war sie wieder zu sich gekommen. Sie lag rücklings auf dem Tisch, Mundgulli hielt ihre Hände wie in einem Schraubstock fest und der andere Mann schlug mit einer dünnen Gerte auf die Innenseiten ihrer nackt Schenkel.

Der Schmerz war infernalisch und nicht zu ertragen.

Sie hatte versucht, zu schreien, aber ihr Mund war verklebt. Dann hatte sie versucht, den Mann mit den Beinen wegzustoßen, aber ihre Knöchel waren an die Tischbeine gefesselt.

Der Scheißkerl vor ihr hatte sie eine Weile angesehen und dann erneut zugeschlagen. Ein irrer, stechender Schmerz, wie sie ihn noch nie gespürt hatte, war durch ihren gesamten Körper gerast.

„Wenns reicht, heb den Kopf leicht an", knurrte der Mann und holte erneut aus.

Sie hatte den Kopf gehoben.

„Kannst sie loslassen, Mirko."

Sie war losgemacht und umgedreht worden.

Dann hatten die beiden Stinker sie nacheinander vergewaltigt.

„Willkommen im Lolita, ab nächste Woche wirst du schön brav und lieb zu den Männern sein, die dich besuchen kommen – sonst. Mirko hatte ihr das Stöckchen vor die Augen gehalten.

Hauptkommissar Arnt Asbach rasierte sich. War gestern kein guter Tag gewesen. Die Sache, an der er seit Wochen dran war, war völlig aus dem Ruder gelaufen.

„Wie weit bist du mit deinen Ermittlungen in der Sache Ziegenbalg, Arnt, hatte Hartmann, der Chef der Sonderermittlungsgruppe gegen Korruption und organisierte Kriminalität, kurz KoK genannt, ihn vorgestern Morgen gefragt.

Die KoK war Mitte der neunziger Jahre gegründet worden. Verbrechen, wie Drogenhandel, Erpressung, Raub, Diebstahl, Menschenhandel und Banküberfälle, hatten das Land nach dem Fall der Mauer in einem Maße überrollt, dass der Polizeiapparat, der durch Umstrukturierung geschwächt, nahezu machtlos dagegen war.

Ganze Landstriche verwandelten sich in Sumpfgebiete, in denen Verbrecherbanden im Trüben fischten. Die Gewaltbereitschaft hatte in einem erschreckenden Maß zugenommen.

Asbach wischte sich die Reste des Rasierschaums aus dem Gesicht und dachte mit einem unguten Gefühl an die Antwort, die er Hartmann gegeben hatte.

„Bin ganz nah dran, Henning."

Wenige Stunden danach musste er feststellen, das er

sich schwer geirrt hatte. Jemand musste noch näher dran gewesen sein, denn die Frau war tot.

Mit einer Garrotte erwürgt!

In ihrem Schlafzimmer!

Die Brandwunden von ausgedrückten Zigaretten auf den Fußsohlen der Frau wiesen auf den Beginn von Folterungen hin. Etwas musste schiefgelaufen sein. Die Spurensicherung ging von zwei Tätern aus. Der Mann mit der Garrotte musste einen Fehler gemacht haben.

Sein Mitgefühl mit der getöteten Frau hielt sich allerdings in Grenzen. Sie hatte über ihre Rechtsanwaltskanzlei eine Arbeitsvermittlung betrieben und vierstellige Vermittlungsgebühren pro vermittelten Arbeitnehmer von der Agentur kassiert. Die angeblich sozialversicherten Jobs waren allerdings glatte Luftnummern gewesen.

Geld, Geld, Geld! Zum Kotzen! Asbach schüttelte sich. Weiß der Teufel, wie viele arme Schweine die Schlampe betrogen hatte. Einer war jedenfalls dabei gewesen, den sie besser nicht beschissen hätte.

Oder lag die Sache auf einer höheren Ebene? Hartmann war der Meinung, dass es Hintermänner geben musste. Das Ding derartig groß aufzuziehen, war für eine Einzelperson nahezu unmöglich.

Hartmann tippte auf die Baubranche.

Egal, er würde es rauskriegen, aber die Arbeit von Wochen war erst einmal im Eimer.

Das änderte aber nichts an der Tatsache, dass er hungrig war. Er zog seine Jacke an, ging ins Erdgeschoss, setzte sich an seinen Frühstückstisch und goss Kaffee ein.

Seit seiner Scheidung lebte er in diesem Hotel. Er war vor, während und nach der Scheidung ganz weit unten gewesen. Klar, unschuldig am Scheitern seiner Ehe war er nicht. Dieser Beruf verlangte einem eben alles ab. Das Familienleben ging dabei vor die Hunde, und irgendwie war mit den Jahren auch die Liebe verflogen, war dahingewelkt wie eine Rose ohne Wasser.

Er hatte alles versucht, die Ehe zu retten, aber es war zu spät gewesen. Es war ihm entgangen, dass die Frau an seiner Seite allmählich in eine Art Lethargie verfiel, ganz einfach die Lust am Leben verlor. Keine Kinder und einen Mann, der sie nur wahrnahm, wenn sie etwas unternahm und ihn davon ausschloss.

Er goss sich eine zweite Tasse Kaffee ein und kaute lustlos auf einem Marmeladenbrötchen herum.

Eines Tages war Hannelore wieder zum Leben erwacht, hatte sich eine neue Frisur zugelegt und die Scheidung eingereicht. Er war aus allen Wolken gefallen und wollte seinen Polizeidienst aufgeben.

Hannelore hatte den Kopf geschüttelt. "Zu spät, Arnt, du wirst nie von deiner Arbeit loskommen, deine Liebe gehört schon lange nicht mehr mir, sondern deinem Beruf."

Schwarzes Loch für den Herrn Hauptkommissar.

Schmerzen in der Brust beim Atmen!

Appetitlosigkeit!

Schlafstörungen!

Das änderte sich erst wieder, als ihn der Chef eines

Tages nach Wiesbaden zum Lehrgang schickte. Die abhanden gekommene Liebe wurde durch eine Sucht ersetzt. Er war börsensüchtig geworden. Sein Banknachbar während des Lehrgangs, Hauptkommissar Meier aus Köln, war meist in Börsenzeitschriften vertieft.

Asbach war neugierig geworden.

Meier hatte ihn zum Bier eingeladen und war glücklich gewesen, einem auf diesem Gebiet völlig unbedarften Ossi das wahre Leben erklären zu können.

Boom und Crash, Bullen-und Bärenfalle, Korrektur und Rallye, Dividentenrentide, Brief-und Geldkurs, Andrè Kostolany und George Soros zischten wie Wurfgeschosse in seine weit geöffneten Ohren. Meiers Bruder, der bei Bloomberg mit dem Aufspüren von Wirtschafts- und Börsentrends beschäftigt war, riet zum Aktienkauf.

Die Börse hatte ihn von da an im Würgegriff.

Asbach sah nach draußen. Nieselregen den dritten Tag ohne Unterbrechung. Tiefe Wolkenschleier hingen wie nasse Bettlaken über der Stadt.

Nicht sein Wetter.

Im Hintergrund des Restaurants zwitscherte eine asiatische Reisegruppe, Bestecke klapperten und aus einer Box über der Tür tröpfelten leise die Schlager der siebziger und achtziger Jahre.

„Kein schöner Tag heute, hättest im Bett bleiben sollen, Arnt. Die Ganoven bleiben bei dem Sauwetter garantiert in ihren Höhlen." Eric, der Wirt, lachte und stellte ein Fünf- Minuten- Ei auf den

Tisch.

„Setz dich." Asbach wies mit der Hand auf den freien Stuhl.

„Nachher, muss erst die Hanoigruppe abfertigen, reisen heute ab. Schade, sind ein paar ganz hübsche Schneckchen dabei."

Nanu, dachte Asbach. Weiberfeind Eric und hübsche Schneckchen. Hatte er was verpasst? Eigentlich ein armer Hund, nicht zu beneiden. Macht gleich nach der Wende eine Kurzreise nach Dresden, trifft in einer Nachtbar diese Franziska und bleibt hängen. Große Liebe!

Verkauft nach einigem Hin und Her seine gutgehende Kneipe in der Nähe der Hafenstraße und steigt bei Franziska ab oder vielmehr auf. Die Liebe, vor allem die im Bett, muss grenzenlos gewesen sein, denn beide waren ausgehungert.

Franziskas Mann hatte sich vor über einem Jahr zu Tode gesoffen und ihr das herunter gewirtschaftete Hotel in der Neustadt hinterlassen. Eric war nie verheiratet, dafür aber gut mit den Samariterinnen in der Herbertstraße befreundet gewesen.

Hier, bei Franziska, hatte ihn der berühmte Pfeil getroffen und sein Herz durchbohrt oder vielmehr jenes Körperteil, mit dem Männer in der Brunft dachten.

Es gab kein Halten mehr für die beiden.

Eric steckte sein Geld in das verlotterte Hotel und seine Manneskraft bis zur totalen Erschöpfung in Franziska, der das natürlich ausnehmend gut gefiel. Sie war nie eine besondere Schönheit gewesen (Eric hatte ihm Bilder von ihr gezeigt), und das Angebot an Männern, die sich für sie interessierten, war begrenzt gewesen. Sie hatte im Bett mit Eric all das verwirklicht, wovon sie in den für sie trockenen Jahren mit ihrem versoffenen Ehemann geträumt hatte.

Für Eric war es eine Offenbarung.

Zum ersten Mal erlebte er hemmungslosen Sex, gepaart mit einem Gefühl, das er für Liebe hielt. Er ging nicht mehr, Eric schwebte, schwebte auf dieser legendären Wolke Sieben. Und die hing sehr hoch am Himmel.

Der Fall aus einer solchen Höhe kann sehr schmerzhaft sein. Für Eric war er fast tödlich gewesen.

Die harte Arbeit, das Hotel wieder auf Vordermann zu bringen, hatte seinen Tribut gefordert. Die Zeiten, wo Franziska ihn im Vorbeigehen hinter dem Tresen nur mit ihren spitzen Brüsten streifen musste und die Schwellung in seiner Hose eine Sache von Sekunden war, waren vorbei. Selbst wenn ihre Hand, während er Bier zapfte, in seiner Hosentasche rumorte, lief das Bier nicht mehr über.

Franziska gefiel das ganz und gar nicht, und sie nahm ihre Streifzüge durch die Bars der Stadt wieder auf. Irgendwann kam es wie es kommen musste bei einer Frau, die straff auf die Vierzig zuging und gerade erst so richtig auf den Geschmack gekommen war.

Es war ein drittklassiger Musiker aus einer zweitklassigen Band, der ihr Herz, oder besser, ihren Unterleib eroberte. Seine Fähigkeit, mit flinken

Fingern ihre Harfe zu zupfen, entlockten ihr Töne, die er auf seinem Kontrabass nie zustande gebracht hatte. Und mit seinem Fiedelbogen vögelte er sie um den Rest ihres nicht allzu üppig ausgeprägten Verstandes.

Eric nahm einen Kredit auf, zahlte sie aus und verfiel in tiefe Depressionen.

Asbach nahm noch einen Schluck Kaffee und legte die Zeitung weg. Genau in dieser Phase war er bei Eric gelandet. Nach seinem Auszug aus der gemeinsamen Wohnung verspürte er keine Lust, sich in einer neuen Wohnung häuslich einzurichten.

Nach einem klassischen Besäufnis konnte er das lukrative Angebot von Eric nicht ablehnen. Nach einer Flasche Jack Daniels und einem heftigen Seelenerguss ging es Eric am nächsten Morgen besser. Bei dem gemeinsamen Frühstück hatte Eric gesagt: „Eigentlich wäre ich dem armen Kerl von Musiker noch einen Finderlohn schuldig."

Sie hatten sich angesehen und waren in brüllendes Gelächter ausgebrochen.

Ein ordentliches Besäufnis unter Männern, dachte Asbach, bringt eben mehr, als zehn Psychiater versauen können.

Einige der jungen Damen aus Vietnam trippelten an seinem Tisch vorbei. Eine sah aus wie ein Porzellanpüppchen. Sie lächelte Asbach an und er verspürte ein fast schmerzhaftes Bedürfnis, mit so einer schönen und jungen Frau Sex zu haben.

Benimm dich, du alter Knochen. Er trank seinen Kaffee aus, verließ das Hotel aus dem Hintereingang und sprintete zu seinem Auto.

Der kalte Regen klatschte ihm wie ein nasses Handtuch ins Gesicht.

November und das im Juni.

Er startete und fuhr Richtung Albertplatz.

Die zwei verschwundenen Mädchen, von denen Eric erzählt hatte, gingen ihm nicht aus dem Kopf. Straßenkinder. Neuland für die hiesige Polizei. Die Zahlen nahmen erschreckend zu und die Altersgrenze ab.

Er bog in die Schießgasse ein.

Eric hatte ihm von Sankt Georg in Hamburg erzählt. Sankt Georg gab es jetzt hier in jeder größeren Stadt. Sümpfe aus Drogenhandel und Kinderprostitution, Aids durch ungeschützten Geschlechtsverkehr, Zuhälter, die vom Elend der Kinder lebten und Polizisten, die nach und nach aufgaben.

„Warum, Eric, ist diese Welt derartig verkorkst?", hatte er gefragt.

„Weil man es zulässt", war Erics Antwort gewesen.

Weil man es zulässt, da ist was dran, dachte Asbach.

Er blieb noch eine Weile im warmen Auto sitzen. Ihn beschlich ein ungutes Gefühl, wenn er an das Gespräch mit dieser Hilde Knopfe dachte. Die Frau betrieb ein Café für Kinder in der Neustadt, unmittelbar neben Erics Hotel. Sie kannte sie alle, die zu ihr kamen, sich Spiele ausliehen, sich aufwärmten, Tee und Kuchen verschlangen und dann wieder verschwanden. Viele kamen regelmäßig, vor allem im Winter, wenn das Überleben oft an einer Tasse heißen Tees und einem belegten Brötchen hing.

Hilde Knopfe hatte mit Eric über die zwei spurlos verschwundenen Mädchen gesprochen, wohl in der Hoffnung, dass dieser Kriminaler; der bei ihm wohnte, sich der Sache annehmen würde.

Der Kriminaler hatte.

War einfach reingegangen in das Cafè, hatte sich in eine Ecke gesetzt und gewartet, bis die Frau Zeit für ihn hatte.

Die zwei Mädchen waren oft bei ihr gewesen und plötzlich waren sie spurlos verschwunden. Niemand hatte sie mehr gesehen oder etwas von ihnen gehört. Der Frau kam das spanisch vor, da konnte etwas nicht stimmen, Außerdem kursierten seit einiger Zeiz Gerüchte unter den Kindern, wonach sehr junge und sehr hübsche Mädchen Karriere im Ausland machen konnten.

Er würde sich umhören, hatte er der Frau versprochen, die sich echte Sorgen um die verschwundenen Mädchen machte.

Asbach stieg aus. Das Präsidium lag am östlichen Rand der Inneren Altstadt und er hatte immer das Gefühl, dass das monumentale Gebäude den gesamten Pirnaischen Platz beherrschte. Das schwere Bauwerk im Stile eines italienischen Renaissancpalastes erinnerte mit seiner über die Jahrzehnte verwitterten Sandsteinfassade unweigerlich an einen Festungsbau, und die solide Ar-chitektur verführte den Betrachter leicht zu der Annahme, dass die Arbeit im Inneren von gleicher Struktur sein müsse.

Asbach hatte da so seine Zweifel. In jeder Herde gab

es schwarze Schafe. Dinge, die nicht für die Öffentlichkeit bestimmt waren, standen plötzlich in der Boulevardpresse und machten die Arbeit von Wochen zu Nichte. Razzien waren oft ein Schlag ins Wasser und hochbrisante Ermittlungsergebnisse waren beim Verfassungsschutz gelandet und damit wertlos. Polizeibeamte durften ihre Informationen nur an die Staatsanwaltschaft weitergeben.

Geld! Dieser Segen und Fluch der Menschheit!

Wer sich den Arsch vergolden will, darf nicht in der Scheiße sitzen bleiben.

„Ein Sumpf zieht am Gebirge hin ..." Henning Hartmann, der Chef der KoK, hatte zu den Loschwitzer Höhen hinüber gesehen, während sie gestern in der Villa Marie zu Abend gegessen hatten.

Der Allmacht des neuen Geldes konnten nicht alle widerstehen. Es gab neue Autos und solche, die nur neu aussahen, Drogen, für deren Beschaffung alte Damen auf Friedhöfen beraubt wurden, Computer, die man einfach haben musste, und Nutten, die man per Telefon bestellen konnte.

Neuheiten, die das Leben bereicherten, aber nicht reicher machten.

Reg dich ab, du alter Sack, die Dinge sind eben wie sie sind.

Asbach betrat sein Büro, hing die Jacke an den Haken und schlug die Zeitung auf.

Dresdner Rechtsanwältin ermordet! Verdächtiger bereits in U-Haft.

Wenn dieser Hemmerling der Mörder war, würde er einen alten Schrubber fressen, mit dem die Toiletten gereinigt wurden.

Dieser Möchte-gern-Künstler hatte sich von der Rechtsverdreherin aushalten lassen, aber er war niemals ihr Mörder. So dumm, die Kuh zu schlachten, die er melkte, war der Bursche nicht. War ihr Beschäler gewesen und hatte dafür kassiert. Dumm gelaufen für den Kerl und noch dümmer für die Tussi. Im großen Stil kleine Leute zu bescheißen, war eben nicht die feine englische Art. Dabei war er sicher, dass er den oder die Killer wahrscheinlich nicht bei den Beschissenen suchen musste. Das Ding, das da abgezogen worden war, brauchte Hintermänner.

Gut organisierte Kriminalität!

Schweinerei zum Quadrat!

Die Tussi hatte alle aufs Kreuz gelegt, um von diesem Kleckselmaler auf selbiges gelegt zu werden. Ein Spur von Mitgefühl wallte trotzdem in Asbach auf. Wie musste diese leicht angewelkte Schachtel um das bisschen Liebe – oder was sie dafür hielt – gekämpft und gebettelt haben?

Es hatte mit Sicherheit Warnungen gegeben.

Aber der Jugendwahn in der Midlife Crisis war stärker gewesen. Testen, was noch geht. Was war da besser geeignet als ein gut aussehender, junger Mann. Wenn du mit dem in der Disco loslegst, bis dir der Schweiß vor Überanstrengung zwischen die Arschbacken läuft, gehörst du noch lange nicht zum alten Eisen. Auch wenn`s in der Lunge pfeift und im Zwerchfell sticht. Und wenn du dann in einer Nacht dreimal einen Orgasmus vortäuschst, weiß der

Stecher, was er an dir hat, und vor allem, und das ist das Wichtigste, was er so drauf hat.

Erhöhe das Selbstwertgefühl deines Partners durch Lobhudelei und er wird an seine überragenden Fähigkeiten glauben.

Selbstwertgefühl, so ein Scheiß!

War`s das jetzt?

Geht noch was?

Ist der Zenit schon überschritten?

Gehörst du schon zum alten Eisen?

Er dachte an Hannelore.

Er hatte versagt.

Das Leben ist manchmal schon eine großer Haufen Sch...

Er schmiss das Wurstblatt in den Papierkorb.

Jedenfalls stand für ihn fest, dass die Thusnelda das Ding nicht allein durchgezogen haben konnte. Und genau dort würde er einhaken.

Dieses Weichei Hemmerling war jedenfalls nicht der Mörder, das stand für ihn fest. Der kleine Stecher hatte gut auf Kosten der Rechtsanwältin gelebt und den großen Künstler gemimt. Aber zu einem kaltblütigen Mord mit einer Drahtschlinge wäre der Bubi niemals fähig gewesen.

Und – der Kerl hatte ein Alibi. Leona Nachterstedt, Leipziger Straße, im Nordwesten der Stadt.

Er erledigte noch einigen Papierkram, verschob einige Termine, verließ das Präsidium, fuhr über die Carolabrücke, bog nach links in die Meißner Straße ein und fuhr dann auf der Leipziger Straße Richtung Pieschen-Süd.

Asbach hielt vor einem Altbau. Der größte Teil der Fenster war verhangen. Kein Einblick. An den Klingelschildern nur Vornamen: Leona, Leoni, Veronika, Valentina.

Sage mir deinen Vornamen und ich sage dir, was du machst, dachte Asbach.

Er drückte die Klingel neben dem Namensschild Leona.

„Komm rauf!"

Der Türsummer schnurrte. Eine Tür in der ersten Etage war nur angelehnt.

„Komm rein! So früh kostet extra."

Asbach schob sich in den Flur. Das Mädchen winkte ihn in ihr Arbeitszimmer. Rötliche Tüllgardinen, breites Bett. An den Wänden erotische Bilder in leuchtenden Farben, deren Motive Asbach an das Kamasutra erinnerten.

„Such dir eins aus!"

Er blieb vor einem Bild stehen, das in saftigen Gelb- und Rottönen einen nackten Mann und ein nacktes Mädchen auf einem Stuhl zeigte. Es war ein überaus sinnliches Bild, das Begehren weckte.

„Fünfzig für das Bild und Hunderte für die Stellung," das Mädchen grinste ihn fröhlich an und fuhr sich mit der Zunge über die Oberlippe.

Asbach trat näher an das Bild heran und erkannte in der linken unteren Ecke ein fast unleserliches LN.

„Sie?"

Das Mädchen nickte.

„Studieren Sie Malerei?"

„Nicht mehr. Du kannst dich aber trotz deiner

Ehrfurcht vor der genialen Künstlerin setzen."

Sie ließ den Morgenmantel oben leicht auseinander klaffen und wies mit der Hand auf einen abgeschabten Sessel, auf dem ein schwarzes Höschen lag.

Asbach griff mit spitzen Fingern das schwarze Etwas und warf es dem Mädchen zu.

„Keine Angst, ist frisch," lachte sie.

Diese graugrünen Augen und das verschmitzte Lächeln erinnerten Asbach an seine erste große Liebe in der zehnten Klasse. Reiß dich zusammen, du alter Knochen. Aber es war schon sonderbar, dass es irgendwo im Gehirn Speicherplätze gab, deren Inhalt erst gelöscht wurden, wenn der letzte Atemzug getan war.

Er setzte sich und zog seinen Ausweis: „Hauptkommissar Asbach."

„Ach du Scheiße, ein Bulle. Und ich dachte schon, endlich mal ein richtiger Kerl. Und dann noch Asbach. Herr im Himmel, hoffentlich nicht Uralt?"

Sie grinste ihn mit spöttisch funkelnden Augen an.

Mal sehen, wie lange du dich noch lustig machst über einen armen, alte Bullen, der schließlich auch nur ein Mann ist, mein Herzchen?

„Ihre Kuh ist tot." Er blickte dem Mädchen in die Augen, sah aber nur Unverständnis.

„Eine gewisse Frau Ziegenbalg wurde ermordet, erdrosselt,um genau zu sein."

Das saß. Leona Nachterstedt riss ihre schönen Augen weit auf und sah ihn entsetzt an.

„Erdrosselt?" Das war nicht gespielt. Sie war blass

33

geworden und ihr Mund stand offen. Mit einer hilflosen Geste strich sie sich eine blonde Haarsträhne hinters Ohr. Sie sah Asbach mit einem Flackern in den Augen an und fragte leise: „Und was habe ich damit zu tun?"

„Ich hoffe in Ihrem Interesse, nichts."

„Und was führt Sie dann zu mir?" Sie hatte sich bereits wieder gefangen und sah provozierend zu dem Bild, das Asbachs Aufmerksamkeit erregt hatte.

„Ihr Modell sitzt in U-Haft."

„Dagobert?" Leona Nachterstedt riss die Augen weit auf, dann brach sie in Lachen aus.

„Dagobert", wiederholte sie nach einer Weile. „Dagobert, nie im Leben ist dieser Wackelpudding zu einem Mord fähig, Herr Hauptkommissar."

„Wie können Sie sich da so sicher sein, Frau Nachterstedt?"

„Weil der arme Junge schon in Ohnmacht fällt, wenn er im Fernsehen Blut sieht. Aber wie kommen Sie bei dieser Sache auf mich?"

„Herr Hemmerling hat bei seiner Vernehmung angegeben, während der Tatzeit bei Ihnen gewesen zu sein."

„Und um welche Zeit soll es sich dabei handeln?"

„Gestern, zwischen achtzehn und zwanzig Uhr."

Das Mädchen dachte kurz nach. „Stimmt, Herr Hauptkommissar. Dago war von sechzehn Uhr an hier und hat auch die Nacht hier verbracht."

„Und Sie sind ganz sicher, was die Zeit betrifft?"

„Ganz sicher."

Asbach erhob sich. „Meine Telefonnummer, falls

Ihre Erinnerungen sich verändern sollten." Er warf ihr das Kärtchen in den Schoß und ging zur Tür.

„Schade", murmelte die junge Frau.

Asbach streckte ihr seine Hand entgegen. Sie ergriff die Hand, schob sie blitzschnell unter ihren Morgenmantel und drückte sie auf ihre warme Brust.

Asbach sah das Mädchen an, das ihm gerade bis zur Schulter reichte. Sie war hübsch, sehr hübsch sogar. Warum schmissen sich solche Mädchen einfach weg? Das würde er nie begreifen. Langsam zog er seine Hand aus ihrem Morgenmantel, strich ihr über die Wange und verließ die Wohnung.

„Verdammt!", seufzte die junge Frau. Was für ein Kerl? Hartes, wettergegerbtes, markantes Gesicht mit mehr Falten, als es seinem Alter zustand. Braune Augen, die Vertrauen ausstrahlten mit einem Hauch von Schwermut. Hätte bestimmt Spaß gemacht. Auf alle Fälle mehr als mit Wackelpudding Dagobert. Jetzt saß der Blödmann auch noch im Knast.

Da konnte sie ihre Südseepläne sicherlich auf Eis legen. Dabei hatte sie dem Trottel lange genug eingeredet, dass er ein kleiner Gauguin sei, obwohl seine Bilder die letzte Kacke waren. Sie war die Malerin, sie wusste, dass sie Talent hatte, nur hatte sie sich selbst alles versaut.

Die Schule geschmissen, dann noch mit Ach und Krach das Abi nachgeholt. An der Hochschule für Bildende Künste nicht durchgehalten. Und dann diese Scheißdrogen. Gott sei Dank, ihre Willenskraft hatte gereicht, wieder davon loszukommen. Dann war ihr dieser Pseudokünstler Dagobert über den

Weg gelaufen. Sie hatte das Weichei in einer Galerie auf dem Bischofsweg kennen gelernt. Er war dort mit drei schauderhaften Bildern vertreten, die nur aus bunten Farbklecksen bestanden. Später war sie dann dahinter gekommen, dass diese Ziegenbalg der Galerie eine sehr großzügige Spende hatte zukommen lassen.

Sie hatte an diesem Abend diesen Kleckser abgeschleppt. Nach und nach war es ihr gelungen, Dagobert davon zu überzeugen, dass in ihm ein großes Talent schlummerte. Es war ihm runtergegangen wie Öl.

Dann war ihr die Idee mit der Südsee gekommen und Dagobert war begeistert gewesen.

Dabei war es ihr Traum.

Ihre Sehnsucht.

Ihre Freiheit.

Sie würden beide malen, nackt am Strand, unter Palmen, mit einer Korbflasche Wein und Früchten, die ihnen die üppige Natur in den Schoß fallen ließ. Sie würden nach einigen Jahren mit Bildern zurückkommen, die ihnen die Galeristen aus den Händen reißen würden.

Dagobert würde reich und berühmt werden.

Berühmt – Dagoberts sehnlichster Wunsch.

Dabei war sie es, die weg wollte. Es war ihr zu eng in diesem Land. Alles geregelt, programmiert oder verboten. Nichts für sie. Ihre Sehnsucht galt einem ewig blauen Himmel, einem endlosen Meer mit weißem Strand und der Malerei, ohne sich um den Lebensunterhalt kümmern zu müssen. Dafür hatte sie sogar diesen Dagobert und die alte Schachtel in Kauf genommen.

Nun war der Traum geplatzt wie eine Seifenblase.

Oder doch nicht?

Wenn sie Dagobert ausbootete, könnte das Geld für ihren Traum reichen.

Dumm nur, dass er das Geld verwaltete, da sie noch nie gut mit Geld umgehen konnte.

Und nun saß der Idiot im Knast. Unter Mordverdacht. Völlige Idiotie. Er hatte niemals die Ziegenbalg umgebracht, niemals. Sie kannte die Frau nur aus seinen Erzählungen. Der Trottel dachte, sie wäre eifersüchtig auf dieses Schrapnell, lachhaft. Die war über vierzig und klammerte. Klar sah Dago gut aus, war gute fünfzehn Jahre jünger als dieses Weib und gab mit ihrem Geld den erfolgreichen Bohemien. Innen bestand der Kerl allerdings aus nichts Anderem als Hohlräumen.

Ein Mann wie dieser Hauptkommissar konnte unmöglich Dagobert für den Mörder halten, so doof war der nicht.

Irgendetwas steckte dahinter.

Möglicherweise wollten sie über ihn an den Mörder kommen. Die würden ihn bestimmt noch eine Weile festhalten.

Das wirklich dumme an der Sache war, dass Dago den Schlüssel für das Bankschließfach und die EC-Karte hatte.

Dumm gelaufen!

Sie ging in die Küche und goss sich einen doppelten Wodka ein.

„Wann haben Sie ihre Tochter zum letzten Mal gesehen, Frau Reinhardt?" Asbach betrachtete das Foto, das ihm die Frau auf den Tisch gelegt hatte. Das Mädchen ging eindeutig nach der Mutter. Die Frau musste in ihrer Jugend eine Schönheit gewesen sein. Schmales Gesicht, umrahmt von welligem, blondem Haar, tiefbraune Augen, in denen der Kummer um das Kind seine Spuren hinterlassen hatte. Dagegen strahlten die Augen der Tochter, die im Gegensatz zu denen der Mutter blau waren, voller Unschuld in eine verheißungsvolle Welt.

„Das ist einige Wochen her." Die Stimme der Frau zitterte leicht. „Hin und wieder kam Anja noch nach Hause, meist dann, wenn sie völlig abgebrannt war, blieb aber nie über Nacht. Alle Liebe, die wir ihr entgegen brachten, prallte an ihr ab. Sie hatte eine Mauer errichtet, die wir nicht mehr durchdringen konnten."

„Wussten Sie, dass Anja ab und zu im Cafè "Pinocchio" aufkreuzte?"

Hilde Knopfe hatte ihm die Namen der verschwundenen Mädchen gegeben und über das Standesamt war er an die Adressen gekommen.

Es hatte ihm keine Ruhe gelassen.

„Wir waren dort, aber diese Frau Knopfe, eine unglaubliche Frau, hat uns wenig Hoffnung gemacht. Die Jungen und Mädchen, die das Café besuchen, waren meist für die Eltern auf längere Zeit oder für immer verloren. Mein Mann hat eine größere Summe an den Hilfsverein für Straßenkinder überwiesen. Vielleicht kommt etwas davon auch Anja zugute."

Frau Reinhardt wischte sich mit einem Taschentuch über die Augen.

„Es ist schrecklich, Herr Hauptkommissar, wenn Ihnen ein Kind nur Freude macht und dann passiert so etwas. Anja ist unser einziges Kind und unser Sonnenschein. Sie war ein so unschuldiges und liebes Kind, dass wir immer Angst hatten, es könnte mit ihrer grenzenlosen Naivität und ihrer Art, allen Menschen zu vertrauen, einmal bitter enttäuschte werden."

Die Augen der Frau strahlten eine Verzweiflung aus, die Asbach unter die Haut ging.

„Gab es Anzeichen dafür, dass mit Anja etwas nicht stimmte?"

„Bis zu ihrem fünfzehnten Geburtstag gab es nicht die geringsten Probleme mit dem Kind. Danach ging es los. Sie kam spät in der Nacht nach Hause, oft angetrunken. Alle Vorhaltungen prallten an ihr ab. Mein Mann sah das alles am Anfang recht locker und schob es auf die Pubertät. Eines Tages verlor er allerdings die Geduld und auch die Beherrschung."

Die Frau strich sich mit einer hilflosen Geste eine Haarsträhne aus dem Gesicht.

„Über die Schule erfuhr ich, dass sie mit einer Clique in der Neustadt ihre Zeit verbrachte. Eines

Abends ging ich sie suchen. Im Alaunpark sah ich Anja dann in einer Gruppe verkorkster Gestalten mit Bierflaschen und Hunden. Als sie mich sah, drehte sie sich weg. Ich rief ihren Namen. Sie hing sich provozierend an einen jungen Burschen, der garantiert über zwanzig Jahre alt war. Ich schrie den Kerl an, er solle das Mädchen loslassen, aber der grinste mich bloß blöd an. Wahrscheinlich mein Fehler, ich trat auf den Burschen zu und gab ihm eine Ohrfeige. Der Hund an seiner Seite knurrte mich wütend an, der Kerl erstarrte zur Salzsäule und Anja schrie mich an, ich solle verschwinden."

Die Frau wischte sich wieder ein Träne aus dem Gesicht.

Nach einer Weile räusperte sie sich . „Können Sie das begreifen, Herr Hauptkommissar, wie eine Kind sich so verändern kann? All unsre Liebe und Zuneigung mit ..." Ihre Stimme versagte.

„Meist kommen die Kinder wieder zur Vernunft, Frau Reinhardt, man muss Geduld haben." Er wusste, dass das, was er sagte, nicht viel mehr als eine Sprechblase war. Er fühlte sich hilflos. Jährlich verschwanden an die 15 000 Kinder in Deutschland. Das waren fünfhundert prall gefüllte Schulklassen. Sicher, der größte Teil tauchte über kurz oder lang wieder auf, aber ein Teil blieb eben verschwunden.

„Und jetzt ist sie spurlos verschwunden, sagen Sie?"

„Sie ist nicht mehr im Cafè Pinocchio aufgetaucht. Frau Knopfe hat andere Kinder befragt, nichts, kein Lebenszeichen. Auch im Alaunpark hat sie keiner mehr zu Gesicht bekommen."

Frau Reinhardt holte tief Luft, so, als würde sie schreien wollen, aber sie blieb stumm.

Schrei, wenn es dir hilft, dachte Asbach, aber er wusste, dass es nichts nützen würde. Es gab Schmerzen, an denen der Mensch lautlos zugrunde ging.

„Es ist noch ein weiteres Mädchen verschwunden. Vielleicht haben die Kinder die Stadt gewechselt." Es sollte ein Trost sein, aber er wusste, dass so etwas nur selten vorkam. Die Geborgenheit der Stadt zu verlassen, barg zu viele Risiken. Hier kannte man sich aus, wusste, wo was zu holen war und wo man im Notfall schlafen oder unterkriechen konnte. Die Stadt zu wechseln, konnte lebensbedrohlich werden.

„Werden Sie uns helfen, Herr Hauptkommissar?"

Asbach erhob sich. „Das ist nicht so einfach, Frau Reinhardt. Ich bin nur auf die Bitte von Frau Knopfe der Sache nachgegangen. Mein Aufgabenbereich hat mit vermissten Kindern nichts zu tun, ist Sache der allgemeinen Polizeidienststellen."

Er sah die maßlose Enttäuschung in den Augen der Frau.

„Das Bild Ihrer Tochter darf ich mitnehmen?"

„Selbstverständlich."

Er sah das Aufkeimen eines Hoffnungsschimmers in ihrem Gesicht.

Am Schillerplatz bog er links ab und fuhr stadtauswärts. Das zweite Mädchen wohnte in einem Neubaugebiet am Stadtrand bei einer Tante.

Die Klingelanlage des 15-Geschossers sah aus wie das Mischpult eines Musikproduzenten.

Er klingelt bei Bockmüller.

Siebenter Stock. Nimm die Treppe, Alter, sitzt sowieso zu viel am Schreibtisch.

Die Wohnungstür stand offen. Er klopfte. Aus der Wohnung rief eine stockheisere Stimme: „Komm rein und mach die Tür wieder zu!"

Nette Leute, dachte Asbach. Etwas berührte sein Bein. Der Hund hob seinen Kopf und sah ihn an.

„Eigentlich musst du bellen, wenn fremde Leute zur Tür reinkommen", ertönte wieder die krächzende Stimme.

Asbach bückte sich und fuhr dem Dackel über den Kopf.

„Die Hilde ist froh, wenn se jemand begrüßen kann. Entschuldige, aber ich hatte unseren Großen erwartet.

Die Wohnung stank wie eine Tabakverbrennungsanlage.

„Willst'n?"

„Hauptkommissar Asbach, Kripo Dresden." Er zog seinen Ausweis.

„Is'n los?" Eine Frau oder zumindest ein Lebewesen, das eine Frau hätte sein können, stand mit Zigarette im Mund, breithüftig in der Tür.

„Der is von der Plempe," krächzte der Mann. „Kommste wegen unserm Großen? Hat der wieder Scheiße gebaut? Ich sach's doch, der Idiot wird nie schlau, lässt sich immer wieder erwischen, der Blödian."

„Es geht um Maria, Herr Bockmüller."

„Das Miststück, das elende", fuhr die Frau dazwischen. „Ufgenomm hamer das Gör wie ne eichne

Tochter und das is der Dank. Erst klaut se uns Geld un nu isse och noch kriminell, das musste ja so komm. Nicht wie ..."

„Komm erst ma runter", hustete der Mann.

Wenn hier ein Rauchmelder an der Decke hängen würde, dachte Asbach, gäbe das Daueralarm. Der Kehlkopfkrebs lässt grüßen.

Frau Bockmüller wedelte mit einem Wischtuch über einen Stuhl.

„Nehm Se Platz, Herr Hauptkommissar."

„Willste e Bier oder lieber en Korn?"

„Herbert!", fuhr die Frau den Mann an und drückte ihre Kippe in einem übervollen Aschenbecher aus.

„Das is e Hauptkommissar, haste denn gar keene Benimmse, da kannste nich efach du sachen wie zu deinen andern Suffköppen."

„Quatsch, red keene Donauwellen, Mutter, e Hauptkommissar is o bloß e Mensch. Hab ich recht Herr Hauptkommissar?"

Asbach konnte sich gut vorstellen, dass ein heranwachsendes Mädchen die erste Gelegenheit nutzen würde, von hier zu verschwinden.

„Wann haben Sie Maria das letzte Mal gesehen, Frau Bockmüller?"

„Is ziemlich lange her, Herr Hauptkommissar. Is mit unserm Wirtschaftsgeld auf un davon, das Luder. Das hat mer von seiner Großherzigkeit. Nie wieder tät ich so e Balg ufnehm. Aber was will mer machen? Meine Schwester und ihr Mann sin nämlich, als die Kleene erst viere war, tödlich verunglückt. Da hamer das Mädel zu uns genommen. Und das is nu der Dank!"

Die Frau schneuzte sich in das Wischtuch.

„Nischt wie Ärcher hat se uns gemacht. Mit dreizehn hat die schon Schnaps gesoffen und gerocht, das hält mer nich für möglich, sach ich Ihnen. Und mit die Kerle hat die och schon rumgemacht. Zeiten sin das, Herr Hauptkommissar, keen Wunder, dass sich die Leute heutzutage keene Blagen mehr anschaffen wolln."

„Nu halt aber ma dein Sabbel, Mutter, der Herr Hauptkommissar will bestimmt och noch ma was sachen."

„Jesses, die Kartoffeln!", rief plötzlich die Frau und stürzte in die Küche.

„Ich will Ihnen ma was sachen, Herr Hauptkommissar ..."

Bockmüller brannte sich eine neue F6 an, sog gierig den Qualm ein, hustete, bis er blau anlief und fluchte dann: „Verdammte Qualmerei. Komm efach nich davon los. Also was ich sagen wollte, die Schwester von meiner Frau war e ganz scheenes Kaliber, kann ich Ihnen sagen. Gesoffen hat die, und wenn se blau war, hat das Luder jeden rangelassen. Hauptsache, die hat was Warmes im Bauch, hab ich immer gesacht."

Bockmüller nahm noch einen tiefen Schluck Bier und fuhr dann fort: „Eene ganz schene Schlampe war das, mein lieber Herr Hauptkommissar, und totgefahren hat die sich und ihen Ollen nämlich im Suff."

„Das Essen is fertch", tönte die Stimme der Frau aus

der Küche. „Kohlrouladen, Herr Hauptkommissar, Sie können gerne mit essen." Eine Kippe hing der Frau im Mundwinkel und Asbach war sich nicht sicher, ob sie die Soße mit Mehl andickte oder ob die Zigarettenasche, die abfiel, dafür reichte.

Als er sich verabschiedete und gehen wollte, stand der Hund im Flur und knurrte ihn an.

„So is das dumme Viech", lachte Bockmüller, „rein lässt die jeden, bloß nich wieder raus, typisch Weib!"

Das bellende Lachen ging wieder in einen schweren Hustenanfall über.

Der Anruf kam gegen halb zwölf. Asbach war gerade eingeschlafen. Zuerst erkannte er die Stimme nicht, dann war er mit einem Schlag hellwach.

„Leona, sind Sie das? Was ist passier?"

„Es war jemand da." Die Stimme klang gequetscht und ging in ein Schluchzen über.

„Schließen Sie die Tür und legen Sie die Kette vor. Ich bin in zwanzig Minuten bei Ihnen."

Asbach fuhr in seine Jeans, zog einen Pullover über, schnappte seine Jacke und ging nach unten. Das Hotelrestaurant war so gut wie leer. Eric stand hinter dem Tresen.

„Bin noch mal weg, Eric."

„Soll ich warten?"

„Wäre nett von dir, kann sein, dass ich jemand mitbringe."

Asbach stieg in seinen Wagen und gab Gas.

In dem Backsteinhaus war in vielen der verhangenen Fenstern noch Licht. Er klingelte. Aus der Gegensprechanlage kam ein gekrächztes „Hallo".

„Hauptkommissar Asbach".

Er trat in den Hausflur und drückte den Lichtknopf und stieg nach oben.

Die Wohnungstür war verschlossen. Hinter dem Spion nahm er eine schemenhafte Bewegung war, dann öffnete sich die Tür.

Asbach rümpfte die Nase. Der Geruch, der ihm aus der Wohnung heraus entgegenschlug, war penetrant.

Die junge Dame war kaum wiederzuerkennen. Ein Auge war zugeschwollen und begann sich zu verfärben, die Unterlippe war aufgeplatzt und am Hals zeigten sich rote Stellen.

Leona Nachterstedt fiel ihm wie ein Bündel nasses Stroh in die Arme.. Er trug sie zum Bett und setzte sie vorsichtig ab. Im Badezimmer griff er ein Handtuch, machte es nass, ging zurück und drückte es ihr in die Hand.

„Was ist passiert?"

Er wartete, bis sie sich krächzend geräuspert hatte. Der Kehlkopf musste einiges abbekommen haben.

„Ein Mann …!" Sie holte tief Luft. „Es hat geklingelt und ich habe die Tür geöffnet. Der Idiot hat mich ohne Vorwarnung an der Kehle gepackt und mir mit der Faust ins Gesicht geschlagen." Sie machte eine Pause und drückte das nasse Tuch auf ihren geschwollenen Mund.

„Der Kerl wollte Geld von mir. Dafür, dass der Blödmann mir eine ballert, sollte ich zahlen? `Du hast wohl nicht alle Tassen im Schrank`, habe ich ihn angeschrien und gleichzeitig angespuckt. Da hat er mir die Luft abgedrückt. Als ich wieder atmen konnte, machte er mir klar, dass es um das Geld dieser ermordeten Ziegenbalg ging. Die Frau muss ihre Kompagnons schwer beschissen haben und die gingen jetzt davon aus, dass Dagobert der Absahner war und ich wüsste, wo er die Moneten gebunkert hat."

Sie räusperte ihre Stimme wieder frei und fuhr fort: „Er hat mich an den Haaren in die Küche gezerrt, eine Knoblauchwurst aus meinem Kühlschrank genommen und in die Mikrowelle gelegt. Das Platzen der Wurst klang ekelhaft."

Daher also der üble Gestank.

„Dann hielt er mir die geplatzte Wurst unter die Nase und drückte meine Handfläche drauf.

Leona zeigte ihm die rote, leicht angeschwollene Innenfläche ihrer Hand.

„Er hat mir gedroht, meinen Kopf in die Mikrowelle zu stecken und dabei auf die geplatzte Wurst gezeigt."

„Keine Angst, junge Frau, die Mikrowelle funktioniert nur bei geschlossener Tür." Es sei denn, jemand kennt sich mit elektronischen Dingen aus und überbrückt irgendwelche Schalter oder was an Sicherungen da auch immer eingebaut ist."

„Und wenn der mich im Ganzen reinsteckt?" Die junge Frau versuchte zu lächeln, aber es wurde mehr eine Grimasse.

„Ich bezweifle sehr, dass Sie da im Ganzen reinpassen würden."

„Wenn ich mich sehr klein mache, Herr Hauptkommissar, könnte ich sogar in Ihre Hosentasche passen."

Dir geht`s ja schon wieder ganz gut, dachte Asbach.

„Können Sie den Mann beschreiben?"

„Leider nein, Herr Hauptkommissar. Der Kerl hatte so eine Art Skimaske über dem Kopf, aber ich denke, er ist Polizist."

Asbach hielt den Atem an. „Wie kommen Sie denn darauf?"

„Weil ihm ein Ausweis aus der Tasche gefallen war, als er ein Taschentuch zog, um sich meine Spucke aus dem Gesicht zu wischen. Der Ausweis sah genau so aus wie der, den Sie mir gezeigt haben.!

„Sind sie ganz sicher?"

„Ganz sicher. Kann zwar auf dem einen Auge im Moment ziemlich gut schlecht sehen, dafür sieht das andere um so schärfer."

„Was hat der Mann gesagt?"

„Dass sich in absehbarer Zeit wieder jemand bei mir melden würde und dass es gut für meine Gesundheit wäre, wenn ich dann wüsste, wo sich das Geld befindet."

Das war garantiert kein Spaßmacher. Asbach rieb sich das Kinn. Wenn hier einer von unserer Riege mit drin steckt, besteht Lebensgefahr für die junge Frau. Wer soweit runter ist, hat keine Skrupel.

„Packen Sie das Nötigste in eine Tasche, Frau Nachterstedt. Sie kommen erst mal mit."

„Muss ich in eine Zelle, Herr Hauptkommissar, oder darf ich in Ihrem Bettchen schlafen?" Sie sah ihn mit ihrem unverletzten Auge so komisch an, dass Asbach lachen musste. „Mädel, Mädel, gerade die Finger verbrannt und schon wieder solche Gedanken."

„Meine Hand ist noch ganz warm, schöner, junger Mann."

„Schöner, junger Mann, Gott steh mir bei", grinste Asbach, „lange her mit schön und jung. Und jetzt pack deine Tasche, sonst bleibst du hier."

Als Leona endlich im Auto saß, ging Asbach gute hundert Meter die Straße in beide Richtungen ab, aber die geparkten Fahrzeuge waren alle leer.

Eric stand immer noch hinter dem Tresen, als er das Mädchen durch die Tür schob.

„Himmel, wie sieht die denn aus?" Eric war aufgesprungen.

„Bin gestrauchelt", grinste Leona den großen Mann an.

„Da ist was dran", knurrte Asbach, „nach gestreichelt sieht das nämlich nicht aus. Hast du ein Zimmer frei, Eric, die junge Dame bleibt vorerst bei uns."

Asbach griff den Schlüssel, den Eric über den Tresen schob und reichte ihn Leona. „Zweiter Stock."

„Sollte der Herr Hauptkommissar das arme Rotkäppchen nicht besser zu Bett bringen und nachsehen, ob der Böse darunter liegt?"

„Das arme Rotkäppchen sollte ganz schnell im Bett verschwinden, sonst ..."

„Auch das könnte ich mir gut vorstellen", lachte Leona und verschwand.

„Was für ein verdammter Hunne hat denn das Mädel so zugerichtet?" Eric sah Asbach fassungslos an.

„Sieht ganz so aus, als wäre das einer von unsrer Zunft gewesen."

„Machst du Witze?"

„Kein Witz, Eric, der Kerl hat seinen Ausweis fallen lassen, und das Mädel hat`s registriert.

„Nicht zu fassen!"

„Schwarze Schafe gibt`s überall, Eric. Geld regiert die Welt, und seit die Leute wieder richtige Geld in der Hand haben, geht`s mit der Moral bergab. Denk an Brecht: 'Erst kommt das Fressen, dann die Moral`. Du kannst Fressen getrost durch Geld ersetzen. Und jetzt mach`s gut. Ich hau mich auf`s Ohr."

Dieses verdammte Klingeln konnte einen in den Wahnsinn treiben. Asbach drehte sich auf die andere Seite, aber da biss ihn der Klingelton direkt ins Trommelfell. Er sah auf den Wecker. Sieben Uhr. Unmöglich. Er hatte sich doch gerade erst hingelegt. Verdammt kurze Nacht. Ihm fiel der gestrige Abend ein.

War gut, dass er die junge Frau mit ins Hotel genommen hatte. Wenn dem Kerl, der das Mädchen so zugerichtet hatte, aufgehen würde, dass die den Ausweis zuordnen konnte, bestand Lebensgefahr. Bulle im Knast war nicht das Erstrebenswerteste.

Asbach schälte sich aus dem Bett, ging ins Bad, rasierte sich, zog sich an und ging nach unten. Er trank zwei Tassen Kaffee und knabberte an einer Scheibe Knäckebrot herum. Er konnte früh nichts essen, ging einfach nicht. Ihm wurde fast übel, wenn Eric morgens, was Gott sei Dank nur selten vorkam, mit an seinem Tisch saß und eine Portion Bratkartoffeln verdrückte.

Asbach trank seinen Kaffee aus, erhob sich und ging zum Tresen.

„Was macht die geschundene junge Dame, Eric?"

„Schläft noch. Hab sie angerufen. Hat nur was von `Ruhe, verdammt noch mal` gekrächzt und wieder aufgelegt."

„Pass auf sie auf. Sie soll auf keinen Fall das Hotel verlassen."

Asbach entschloss sich, den Weg zum Präsidium zu Fuß zu gehen. Es war wärmer geworden und an und zu zeigte sich die Sonne. Am Albertplatz hockten noch keine Alkis mit ihren Hunden herum. Die mussten erst ihren Rausch von gestern ausschlafen. Das war etwas, was er nie begreifen würde. Junge, kräftige Leute lungerten den lieben langen Tag nur herum, soffen sich die Hucke voll und ließen überall ihren Dreck liegen.

Warum? Weil man es zulässt, hätte Eric gesagt.

Die Brüder hätte er erbarmungslos in die Spargel- oder Erdbeerernte gejagt. Geld für Bier? Aber sicher. Nur nach der Arbeit. Wer nicht arbeitet, muss auch nicht saufen. Das so etwas geduldet, ja vom Staat noch unterstützt wurde, würde er nie begreifen. Klar war die Arbeitslosigkeit hoch. Aber es gab genug Dreckecken in der Stadt, dass diese Schmarotzer durchaus 5 Tage in der Woche sich nützlich machen konnten. Wenn er an die Bilder der Trümmerfrauen dachte, die, halbverhungert die Stadt nach dem Krieg beräumt hatten und dann diese Parasiten sah, kam ihm die Galle hoch.

Komm wieder runter, Arnt, du hast andere Probleme zu lösen.

Die Hauptstraße lag noch im Morgenschlaf. August der Starke saß unbeirrt von den Widrigkeiten dieser Zeit auf seinem Ross und die Elbe floss in stoischer Gelassenheit Richtung Hamburg.

Am Rathenauplatz bog Asbach in die Schießgasse

ein und betrat das Präsidium durch das Hauptportal. Für acht Uhr dreißig hatte er diesen Hemmerling ins Verhörzimmer bestellt. Er schnappte sich die Mappe mit den bisherigen Ermittlungsergebnissen, dem Befund der Gerichtsmedizin und den Ergebnissen der Spurensicherung.

Null Punkte für eine Haftverlängerung.

Der Herr Kunstmaler saß bereits am Tisch. Ein Bild des Elends. Zwei Nächte U-Haft waren ausreichend gewesen, um aus diesem Hemmerling einen Jämmerling zu machen.

Asbach setzte sich.

„Sie möchten also keinen Anwalt, Herr Hemmerling, oder haben Sie Ihre Meinung geändert?"

„Wer unschuldig ist, braucht doch wohl keinen Rechtsbeistand?" Hemmerling sah den Hauptkommissar mit aufkommendem Trotz an.

Hast du einen Ahnung, Junge, wie viele Leute auf dieser Welt unschuldig im Knast sitzen, dachte Asbach.

„Also fangen wir noch einmal an: Ihre Beziehung zu Frau Ziegenbalg?"

„Sie hat mich und meine Kunst gefördert."

„Wie darf man das verstehen?"

„Sie hat mir hin und wieder finanziell unter die Arme gegriffen."

„Und Sie Ihr aus reiner Dankbarkeit unter den Rock?"

Hemmerling schwieg. Sein Gesicht drückte abgrundtiefe Verachtung ob solcher Vulgarismen aus.

„Was hat die Dame Ihnen so im Durchschnitt für Ihre Dienstleistungen gezahlt?"

„Ich sagte bereits, dass Frau Ziegenbalg eine großzügige Mäzenin der Bildenden Künste war und meiner Malerei im Besonderen."

„Was hat die große Kunstmäzenin an Pinselgebühren gezahlt, will ich wissen?"

Asbach schlug einen schärferen Ton an. Eh du hier raus kommst, mein Junge, mach ich dir noch ordentlich Feuer unter deinem Allerwertesten.

Hemmerling schwieg, aber in seinen Augen flackerte Angst.

„Sie sind mit Leona Nachterstedt befreundet?"

„Befreundet ist wohl etwas übertrieben. Ich habe der jungen Dame hin und wieder Nachhilfeunterricht erteilt. Sie hält sich für eine große Malerin, aber leider fehlen ihr jegliches tiefe Empfinden und die innere Spannung, von der ein Kunstwerk lebt."

„Wieviel Mal haben Sie zugestochen, als Sie die Frau aus Habgier töteten?"

Dagobert Hemmerling erstarrte zur Salzsäule. Sein weit geöffneter Mund versuchte Worte zu bilden, aber es wurde nur ein undefinierbares Geräusch. Dann kam ein gurgelndes „Niemals" aus seiner Kehle. „Niemals könnte ich so etwas tun. Um Gottes Willen, mit einem Messer. Er sah den Hauptkommissar an und murmelte voller Abscheu: „Mit einem Messer? Oh Gott."

„Sie wurde erdrosselt." Asbach sagte es leise, fast wie nebenbei. Dagobert Hemmerling sah sein Gegenüber verständnislos an.

„Mit einer Garotte", ergänzte Asbach.

„Garotte?" Der Blick Hemmerlings wurde nahezu debil.

„Eine Metallschlinge mit Holzgriff. Dem Opfer wird die Luftröhre zusammen gepresst und es stirbt langsam, qualvoll und lautlos."

Ein langgezogenes Stöhnen kam aus Hemmerlings Mund.

Asbach öffnete die Mappe und legte zwei Fotos auf den Tisch.. Das Gesicht der Toten war darauf aufgedunsen und blau verfärbt. Kein besonders schöner Anblick.

Der Mann wurde aschfahl, sprang auf und übergab sich. Als er wieder zu sich kam, stöhnte er: „Sie sind ein Sadist, Herr Hauptkommissar."

Asbach erhob sich und wies auf die Tür. „Sie können gehen, aber halten Sie sich zu unserer Verfügung."

Die Dienstberatung, die Hartmann für elf Uhr anberaumt hatte, brachte wenig Neues. Sie hatten den Ziegenbalgmord. Eigentlich nicht ihr Kompetenzbereich, aber da wahrscheinlich Korruption in größerem Umfang dabei war, würde es mit ziemlicher Sicherheit ihr Fall bleiben.

Staatsanwalt Mayerhuber, der seit kurzem zur KoK gehörte, erklärte, dass in der Immobiliensache Großenhainer Straße alles mit rechten Dingen zugegangen sei.

Hartmann verzog leicht das Gesicht. Der Schwindel war zu offensichtlich, nur fehlte bis jetzt Beweismaterial.

„Wer`s glaubt, wird selig", warf Hauptkommissar Maibach lakonisch dazwischen und erntete dafür einen bösen Blick Mayerhubers. Maibach war groß und stabil, wog an die zwei Zentner, hatte Halbglatze, wirkt selbst frisch rasiert unrasiert und sagte grundsätzlich, was er dachte. Mayerhuber, ein geschniegelter Lackaffe, war für ihn das ideale Feindbild.

„Wie, Herr Staatsanwalt Mayerhuber", knurrte Maibach, „bekam dann diese Dame aus Stuttgart den Zuschlag für den Gebäudekomplex, obwohl der Kaufvertrag mit zwei Investoren aus dem Allgäu und dem Alteigentümer nahezu abgeschlossen war?"

„Mein sehr verehrter Herr Maibach, Ihre Informationen sind leider sehr lückenhaft. Besagte Stuttgarter Rechtsanwältin erhielt den Zuschlag, da sie als einzige Interessentin zusicherte, eine größere Summe in den Ausbau von Sozialwohnungen zu stecken. Und das hat wohl Vorrang bei der ausgesprochen misslichen Lage auf dem hiesigen Wohnungsmarkt. Oder sind Sie da anderer Meinung, mein sehr verehrter Herr Maibach?"

Maibach verzog das Gesicht bei „mein sehr verehrter" als hätte er auf eine Nacktschnecke gebissen.

„Auf diese größer Summe bin ich aber gespannt, mein sehr verehrter Herr Staatsanwalt Mayerhuber."

Er hatte die Schnecke wieder ausgespuckt.

„Das reicht jetzt, meine Herren", fuhr Hartmann dazwischen. „Hans", er wandte sich an Maibach, „du bleibst an der Immobiliengeschichte, obwohl ich der Meinung bin, dass die Sache koscher ist. Und kümmere dich weiter um die Alteigentümer von Großimmobilien, da sollen ebenfalls miese Geschäfte laufen."

Maibach sah Mayerhuber an, doch der tat so, als hätte er den Stich in den Rücken überhaupt nicht wahrgenommen.

„Arnt, wie sieht`s in der Mordsache Ziegenbalg aus?"

„Miserabel, dieser Hemmerling hat ein Alibi und es gibt keinerlei Ergebnisse der Spurensicherung, die es gerechtfertigt hätten, ihn weiter in U-Haft zu behalten."

„Sie haben den Hauptverdächtigen laufen lassen, Herr Hauptkommissar Asbach?" Mayerhuber schien fassungslos.

„Allerdings. Den Mann hätte jeder Jurastudent im vierten Semester in drei Minuten freigehabt."

„Du bleibst an der Sache dran, Arnt", entschied Hartmann. „Die Frau kann Betrügereien in dem Umfang unmöglich allein durchgezogen haben. Nimm die Scheinfirmen unter die Lupe und versuche, an die Hintermänner heranzukommen. Das Ganze konzentriert sich, wie es aussieht, auf die Baubranche."

„Da ist noch was, Henning", Asbach drehte seinen Kugelschreiber zwischen den Fingern. Er war sich nicht sicher, ob das hierher gehörte, aber er musste es los werden. „Es gibt Gerüchte, dass sehr junge Mädchen aus der Straßenkinderszene verschwinden."

„Daran werden Sie sich gewöhnen müssen, meine Herren", warf Mayerhuber ein, "gehört in unseren Großstädten zum Alltag."

„An gar nichts werden wir uns gewöhnen", knurrte Asbach. „Soll ich der Sache nachgehen, Henning?"

Henning Hartmann rieb sich die Nase. „Lass mich darüber nachdenken."

Für Asbach war damit klar, dass ihn der Chef unter vier Augen sprechen wollte.

„Gibt es sonst noch was?" Hartmann sah in die Runde.

„Die Bank mauert", warf Zickler ein. „Wir kommen keinen Schritt weiter, obwohl sicher ist, dass die beiden Plattenbausanierer nicht auf legalem Wege an derart große Summen kommen konnten, wie sie sie für den Erwerb ganzer Wohnblöcke, einschließlich der Immobilie auf der Großenhainer Straße benötigten. Ist alles mit dem Bauministerium abgesprochen, lautete die lapidare Antwort der Bank."

„Behaltet die Herren Ritter und Neumann weiterhin im Blick." Hartmann kritzelte etwas auf seinen Block. „Überprüft jede Kontaktaufnahme dieser Plattenbausanierungsexperten, auch die ihrer Frauen."

Zickler nickte.

„Dann an die Arbeit, Leute!"

Auf dem Gang tippte Maibach Asbach auf die Schulter.

„Lust auf einen Kaffee?"

„Immer, Hannes, wenn er nicht aus dem Automaten kommt."

„Bei mir kommt nichts aus dem Brühespucker, Arnt.

„Na dann, es lebe die gute, alte Kaffeemaschine!"

Maibach goss ein. „Was hältst du von diesem Mayerhuber?"

Asbach grinste. „Wahrscheinlich Referendar ohne zweite Staatsprüfung. Wäre drüben wahrscheinlich Taxifahrer geworden. Hat Glück gehabt, dass er jetzt hier als Missionar arbeiten kann."

„Missionar?"

„Hier kann er den unwissenden weißen Negern im Osten endlich Lesen und Schreiben beibringen."

„Mein Gott, Arnt," lachte Maibach, „von dieser Warte hab ich das ja noch nie betrachtet. Ich frage mich, wie ich in dieser Welt ohne dich auskommen würde?"

Asbach nickte mit geheuchelt ernster Miene, schwenkte den Rest seines Kaffees in der Tasse, trank aus und sah Maibach an. „Was ist denn eigentlich mit der Großenhainer Straße los?"

„Stinkt zum Himmel, sag ich dir, was da gelaufen ist. Sobald ein Alteigentümer seinen Anspruch geltend macht, wird Einspruch erhoben. Die Anträge gehen dann an das Amt für offene Vermögensfragen. Prüfung des Sachverhaltes, Einspruch, Verzögerung, erneute Prüfung des Sachverhaltes, bis der Eigentümer zermürbt ist und sich mit einer lächerlichen Summe abspeisen lässt.

Der Komplex auf der Großenhainer ist ein Paradebeispiel dafür. Zwei Herren vom Bodensee hatten eine ordentliche Summe für das Gebäude geboten. Der Alteigentümer war einverstanden. Plötzlich meldet sich das Denkmalsamt.

Verzögerung!

Querelen!

Als die Bedenken ausgeräumt sind, meldet sich das Amt für Restitutionsfragen. Neue Verzögerung. Und siehe da, das Ding kippt und eine Dame aus Stuttgart erhält den Zuschlag."

„Hat sicher mehr geboten, die Stadt braucht halt immer Geld."

„Sollte man annehmen, war aber nicht der Fall. Besagte Dame hat weniger geboten und trotzdem den Zuschlag erhalten."

„Versteh ich nicht, Hannes." Asbach schüttelte den Kopf. „Geht doch der Stadt eine Menge Geld verloren?"

„Sicher Arnt, aber was ist mehr Wert: Freundschaft und Liebe oder schnöder Mammon? Die Dame ist eine gute Freundin eines sehr hohen Tieres am Landgericht und das wiederum hat einen guten Freund bei der Staatsanwaltschaft. Der ist nun befreundet mit einem, der das Sagen in

Restitutionsfragen, sprich Rückübertragung von Alteigentum, hat."

„Da könnte man doch glatt denken, dass sich Ost und West bereits blendend miteinander verstehen."

Maibach holte tief Luft. „Ich glaube fast, du hast das jetzt verstanden."

„Hast du Beweise für die Mauscheleien?"

„Selbst wenn ich welche hätte, wäre die Immobilienschieberei, die hier läuft, nicht zu stoppen."

„Du willst also die Mauscheleien einfach so hinnehmen? Wozu ist die KoK dann überhaupt gegründet worden Hannes?"

„Recherchieren, archivieren und nichts vergessen. Unsere Stunde kommt, mein lieber Arnt. Irgendwann kehrt wieder Ordnung ein in hiesigen Landen und dann kommt unsere Stunde."

„Man muss nur fest dran glauben", grinste Asbach.

„An irgendwas muss der Mensch glauben." Maibach erhob sich, ging zu einem Regal, zog einen Ordner heraus und und entnahm ihm eine Flasche Kognak. Ich glaube wir trinken erst mal einen." Er goss jedem einen kräftigen Schluck in die Kaffeetasse.

„Prost! Übrigens zu deinen verschwundenen Mädchen, es gibt Gerüchte über ein Kinderbordell in der Stadt, falls dich das interessieren sollte."

Asbach sah Maibach fragend an.

„Hier hast du eine Telefonnummer." Maibach schob einen Zettel über den Tisch. „Der Bursche ist ein Windhund, aber wenn du Glück hast eine erstklassige Informationsquelle. Hat Kontakte, die ihn wahrscheinlich nicht sehr alt werden lassen.

„Danke ‚Hannes.“ Asbach erhob sich.

„Und denk dran, Arnt, Korruption, Prostitution, Betrug und Erpressung gehören zu einer Groß-familie, und wenn du einem von denen zu Nahe kommst, stürzt sich die ganze Sippe auf dich.“

„Nochmals Danke, auch für den Kaffee.“

Dagobert Hemmerling lief zwei Stunden nach seiner Freilassung wie betäubt durch die Stadt, trank auf der Prager Straße einen Kaffee und aß an einem Imbiss eine Bockwurst. Trotzdem verschwand das flaue Gefühl in seinem Magen nicht. Annes blau verfärbtes Gesicht und der dunkle Streifen um ihren Hals hatten ihn in einen Schockzustand versetzt.

Dieser sadistische Hauptkommissar konnte ihn jetzt mal.

Er würde das Geld holen und für längere Zeit in der Dominikanischen Republik untertauchen. Dort kannte er sich aus. Hatte schon zwei Mal Urlaub in Punta Cana gemacht. Mit Mutter.

Seiner Behüterin.

Seiner Beschützerin.

Kurz nach dem Fall der Mauer hatte Mutter das Haus samt Grundstück an einen Herrn aus Bremen verkauft. Die Lage in den Wachwitzer Höhen hatte den Preis bestimmt und der konnte sich sehen lassen. Sie waren nach dem Verkauf des Hauses in die Dominikanische Republik geflogen. Dagobert sollte dort malen. Mutter war von seinem Talent überzeugt, sah in ihm bereits einen berühmten Maler. Das hatte angefangen, als er in der zehnten Klasse bei einer Schulausstellung ein Bild präsentieren durfte. Es war ein Bild, das aus vielfarbigen

Klecksen bestand. Der Lehrer für Kunsterziehung war gerade zur der Zeit in seiner durstigen Phase gewesen. Er erkannte inmitten der Kleckse indianische Motive, Palmen, blaues Meer und schneeweiße Strände.

Vom Tag dieser Ausstellung an war Mutter von seinem Talent überzeugt. Sie tat alles, um aus ihrem Sohn einen Paul Gauguin zu machen. Als der hochtalentierte Sohn sich dann mit dieser zweifelhaften Person einließ, zog Mutter sich zurück.

Zerwürfnis!

Funkstille!

Keine finanziellen Zuwendungen mehr!

Keine gemeinsamen Urlaubsreisen mehr!

Dagobert schüttelte den Kopf. Mutter würde sich wundern, wenn er eines Tages mit seinen in der Südsee gemalten Bildern Millionen verdienen würde.

Er bog von der Königsbrücker in die Jordanstraße ein und stieg die drei Treppen hoch.. Erst mal unter die Dusche und den Mief der U-Haft runterspülen. Danach zog er seinen weißen Bademantel an, den er sich nach dem Konzert eines berühmten Schlagersängers gekauft hatte.

Dagobert legte sich aufs Bett und brannte sich einen Joint an. Er inhalierte tief und malte sich aus, wie er am Strand, die Füße von Wellen umspült, malen würde. Er hörte das Plätschern der Meereswellen, roch das Salz in der Luft und eine große Gelassenheit überkam ihn.

Das üppige, nackte Mädchen, das als Modell vor ihm im Sand lag, zwinkerte ihm verheißungsvoll zu, spreizte leicht ihre Oberschenkel und zeigte ihm ihre rosafarbene Muschel.

Plötzlich spürte er eine Hand, die sein aus dem Bademantel ragendes, heißes Glied berührte.

Er sah auf.

Leona mit einer großen Sonnenbrille und blonder Perücke.

„Hast du Lust?"

„Zieh dich aus!"

„Mit Handschellen?"

„Von mir aus, aber beeil dich!"

Leona nahm die Handschellen aus dem Schieber des Nachttisches und fixierte seine Fuß- und Handgelenke an die Bettpfosten. Sie griff sich die über dem Stuhl hängende Hose, nahm die Geldbörse und zog die EC-Karte heraus. Dann nahm sie eine Einwegspritze aus ihrer Tasche, griff sein steifes Glied und fuhr Dagobert an: „Den Schlüssel für das Schließfach und die PIN!"

„Bist du bescheuert?" Er begann wütend an seiner Fesselung zu zerren.

Leona sah verächtlich auf sein jetzt kleines, schrumpliges Ding.

„Der Schlüssel!"

„Du kannst mich mal!"

„Der Schlüssel!" Leonas Stimme war hart und schneidend. Ihr war klar, dass dieser Mistkerl mit dem Geld spätestens morgen verschwunden wäre. Sie griff mit spitzen Finger die welke Haut seine

Gliedes, zog es nach oben und setzte die Kanüle der Spritze an.

„Schlüssel und PIN!"

„Leck mich!"

„Du mich nicht!"

Sie drückte die Kanüle so fest gegen den Schrumpelpenis, dass die ersten Blutstropfen in die Schamhaare liefen.

Dagobert begann zu schreien.

„Du weißt, dass dich hier keiner hört, also hör auf damit und spitz deine Löffel. Schlüssel und PIN oder die Ladung Essigessenz landet in deinem Wurm und der fault dann ganz schnell ab."

War zwar nur Wasser in der Spritze, aber das wusste der Kerl ja nicht.

„Also, PIN und Schlüssel! Ich hol das Geld und zwar sofort. Du bekommst fünftausend und kannst verschwinden. Und das möglichst schnell, denn die sind schon hinter uns her."

Leona ließ ihn los und nahm die Sonnenbrille ab.

Dagobert sah voller Entsetzen in ihr geschwollenes und verfärbtes Gesicht.

„3875. Der Schlüssel ist in der Zuckerdose."

Sie würde das Geld holen, zurückkehren, die fünftausend auf den Tisch legen und seine Handgelenkfesseln lösen. Den Schlüssel für die Handschellen müsste er sich dann, mit dem Bett durch das Zimmer rutschend, vom Bücherregal holen.

Der Vorsprung würde reichen, wieder ungesehen das Hotel zu erreichen.

Als Asbach am späten Nachmittag das Hotel betrat, war das Restaurant nur spärlich besetzt. Eric sah verlegen zur Seite, als Asbach den Blick nach oben richtete und ihn fragend ansah.

„Tut mir leid Arnt, aber das Mädel war nicht zu halten."

„Sag nicht, sie hat das Hotel verlassen."

„Sie hat mir zwei Möglichkeiten angeboten. Entweder ich würde sie anketten oder mich auf sie setzen. Wenn ich keine Kette zur Hand haben würde oder nicht längere Zeit auf ihr sitzen könnte, täte es ihr leid und sie würde einen Spaziergang machen müssen." Eric zuckte hilflos mit den Schultern.

„Wäre besser gewesen, du hättest dich auf sie gesetzt. Als Flunder ..."

Das Telefon läutete. Eric nahm ab." Johnson."

Nach wenigen Sekunden hielt er Asbach den Hörer hin.

„Für dich, Arnt."

„Hallo."

„Ist der Herr Hauptkommissar heute Abend frei?"

„Hanna, das ist aber mal eine schöne Überraschung."

„Es gibt keine Überraschungen, mein Herr, es gibt nur Menschen, die keine Fantasie haben und deshalb nie auf das Schlimmste vorbereite sind."

„Es gibt Schlimmeres als einen Anruf von dir:"

„Danke, Herr Hauptkommissar. Also, was ist mit heute Abend?"

„Im Prinzip spricht nichts dagegen."

„Spricht nichts dagegen, na hör mal! Da lädt dich eine der schönsten und erfolgreichsten Journalistinnen eines Käseblattes zum Essen ein und der Herr sagt: spricht nichts dagegen. Nicht zu fassen."

„So betrachtet spricht wirklich nichts dagegen. Und du bist sicher, dass deine Einladung nichts mit einer gewissen Ziegenbalg zu tun hat?"

„Ziegen haben mich noch nie besonders interessiert. Mit Böcken sieht das schon anders aus."

„Neunzehn Uhr, schöne Frau."

Asbach ging nach oben, ließ sich aufs Bett fallen und schleuderte die Schuhe von den Füßen. Julia Roberts, hatte er gedacht, als er Hanna das erste Mal im Raskolnikoff sah. Vielleicht drehten die Amis wieder einen Film hier. Aber es war nicht die Roberts gewesen.

Sie waren sich nahe gekommen, sehr nahe.

Er hatte die Reißleine gezogen.

Keine feste Bindung mehr, solange er in diesem Beruf arbeitete. Die Scheidung von Hannelore lag ihm immer noch in den Knochen.

Ihm ging es hier im Hotel doch blendend, auch wenn er manchmal das Gefühl hatte, dass irgendwas fehlte.

Du verlässt dein Zimmer, ohne auch nur einen Gedanken daran zu verschwenden, ob deine alten Socken in der Wäschetruhe oder auf irgendeinem

Sessel liegen.

Du kannst kommen und und gehen, wie es dir passt.

Du kannst essen, wenn dir danach ist.

Du kannst dich besaufen, wenn du es brauchst.

Dein Zimmer ist immer sauber und aufgeräumt.

Aber etwas fehlte: Die warme Hand, die dir übers Haar fährt, wenn du wieder mal ganz unten bist.

Doch der Mensch kann eben nicht alles haben.

Asbach duschte und zog sich an und ging nach unten.

„Sie ist zurück, Arnt. Hab sie auf Anhieb nicht erkannt. Hat lange, blonde Haare und eine Sonnenbrille von der Größe meiner Radkappen."

„Setz dich auf sie drauf, Eric, wenn sie wieder raus will."

Beim Italiener war es rammelvoll. Asbach ließ sich vom Kellner an den von Hanna reservierten Tisch geleiten. Er bestellte ein Radeberger und einen doppelten Grappa. Verdammte Nervosität, wenn er mit dieser Frau verabredet war. Sie gab nicht auf, obwohl er sich, was ihre Beziehung betraf, eindeutig geäußert hatte.

Sie nahm es einfach nicht zur Kenntnis.

Und das Verrückte war, er sprang, wenn sie pfiff.

"Der Wille des Mannes verhält sich zum Willen der Frau wie eine Fliege, die in Honig gefallen ist und gern wieder raus möchte", hatte er mal irgendwo gelesen.

Das traf den Nagel auf den Kopf.

Einmal im Monat gingen sie essen, das war von Hanna festgelegt worden. Danach verbrachten sie die Nacht in ihrem Schlafzimmer. Er wusste, dass es kaum so bleiben würde, aber momentan gab sich Hanna damit zufrieden.

Dass sie überhaupt noch Lust auf Männer verspürte, war erstaunlich.

Ihr Exmann erklärte ihr nach mehrjähriger Ehe und einem Paar prachtvoller Zwillingsmädchen, dass er sie verlassen werde.

Das kommt vor.

Aber dass er seit längerer Zeit mit einem Mann liiert

war, hatte sie umgehauen.

Schwul, der Mann, und hat es zu spät gemerkt oder dummerweise unterdrückt, bis er es nicht mehr verbergen konnte. Der Schlag muss sie heftig getroffen haben.

Er, Arnt, war der erste Mann, den sie nach der Katastrophe wieder in ihr Bett gelassen hatte.

Da kam sie gelassen auf ihn zu. Die Ähnlichkeit mit der Roberts war umwerfend. Die geschwungenen Brauen, die dunkelbraunen Augen, die Nase mit den zu großen Nasenlöchern, der Mund, der viel zu breit war. Keines dieser Einzelteile entsprach den klassischen Schönheitsnormen. Die Kompositionen zu einem Ganzen ergab allerdings eine der schönsten Frauen, die er kannte. Er war sicher, dass Hanna nachgeholfen hatte, besonders bei der mahagonifarbenen Lockenpracht, aber das änderte nichts daran, dass er sich in ihrer Gegenwart ein wenig wie Richard Gere fühlte.

„Du guckst, als hättest du mich noch nie gesehen, Herr Hauptkommissar."

„Das kommt mir tatsächlich so vor."

Er wies auf den zweiten Stuhl. „Nimm bitte Platz."

Sein Blick ruhte wie gebannt auf dem eng anliegenden, hauchdünnen weißen Pullover, unter dem sich die straffen Rundungen ihrer Brüste abzeichneten. Unbegreiflich, wie man da auf Männer abfahren konnte?

„Ich habe auch schöne Augen, mein Herr!"

„Stimmt auffallend. Was machen die Mädchen?"

„Weibsbilder, in dem Alter können sie dich an den

Rand des Wahnsinns treiben. Keine Ahnung, woher sie diese Aufsässigkeit haben. Ich war mit dreizehn so ein braves Kind ...“

Asbach lachte laut.

Frag meine Mutter, die wird es bestätigen, und alle meine Tanten, Onkel und Nachbarn ebenfalls.“

„Ich wusste ja nicht, dass eure gesamte Familie blind und taub war.“

„Komm du heute Nacht in meine Kemenate, da werden wir sehen, wer am Ende blind und taub ist.“

Sie bestellten. Hanna bestellte einen Salat und einen Schoppen Chianti Classico. Asbach war hungrig. Er wählte Saltimbocca alla Romana mit Rosmarinkartoffeln und gedämpftem Gemüse.

„Denk an deine Figur, Arnt. In Frankreich sollen über fünfzig Prozent der Polizisten zu fett sein.“

„Keine Sorge, Madam, immer hinein mit der Bratwurst, die Haut gibt nach, sagen die Sachsen.“

„Als wir dünner waren, standen wir uns näher, sagen die Österreicher.“ Hanna nahm einen großen Schluck Wein.“

„Ich verhungere, das dauert aber heute eine Ewigkeit.“

„Hör auf zu meckern, Arnt, du bist doch keine Ziege.“

„Bin ich nicht.“

„Soll ja in letzter Zeit ein ungeklärtes Ziegensterben gegeben haben.“

Asbach sah die Frau ihm gegenüber eine Weile an, dann machte er ihr einen Vorschlag: „Du erhältst, wenn der Fall abgeschlossen ist, das Material für einen Exklusivbericht. Bis dahin keine Informationen! Einverstanden?"

„Geht in Ordnung."

Das Essen kam. Es war wie immer vorzüglich.

„Wie ist das Gemüse, mein Herr?"

„Vorzüglich, meine Dame."

„Apropos Gemüse, speziell junges Gemüse, sehr junges Gemüse, soll zur Zeit sehr gefragt sein."

Asbach sah von seinem Teller auf.

„Es ist was faul im Staate Dänemark, commissario."

Asbach ließ die Gabel in der Luft stehen.

„Es gibt Informationen, dass in der Stadt seit einiger Zeit ein schwunghafter Handel mit jungem Gemüse betrieben wird."

„Geht es genauer?"

„Sind Gerüchte, aber die Informationen häufen sich."

„Woher stammen die Mädchen?"

„Teilweise aus Tschechien, aber es sollen auch Straßenkinder von hier verschwunden sein."

„Was sagen deine Quellen noch?"

„Einer meiner Kollegen ist der Meinung, die Sache würde von der Polizei gedeckt."

„Versuch bitte, an mehr Informationen zu kommen. Ich hab so das dumme Gefühl, dass hier ein Rad schwer im Dreck schleift."

„Sollte der Herr Kommissar auch noch andere Gefühle außer den dummen Gefühlen haben, könnten wir jetzt aufbrechen."

Die Mädchen lagen bäuchlings auf den Liegen, nackt und gefesselt. Der Mann mit dem dicken Bauch trat an die erste Liege und schlug zu. Es war kein besonders heftiger Schlag, aber er hinterließ einen roten Streifen auf der Haut des Mädchens.

Eliska schrie und zerrte an ihrer Fesselung.

„Schrei, so lange wie du willst, hier unten hören dich nur die Kellerasseln", knurrte Mirko Müller, der Betreiber des Lolita. Die Mädchen nannten ihn Fiss. Die S-Laute wurden bei ihm, wenn er erregt war zu Zischlauten.

Fiss ging zur zweiten Liege und schlug zu. Anja wand sich wie ein Aal am Haken, gab aber keinen Laut von sich.

„Besser, du schreist", grinste der Mann und ließ die Gerte erneut sausen. Anja drehte sich, so gut sie konnte, um und spuckte nach ihrem Peiniger, gab aber immer noch keinen Laut von sich.

Fiss ging zu Eliska und zog ihr noch einen Schlag über das nackte Gesäß. Das Mädchen versuchte sich aufzubäumen, blieb aber in ihrer Fesselung hängen. Ihr Schrei war gellend und Tränen schossen aus ihren Augen,

Fiss griff hinter sich, zog eine Fernbedienung aus dem Hosenbund und schaltete den Fernseher ein.

„Seht euch das genau an, ihr kleinen Schlampen,

und wenn ihr einmal versucht, stiften zu gehen, werdet ihr umgelegt."

Auf dem Bildschirm erschien das Bild einer großen Melone. Davor stand der schöne Polizist mit den Eisaugen. Er hob seine Pistole und schoss. Die Melone zerplatzte in Stücke.

„Und genau das machen wir mit euch, wenn ihr noch einmal versucht abzuhauen."

Auf dem Bildschirm waren jetzt zwei Dobermänner zu sehen, die sich um einen großen Fleischklumpen balgten. Sie knurrten sich wütend an und rissen Fleischstücke aus dem Brocken.

„Wenn die über euch herfallen, werdet ihr froh sein, wenn ich euch vorher abknalle.

Fiss beugte sich zu Anja herunter und kniff ihr brutal in die Wange. „Schrei endlich, du Luder.

Das Mädchen presste die Zähne aufeinander.

Er löste ihre Fesseln , dreht sie um, nahm ihre kleine Brustwarze zwischen Daumen und Zeigefinger und drückte zu.

Endlich kam der Schrei, auf den er gewartet hatte.

„Kümmert euch um das Stück Dreck da am Boden!"
Mit diesen Worten verließ er den Keller.

Anja löste zuerst die Fesselung Eliskas.

Maria, die am Boden lag, war wieder bei Bewusstsein. Sie hatte den Fluchtversuch geplant.

Die Tür ging auf. Der schöne Polizist, der auf die Melone geschossen hatte, stand breitbeinig in der Tür. „Solltet ihr je auf die Idee kommen, zur Polizei zu gehen – denkt daran, die Polizei bin ich."

Henning Hartmann starrte geistesabwesend aus dem Fenster seines Büros. Baustellen, wohin man blickte. Die Stadt veränderte sich in einem atemberaubenden Tempo.

Aber nicht nur die Stadt veränderte sich.

Auch die Menschen.

Tanz war angesagt!

Tanz ums Goldene Kalb!

Veitstanz!

Geld, Geld, Geld!

Raub und Diebstahl, Betrug und Körperverletzung hatte es schon immer gegeben. Vereinzelt auch Totschlag und Mord. Aber nicht in dem Ausmaß. Und solche hinterfotzigen Sachen wie Überfälle auf alte Damen auf Friedhöfen und diese oberfiesen Enkeltricks waren Neuland für die hiesige Polizei.

Dazu kam dieser elende Drogenscheiß mit einem Rattenschwanz von Beschaffungskriminalität.

„Albanermafia", hatte Maibach in einer Dienstberatung gepoltert. „Rausschmeißen, das Dealergesindel!"

Das Theater, das er damit ausgelöst hatte, war gigantisch gewesen. War bis in die obersten Etagen getragen worden. Die Empörung der Gutmenschen war grenzenlos. Maibach wurde sofort in die rechtsradikale Ecke gestellt. Dass ganz andere Leute zur Verantwortung gezogen werden müssten, davon hörte man in den Medien und von den Gutmenschen kein Wort. Wenn Abfälle aus der Überproduktion der Industrienationen in die Länder der dritten Welt exportiert wurden, konnte es nicht ausbleiben, dass die Kleinstproduzenten in diesen Ländern ihre Existenzgrundlage verloren. Ganz abgesehen von der brutalen Ausbeutung an Bodenschätzen und anderen Rohstoffen.

Kein Wunder, dass diese Menschen sich dann aufmachten ins Gelobte Land, von dem sie gehört hatten, dass dort in den Bächen und Flüssen Milch und Honig fließen würde.

Pustekuchen!

Ein völlig anderer Kulturkreis! Keine Arbeit! Kein Geld! Aber volle Geschäfte!

Probier`s doch mal mit Drogen. Mit Drogen ging immer was. Vor allem bei der Justiz in diesem Land. Wenn du erwischt wirst und keinen deutschen Personalausweis hast, kein Problem. Dann wird dir mit erhobenem Zeigefinger ein freundliches „Du-Du- Du" mit auf den Weg zu deinem nächsten krummen Ding gegeben. Unter einer mittleren bis hohen zweistelligen Zahl an Straftaten musst du dir hier keine Sorgen machen. Ist Gott sei Dank nicht wie zu Hause.

Ohne Geld floss eben auch im Gelobten Land nur graubraune Brühe in den Flüssen.

Geld ist zwar nicht alles, aber ohne Geld ist alles nichts, hatte Großvater immer gesagt.

„Geld verdirbt den Charakter und verführt zu

Untreue". Spruch seiner Großmutter.

„Sag das nicht", hatte Großvater gekontert: „Es gibt drei Dinge, die dem Manne treu sind, eine alte Ehefrau, ein alter Hund und ein Haufen Geld."

Auf alle Fälle war das Leben in mancherlei Hinsicht nicht leichter geworden. Das Geld nahm jetzt wieder eine zentrale Rolle im Leben der Menschen ein. Es hatte den Tauschhandel abgelöst.

Hast du Geld, gehört dir die Welt!

Selbst Polizisten, auch nur Menschen, verhielten sich nicht immer korrekt. Für Gratissex im Tschechenpuff hatte einer seine Karriere aufs Spiel gesetzt. Mehrere Beamte des BKA sollten gleichzeitig die Frau eines Journalisten gevögelt haben, und der Ehemann, der für ein bekanntes Nachrichtenmagazin arbeitete, hatte alles gefilmt und die Herren dann erpresst. Ein Kriminal-kommissar wird als Bankräuber enttarnt, Polizisten eines Sonderkommandos randalieren im Puff und müssen von den eigenen Leuten ruhig gestellte werden.

Ein schwacher Trost, dass das Ansehen der Justiz in der Bevölkerung durch Urteile, die kein normaler Mensch mehr verstehen konnte, noch mehr auf den Hund gekommen war.

Hartmann war nicht ganz wohl, wenn er daran dachte, dass der große Chef ihm diesen Polizei-obermeister Klimpke unterjubeln wollte. Er hatte die Akte gelesen. Nicht sehr vertrauen-erweckend. Der Mann war vor 90 bei der Verkehrspolizei und immer einer der ersten an Unfallorten auf der Autobahn gewesen. Bei Unfällen mit Personenschäden waren damals mehrfach Anzeigen wegen Diebstahls von DM-Beträgen erstattet worden. 1987 wurde die Dreiergruppe überführt und degradiert.

Interne Klärung!

Kein Rausschmiss!

Das Image der Volkspolizei durfte nicht beschädigt werden.

Im Sommer 89 hing der Kerl wieder in einer dubiosen Sache. Bei Geschwindigkeitsdelikten auf der Autobahn wurde bei Barzahlung in DM ohne Quittung der Betrag halbiert.

Die Wirren der Wende hatten ihn gerettet.

Und jetzt sollte der Bursche in seine KoK versetzt werden.

Prost Mahlzeit!

Hartmann schlug noch einmal die Akte auf. Sieht gut aus der Bursche. Alain-Delon-Typ. Die Weiber rissen sich wahrscheinlich um ihn. Nur die Augen störten. Tote Augen, Eiskristalle. Wieso der Chef diesen Typ der KoK unterjubeln wollte, war ihm ein Rätsel. Schon der Dienstgrad sprach dagegen, ganz zu Schweigen vom Lebenslauf.

Es musste Leute geben, die die KoK unter ihre Kontrolle bringen wollten.

Die Tentakel der organisierten Kriminalität bohrten sich durch Mauern bis in die Büros von Gerichten, zwängten sich durch Schlüssellöcher bei der Staatsanwaltschaft, krochen durch Telefonleitungen in staatliche Ämter und machten sicher keinen Halt vor Polizeidienststellen.

Der Krake war unersättlich und ernährte sich von den Leichen, die viele Leute aus der Vergangenheit noch in ihren Kellern hatten.

Was bezweckte der Chef damit, ihm dieses Windei Klimke ins Nest zu legen? Stress war vorprogrammiert. Mit Maibach. Der roch auf hundert Meter gegen den Wind, wenn ein Ei faul war.

Hartmann war, je länger er darüber nachdachte, immer mehr davon überzeugt, dass der große Chef selbst unter Druck stand.

Die Villa aus dunklem Backstein lag weit hinten in einem parkähnlichen Garten am Elbufer. Zur Flussseite hin schützte eine über zwei Meter hohe Mauer und ein gewaltiges, schmiedeeisernes Tor die Anlage vor neugierigen Blicken.

Herrenabend im roten Salon.

Markus Steigenberger, Chef des großen Bauunternehmens ST&T, hatte eingeladen.

Und wie immer war Waldmüller vom Amtsgericht der erste, der seinen kahlen Schädel durch die Tür steckte.

„Servus Markus."

„Sei mir gegrüßt, Günther."

Die Männer gaben sich die Hand, dann verschwand Waldmüller im Bad.

Nase pudern!

Die gut getarnte Minikamera lief seit einer Stunde. Man konnte nie wissen? Der kluge Mann baut vor.

Steigenberger wischte sich die Hand an der Hose ab. Der Händedruck Waldmüllers erinnerte ihn immer an diese eingeweichten Brötchen, die ins Gehackte geknetet wurden.

Staudacher und Fischer kamen wie immer zur gleichen Zeit. Staudacher vom Oberlandesgericht war ein kleiner, gedrungener Mann mit einem schwarzen Bürstenhaarschnitt und Goldrandbrille.

Fischer von der Staatsanwaltschaft, lang und dürr, hatte das Charisma eines gefrosteten Kabeljaus, der, wenn er auftaute, wild in der Pfanne herumsprang, Der Unauffälligste des Triumvirates, aber Steigenberger wusste, dass er der Gefährlichste und Rücksichtsloseste war.

Als Waldmüller wieder auftauchte, grinsten sich Fischer und Staudacher an. Beide wussten, dass der hohe Herr sich auf seine spezielle Weise auf diese Abende vorbereitete.

Steigenberger bat die Herren zur Bar, die sich im Hintergrund des großen Raumes befand. In großen Kristallschalen voller Eiswürfel standen abgedeckte kleine Porzellanschüsselchen mit auserwählten Leckerbissen. In den Gläsern perlte Dom Perignon und aufgeschnittene Vanillestangen verströmten ihren aphrodisierenden Duft.

Die Männer schwangen sich auf die Hocker und grinsten ihre Spiegelbilder an. Waldmüller fuhr sich mit der Hand über die polierte Glatze, hob sein Glas und sah Fischer an.

„Spruch des Tages, Robert?"

„Nur eine Immobilie, die uns gehört, ist eine gute Immobilie!"

Steigenberger sah Fischer an. „Wie steht es eigentlich um den Prozess gegen diesen Amelang?"

„Wir beantragen Lebenslänglich! Mayerhuber hat bereits seine Instruktionen."

„Lebenslänglich, das kriegst du nie durch." Steigenberger schüttelte skeptisch den Kopf.

Fischer lachte. „Frag mal unseren Amtsgerichtspräsidenten."

Waldmüller grinste. „Ist so gut wie erledigt."

„Und die Auftraggeber für den Mord?", fragte Steigenberger.

„Die nehmen wir uns zu gegebener Zeit vor", grinste Fischer: Die haben noch genug anderen Dreck am Stecken."

„Trotzdem, armes Schwein, dieser Bergemann", warf Steigenberger erneut ein. „Wenn man sich vorstellt, es klingelt, der Paketdienst meldet sich, du machst die Tür auf und es knallt. Kaum vorstellbar, dass Leute so weit gehen."

„Immerhin", sagte Fischer, „hat dieser Bergemann als Chef für Restitutionsfragen uns den Zuschlag gegeben, obwohl unser Angebot weit unter dem der Konkurrenz lag."

„Dafür durfte er aber in einem gewissen Haus auf der Leipziger Straße seinem Affen ungehemmt Zucker geben, und außerdem waren bei uns Sozialwohnungen geplant", grinste Staudacher.

„Sozialwohnungen klingt immer gut",lachte Fischer. „Kaltmiete ab 1500."

„Wussten aber nur wir", sagte Steigenberger.

„Jedenfalls können wir froh sein, dass dieser Amelang so schnell gefasst wurde."

Waldmüller strich sich über die Glatze. „Lebenslänglich wird Nachahmer abschrecken."

„Dein Wort in Gottes Gehörgang, Günther", sagte Fischer.

„Wird sicher erhört werden, denn zwischen uns und ihm gibt es keine weitere Instanz", erwiderte Waldmüller.

„Übrigens gibt es an der Peripherie der Stadt", warf Steigenberger ein, einen völlig auf den Hund gekommenen Wohnkomplex – schätzungsweise 250 bis 300 Wohneinheiten. Eigentümer noch nicht ermittelt."

„Klingt verlockend," sagte Waldmüller.

„Ist der Nachfolger für Bergemann schon ernannt?" Fischer sah in die Runde.

„Der neue Chef für Restitutionfragen ist Bergemanns Stellvertreter Wagenzink", grinste Staudacher vieldeutig.

„Wagenzink, ist ja großartig", lachte Steigenberger, dürfte kein Problem sein, der Bursche gehört bereits zu den besten Kunden im Lolita."

„Mach dem Kerl klar", wandte sich Waldmüller an Steigenberger, „dass der so tun soll, als suche er intensiv nach den Erben.. Da die Suche trotz aller Bemühungen ergebnislos verlaufen wird, empfiehlt er der Stadt, zu verkaufen. Biete ihm Hunderttausend und weitere Gratisbesuche im Lolita."

„Ist so gut wie gelaufen", sagte Steigenberger.

„Was mir allerdings überhaupt nicht gefällt", warf Fischer ein, „ist, dass auf der Schießgasse über verschwundene Mädchen gesprochen wird. Wir sollten vorsichtig sein."

„Keine Sorge", erwiderte Staudacher, „einer unserer Leute sitzt ab morgen unter Hartmanns Schreibtisch und hält uns auf dem Laufenden."

„Und sollte uns dort einer zu Nahe kommen", ergänzte Fischer, „ihr wisst, wer hier Entscheidungen trifft."

„Und Polizisten sind Gott sei Dank auch nur Menschen", sagte Staudacher." Hat mancher schon mit Drogen oder Falschgeld gehandelt, ohne es zu wissen."

„Genug der unerfreulichen Dinge, meine Freunde", schlug Steigenberger vor. „Widmen wir uns den Genüssen unserer Gaumen und dem Vergnügen unserer kleinen Soldaten."

Die Männer machte sich über die mit dunkler Schokolade überzogenen Erdbeeren, die Austern, schwarzen Kaviar und die mit Safran verzierten Eischeiben her.

„Ungewöhnliche Kombination, Ei mit Safran." Staudachcher sah Steigenberger erstaunt an.

„Soll laut alter islamischer Medizin die Manneskraft steigern."

„Safran macht den Kuchen geil", brüllte Waldmüller, schlürfte eine Auster und schob sich nacheinander drei Scheiben Ei in den Mund.

Fischer sah Staudacher an und tippte sich an die Nase.

„Prost meine Herren", brüllte Waldmüller erneut und hob sein Glas. „Wo bleibt denn der Schmuck für das Fest, Markus?"

Steigenberger läutete mit einer kleinen Glocke. Auf der der Bar gegenüberliegenden Seite öffnete sich eine Tür und mehrere Mädchen in sehr kurzen Kleidern und Kniestrümpfen betraten den Raum und setzten sich zwischen die Männer an der Bar. Dann ging eine seitliche Tür auf und eine Domina im schwarzen Lederoutfit setzte sich neben Waldmüller. Sie ergriff eine Flasche, in der mehrere Muskatnüsse schwammen, goss den Likör großzügig über ihre halb entblößten Brüste und drückte Waldmüllers bereits gerötetes Gesicht mit der Nase voran in die Spalte zwischen ihren Silikontitten. Waldmüller stöhnte und bewegte seinen Kopf wie ein im Dreck wühlendes Wildschwein.

Steigenberger beglückwünschte sich zu der Idee, dass er die Frau aus Hamburg hatte kommen lassen, obwohl es hier in der Stadt ebenfalls bereits Dominas gab. War zwar verdammt teuer, aber Sicherheit ging vor. So wie sich Waldmüller aufführte, war es eine gute Wahl gewesen.

Dank der präparierten Erdbeeren würde der Abend keine Wünsche offen lassen, zu Mindest, was die Herren betraf.

Und die Kameras liefen seit einer Stunde.

Der Anruf von Hartmann kam gegen sechzehn Uhr.

„Totes Mädchen am Blauen Wunder, Arnt."

„Und was haben wir damit zu tun?"

„Eigentlich nichts."

Pause.

„Du denkst ..."

„So ist es, ich denke. Es gibt da einen gewissen Hauptkommissar, der sich für verschwundene junge Mädchen interessieren soll. Nimm diesen Klimpke mit."

„Und wer soll das sein, Henning?"

„Verstärkung für die KoK."

„Verstärkung, ich denke, wir haben überall Personalmangel?"

„Anweisung von ganz oben."

„Hm."

„Sieh`s dir einfach mal an, Arnt!"

„Wird das keinen Ärger mit K13 geben?"

„Du sollst dir das nur ansehen. Der Chef von K13 weiß Bescheid. Notarzt und Spurensicherung sind schon unterwegs."

„Bin unterwegs." Asbach warf sich die Jacke über. Als er das Präsidium verlassen wollte, fiel ihm dieser Klimpke ein. Er ging zurück, klopfte an die Tür und trat ein.

Der Mann hinter dem Schreibtisch erhob sich.

„Asbach, Hauptkommissar."

„Klimpke, Polizeiobermeister."

Die Männer gaben sich die Hand. Typischer Weiberheld, dachte Asbach. Muss ja ein verteufelt guter Mann sein, wenn er mit dem Dienstgrad hier gelandet ist.

„Der Chef hat angewiesen, dass ich Sie mitnehmen soll."

Asbach fuhr am Terrassenufer entlang, überquerte den Sachsenplatz, gab am Käthe-Kollwitz-Ufer Gas und parkte unmittelbar vor der Polizeiabsperrung am Blauen Wunder. Richtung Schillergarten stauten sich die Neugierigen.

Der Polizist hob das Absperrband, als Asbach seinen Ausweis zeigte. Auf den grauen Sandsteinen nahe am Wasser lag der verschlossene silberfarbene Leichensack.

Asbach sah den Notarzt auffordernd an.

Der mürrisch dreinblickende Mann bückte sich widerwillig und zog den Reißverschluss auf.

Das nackte Mädchen mochte dreizehn, maximal vierzehn sein. Die blonden Haare verdeckten nur zum Teil das blasse Muttermal am Hals des Mädchens. Mit einem Seitenblick nahm er war, dass dieser Klimpke leicht zusammenzuckte, als er die Leiche sah.

„Eventuelle Todesursache?" Asbach sah den Notarzt an.

„Gültige Aussagen erst nach der Obduktion", knurrte der Notarzt. „Hämatome an Bauch und Schenkeln, eingedrückter Kehlkopf." Damit drehte der Mann sich um und stapfte zum Notarztwagen.

Sie fuhren zurück zum Präsidium. Vor Maibachs Tür blieb Asbach stehen, klopfte an und trat ein. Auf Maibachs Schreibtisch lag eine aufgeschlagene Zeitung und er sah, dass Maibach auf achtzig oder darüber war.

„Das musst du dir auf der Zunge zergehen lassen, Arnt. So ein besoffener Rotzer hat in Tolkewitz in einem Blumenladen randaliert. Als zwei Streifenpolizisten den Kerl festnehmen wollten, hat der wie verrückt um sich geschlagen, einem der Männer die Waffe entrissen und sie auf ihn gerichtet. Der zweite Mann hat ihm die Pistole aus der Hand geschlagen und ihm eine verpasst."

Maibach holte tief Luft. „Und weißt du, was das Schöne daran ist, der Richter hat ihn zu zwanzig Sozialstunden verurteilt."

„Vielleicht hatte der Richter eine glückliche Nacht verbracht", grinste Asbach.

„Das Allerschönste aber, mein lieber Arnt, der Abschaum hat die beiden Polizisten wegen Körperverletzung angezeigt. Ich frage mich so allmählich, wo wir hier eigentlich leben?"

„Hannes, Hannes", Asbach schüttelte den Kopf, „so langsam müsstest du doch begriffen haben, dass die zarten Seelen von Suffköpfen und anderen Hohlköpern schweren Schaden nehmen können, wenn man physische oder psychische Gewalt auf sie ausübt. Das kann jahrelange Traumata verursachen, Nächte ohne Schlaf, weil die Erinnerung an das Böse, das man ihnen angetan hat, sie nicht mehr loslässt. Dazu kommt gestauter Hass auf diese primitiven Bullenschweine, die nicht einmal in der Lage sind, mit psychologischem Feingefühl auf die kleinen Ausraster adäquat zu reagieren. Das Ergebnis sind dann schwere und schwerste Depressionen, untersetzt mit nicht mehr zu zügelnden Hassgefühlen, die dann zu neuen, schlimmeren Wutausbrüchen führen. Eine Schaufensterscheibe, mein Gott, Hannes, die paar hundert Euro sind doch Peanuts. Und das blaue Auge der Besitzerin, die dem armen Kerl vielleicht den Griff in ihre Kasse verwehren wollte. Ich bitte dich, der Junge war vielleicht durstig und hatte kein Geld. So etwas muss man doch verstehen und ..."

Maibachs Telefon klingelte.

„Maibach."

„Ja der sitzt bei mir und redet Blech."

„Klar, richt` ich ihm aus, Chef."

Maibach legte den Hörer auf und sah Asbach an.

„Sollst zum Chef kommen, Arnt."

Asbach erhob sich. An der Tür drehte er sich noch einmal um. „Sag dem Randalierer, er soll sich das nächste Mal den Wintergarten des Richters vornehmen. Bin sicher, du wirst mit dem dann verkündetem Strafmaß zufrieden sein."

Hartmann stand am Fenster. Langsam drehte er sich um und sah Asbach merkwürdig an.

„Hattest du nicht vor, demnächst einen Abstecher nach Hamburg zu machen, Arnt?"

„Dienstreise?"

„Mehr privater Natur."

„Rein privater Natur?"

„Nahezu privat. Du wolltest doch schon immer mal zur Reeperbahn, zu Planten und Blomen, zum Fischmarkt, zur Außenalster und ins Panoptikum."

„Soll ich die jungen, barmherzigen Schwestern an der Davidwache beschatten?"

„Sagen wir mal so, es könnte sein, dass du rein zufällig auf eine gewisse Lady Tamara triffst. Es wäre sehr freundlich von dir, wenn du ihr Grüße von mir bestellen würdest."

„Stehst neuerdings auf Lack und Leder?"

„Nicht unbedingt, aber wenn Lack und Leder seine Partnerstadt grüßt, sollte man schon aus reiner Höflichkeit aufmerksam zuhören."

„Red Klartext, Henning!"

„Tamara hat mit mir Abitur gemacht und dann angefangen, in Leipzig Sportmedizin zu studieren. Zwischendurch betreute sie Geschäftsleute gegen harte Währung, deren Veranlagung du möglicherweise als abartig bezeichnen würdest."

„Lack und Leder?"

„Lack und Leder!"

„Und diese Tamara praktiziert jetzt in Hamburg?"

„Hat schon lange vor dem Fall der Mauer die Seite gewechselt."

„Und du stehst mit ihr in Kontakt?"

„Seit das wieder möglich ist, ja."

„Hattest du was mit ihr?

„Wir haben`s mal probiert, aber es hat nicht funktioniert."

„Und diese Tamara hat sich jetzt bei dir gemeldet?"

„Genau so ist es. Sie war für eine Nacht hier in Dresden gebucht und hat dabei etwas mitbekommen, das ihr keine Ruhe mehr lässt."

„Paragraf 176?"

„Möglicherweise Schlimmeres." Hartmann schob ihm eine Telefonnummer über den Schreibtisch. „Es wäre gut, wenn du bald fahren könntest, hab ein ungutes Gefühl in der Magengegend."

„Reicht Samstag?"

„Geht in Ordnung."

Asbach ging zurück in sein Büro. Hamburg, warum nicht? Hatte er schon mehrmals geplant, aber immer war irgendwas dazwischen gekommen.

Sein Telefon meldete sich.

„Hauptkommissar Asbach."

„Reinhardt, Frau Reinhardt."

„Was kann ich für Sie tun, Frau Reinhardt?" Das war doch die Mutter dieses verschwundenen Mädchens.

„Anja hat angerufen." In der Stimme der Frau hörte er ein unterdrücktes Schluchzen.

„Sie hat sich also gemeldet?"

„Es war ein Hilferuf, Herr Hauptkommissar, aber wir wissen nicht, woher er kam."

Samstagmorgen.

Auf der A13 war nicht allzu viel los. Die Pendler starteten erst Sonntagabend oder in der Nacht, um an ihre Richtung Westen verlagerten Arbeitsplätze zu gelangen.

Abach saß völlig entspannt am Steuer. Der BMW schnurrte wie eine Katze, der man den Hals kraulte. Leona Nachterstedt schlief auf dem Beifahrersitz.

Er hatte, was diese Beifahrerin betraf, kein besonders gutes Gefühl. Aber sie nicht mitzunehmen, wäre ein Akte der Unhöflichkeit gewesen. Außerdem war sie eine gute Tarnung für diese Reise. Sie hatte darum gebeten, mitfahren zu dürfen. Wollte ihre Schwester, die in Hamburg eine Boutique besaß, besuchen.

Warum nicht, es war eine reine Vergnügungsreise für einen überarbeiteten Hauptkommissar.

Eric hatte ihn misstrauisch angesehen. Er schien in Leonas Gegenwart wieder zum Leben zu erwachen, zog in ihrer Nähe den Bauch ein, bedieselte sich mit Gaultier und spreizte sich wie ein Pfau in der Paarungszeit.

Dem Mädchen schien das zu gefallen. Sie putzte Gläser, räumte am Abend die Tische ab und Asbach hatte das Gefühl, dass Erics weiberfeindliche Einstellung zu bröckeln begann.

„Nicht meine Kragenweite", hatte er gesagt, als die Rede auf diese Hamburgreise kam.

Eric schien erleichtert.

Und jetzt hatte er das Mädel an der Backe.

Zwei komfortable Zimmer im Atlantik.

Keine Spesenabrechenung. Niemand sollte von diesem Ausflug erfahren, so Hartmann.

Geld! Was solls. Er besaß mehr als genug davon. Außerdem waren vier von den fünf Buchstaben des Wortes rund, und was rund war, musste rollen!

Klar war Geld eine feine Sache, wenn man welches hatte. Ihm fiel nichts ein, was dem Menschen mehr Freiheit verschaffte als Geld.

Ihm war es zugelaufen. Wahrscheinlich lag es daran, dass ihm die Gier, Geld anzuhäufen, fehlte. War wahrscheinlich wie mit den Frauen. Wenn du ihnen hinterher läufst, wenn du sie um jeden Preis haben willst, laufen sie dir davon. Nimm keine Notiz von ihnen, tu so, als könnten sie dir den Buckel runterrutschen, und schon laufen sie dir hinterher.

Seine Leidenschaft war das Börsenspiel geworden. Wobei es ihm nicht unbedingt um Gewinne ging. Wichtig war, dass er mit seinen Entscheidungen und Markteinschätzungen richtig lag, dass seine Nase die richtige Witterung aufgenommen hatte.

War schon ein erhebendes Gefühl, wenn man technische Neuerungen verfolgte, investierte und richtig lag. War ihm erstmals mit einer Aktie im Bereich der Telemetrie gelungen. Er hatte bei 6 Euro gekauft, bei 10 Euro nachgekauft und bei 32 Euro verkauft. Seitdem hatte ihn die Börse voll im Griff.

Er hatte Verluste gemacht und war deprimiert.

Er hatte Gewinne macht und war euphorisiert.

Es war wie in der Liebe, nur vielleicht nicht ganz so schmerzhaft.

Verdammt, das hätte schief gehen können. Er hupte und ging auf die Bremse. Der Idiot vor ihm zog in die linke Spur, ohne zu blinken

Konzentrier dich auf den Verkehr, wenn du mit der jungen Dame heil in Hamburg ankommen willst.

Er warf einen Blick nach rechts.

Die junge Frau schlief.

Doch da irrte sich der Herr Hauptkommissar. Sie würde höllisch aufpassen müssen, dass bei dieser Reise nichts schiefging. Der Mann neben ihr ahnte, wie es aussah, nichts davon, dass sie Reisebegleiter hatten. Seit ihrer Abfahrt in Dresden waren ihr zwei Männer in einem dunklen Wagen aufgefallen, die sich, zwar mit großem Abstand, aber konstant hinter ihnen hielten. Ob die hinter ihr oder hinter dem Kommissar her waren, würde sich herausstellen. Möglicherweise war es dieser Mistkerl, der sie in ihrer Wohnung überfallen hatte. Eins war klar, sie musste den Kerl finden, bevor der sie fand. Wenn der gemerkt haben sollte, dass sie seinen Ausweis gesehen hatte, musste sie mit dem Schlimmsten rechnen, denn Bulle im Knast war sicher nicht das Gelbe vom Ei.

Sie war froh, dass es mit dieser Reise geklappt hatte.

Superidee, das mit der Schwester in Hamburg.

Dieser Hauptkommissar gefiel ihr immer besser.

Kilimandscharo!

Außen Schnee und Eis, innen wahrscheinlich sehr heiß.

Sie würde den Herrn Hauptkommissar auf eine harte Probe stellen. Er würde Augen machen, wenn sie als Gesha mit einem Kimono, den Getas an den Füßen, ihrer schwarzen Perücke, dem weiß geschminkten Gesicht und dem rubinrot geschminkten Schmollmund vor seiner Zimmertür stehen würde.

Utensilien für Verkleidungen hatte sie immer im Gebäck, wenn sie auf Reisen ging, was allerdings in den letzten Jahren sehr selten vorgekommen war. Sie hatte sich schon als kleines Mädchen gern verkleidet. In der Schule war sie fast vier Jahre in der Theatergruppe gewesen.

Es war einfach schön, mal jemand anders zu sein und Freunde zu verblüffen.

Die Geshaausrüstung war ihr von ihrer Beziehung mit Arnold geblieben. Mit ihm, dem Staatssekretär, hatte sie eine längerer Beziehung unterhalten. Arnold war zwar verheiratet, aber irgendwas stimmte in der Ehe nicht. Mit einer Ehe konnte man im gehobenen Staatsdienst so mancherlei vertuschen. Eines Tages war Arnold von einer Reise aus Hong Kong zurückgekommen und hatte ihr eine komplette Geshagewandung mitgebracht. Was er ihr dazu vorschlug, war schon ungewöhnlich. Sie sollte sein Sampanmädchen werden. Diese Mädchen beugten sich während des Geschlechtsverkehrs aus dem Sampan und hielten ihren Kopf unter Wasser. Durch die Angst, zu ertrinken, entwickelt die Vagina Spasmen, die die Lustgefühle des Mannes ins

Unermessliche steigerten.

Es war die Zeit, in der sie alles ausprobieren wollte.

Arnold besorgte eine halbhohe Regenwassertonne. Sie beugte sich über einen Stuhl, schob ihren Kimono bis zur Hüfte hoch, und während Arnold von hinten in sie eindrang, drückte er ihren Kopf unter Wasser.

Und dabei war es passiert. Während sie kurz Luft holte, war sein Stöhnen in ein furchtbares Röcheln übergegangen. Er war schlaff geworden und auf den Boden gestürzt. Sein linker Mundwinkel war schief verzogen, seine Augen geschlossen und seine gebräunte Haut hatte alle Farbe verloren.

Schlaganfall war ihr erster Gedanke. Sie hatte ihren Kimono nach unten gezogen, sich hingekniet und seinen Kopf in ihren Schoß gelegt. Wenn der jetzt stirbt, würde das ein Riesentheater geben.

Die Frau, die Kinder, das Ministerium.

Wie unangenehm!

Sie hatte ihm zwei leichte Ohrfeigen gegeben. Arnold hatte die Augen geöffnet und irgendwas Unverständliches gebrabbelt.

„Ich ruf den Notarzt!"

Arnold versuchte den Kopf zu schütteln. Dann war ein kaum verständliches Ffffraaau aus seinem Munde gekommen.

„Soll ich deine Frau anrufen?"

Er hatte so etwas wie ein Nicken versucht.

Sie hatte ihm ein Kissen unter den Kopf geschoben, war aufgestanden und hatte seine Brieftasche durchsucht. Die Telefonnummer stand auf seiner

Visitenkarte.

Sie rief an.

Die Stimme der Frau war tief und angenehm.

„Adresse und unternehmen Sie nichts, bevor ich bei Ihnen bin."

Die Frau, die nach etwa zwanzig Minuten in ihrer Tür stand, war groß und kräftig mit männlich breiten Schultern.

Ruderin, hatte sie gedacht.

Die Frau erfasste die Situation mit einem Blick.

„Rufen Sie den Notarzt und ziehen Sie sich um!" Kommandoton. Sie beugte sich zu dem am Boden liegenden, röchelnden Mann und murmelte: „Esel!", und begann ihn wieder halbwegs anzukleiden. Dann schob sie die Wassertonne in eine Zimmerecke, deckte sie mit einer Tischdeck ab und öffnete die Fenster.

„Machen Sie Kaffee!"

Als der Notarzt kam, war der Tisch gedeckt. Es hatte ausgesehen wie beim Kaffeeklatsch bei Freunden.

Arnold hatte einen Schlaganfall erlitten und saß jetzt im Rollstuhl.

Die Frau mit den breiten Schultern war noch einmal zu ihr gekommen. Sie hieß Irene, hatte ein Flasche Champagner dabei und war beim Du-Kuss sehr heftig geworden.

Leona schrak aus ihrem Halbschlaf auf. Ihr Kopf ruckte nach vorn, da der BMW plötzlich abbremste. Vor ihnen scherte ein Lkw nach links aus und die beiden Fahrer liefert sich ein Wettfahren.

„ Wäre gut", knurrte Asbach, „wenn die Autobahnen

doppelstöckig wären. Unten die Lkws und oben die Pkws."

Leona war zu müde, um etwas zu sagen. Sie lehnte ihren Kopf zurück, döste weiter.

Asbach spürte, dass er ebenfalls schläfrig wurde. Als der Brummer vor ihm wieder einscherte, trat er aufs Gaspedal, bis der Adrenalinstoß ihn wieder hellwach machte.

Die letzte Nacht war verdammt kurz gewesen.

Er hatte gestern die Nummer angerufen, die er von Maibach hatte.

„Kowalski, Detektivbüro."

Raue Stimme.

Kettenraucher!

Sie hatten sich im Raskolnikoff getroffen. Der Mann war mittelgroß und dünn wie ein Katzenhaar. Sein Händedruck aber war überraschend fest und hart.

Es war ein Abtasten geworden, wie bei zwei Boxern, bevor der Kampf richtig beginnt. Als Asbach Maibach erwähnte, lachte Kowalski. „Hätten Sie gleich sagen können, Herr Hauptkommissar. Ich weiß nicht, was Ihnen Maibach erzählt hat, aber ich vermute, dass es nicht allzu viel war. Ich habe bis zur Wende für das MfS und hin und wieder auch für den BND gearbeitet. Sie können jetzt auf Abstand gehen oder einen ausgeben."

Sie hatten über Gott und die Welt geschwatzt und nach dem dritten Bier hatte er die verschwundenen Mädchen ins Gespräch gebracht.

„Mein lieber Herr Asbach, zu Ihrem Bekanntenkreis hier in der Stadt scheint aber die Hautevolee nicht zu gehören. Dass es hier ein Kinderbordell gibt, wird allgemein vermutet, nur weiß keiner, wer es betreibt und wo es betrieben wird. Mädchenhandel war schon immer ein lukratives Geschäft und ist es wieder. Und nicht nur Mädchen und junge Frauen aus Osteuropa werden gehandelt, auch sehr junges Gemüse aus den Nachbarländern und auch aus dem hauseigenen Garten stehen auf den Speisekarten ganz oben."

„Und wenn das junge Gemüse welk wird?"

„Die alten Handelswege sind noch im Gebrauch. Hamburg, Bremen und ab in den Orient. Vor allem in die ehemaligen Fremdenlegionärsbordelle von Sidi-bel-Abbes in Marokko. Sind zwar totgesagt, aber Totgesagte leben ja bekanntlich lange. Legionärsbordelle, wie das in Meknes, wo man ein ganzes Stadtviertel mit über fünfhundert Gebäuden abgeriegelt und zum größten Legionärspuff der Welt gemacht hat, existieren zwar nicht mehr, aber der Appetit auf helles, wenn auch schon leicht angewelktes junges Gemüse hat sich in dieser Region gehalten."

„Also, wenn die Gärtner, die für das junge Gemüse hier zuständig sind, annehmen, dass die Lagerung hier zu heiß wird, exportiert man."

Kowalski hatte ihn leicht grinsend angesehen, sein sechstes Bier gekippt, die zehnte Zigarette angezündet und gesagt: „Da liegt der Herr nicht ganz falsch. Der Handel mit Mädchen, aber auch mit Jungen, ist inzwischen mindestens so einträglich geworden wie der Waffen-und Drogenhandel. Man rechnet mit mehreren Milliarden Dollar jährlich."

„Gutbetuchte Kunden?"

„Sehr gutbetuchte Kunden.

„Sie interessieren sich besonders für die Kundschaft?"

„Stimmt, aber an erster Stelle möchte ich die Mädchen aus diesem Sumpf von Gewalt und Drogen herausholen."

Kowalski hatte sich noch ein Bier bestellt und plötzlich gefragt: „Es gab einen Mord in unserer friedlichen Stadt?"

„Allerdings."

„Kanzlei Ziegenbalg?"

„Gut informiert, der Herr."

„Wussten Sie, Herr Asbach, das über die Kanzlei dieser Frau in den letzten Jahren von einer sehr kleinen Investorengruppe ganze Häuserblocks aufgekauft wurden?"

Hatte er nicht gewusst. Was sich hier im Lande mit Immobilien abspielte, stank zum Himmel. Dann war also der Betrug mit den Arbeitsvermittlungsscheinen nur so ein kleiner Nebenerwerb gewesen. Die Frau musste also einem anderen, wahrscheinlich größeren Raubtier auf die Zehen getreten sein.

„Eine kleine Investorengruppe?"

„Eine sehr, sehr kleine. Das Duo hat vom Bodensee aus einen schwunghaften Autohandel hier im Osten aufgezogen. Wir Ossis waren ja nach der Wende hinter den Westautos her wie der Teufel hinter der armen Seele. Mitte der 90er haben die Brüder dann eine Niederlassung am Stadtrand von Dresden eröffnet, tonnenweise Geld gescheffelt, Immobilien aufgekauft und sind dann urplötzlich abgetaucht."

Liefen die Geschäfte nicht mehr?"

„Immobiliengeschäfte laufen immer, aber es muss mit einer anderen stärkeren Gruppe von Strauchdieben Ärger gegeben haben."

„Und die saßen am längeren Hebel?"

„Danach sah es aus."

War jedenfalls ein sehr interessanter und aufschlussreicher Abend gewesen, mit diesem Herrn Kowalski. Bin gespannt, was diese Hamburgreise bringen wird, dachte Asbach und konzentrierte sich wieder auf den Verkehr, der kurz vor Hamburg immer dichter wurde.

Leona warf einen Blick in den Rückspiegel. Das dunkle Auto war immer noch hinter ihnen, wenn auch in einem sehr großen Abstand.

Sie waren im Atlantik zu ihren Zimmern geleitet worden und hatten vereinbart, sich in einer guten halben Stunde in der Lobby zu treffen. Asbach war bereits nach zwanzig Minuten unten und bestellte sich einen Espresso und griff sich eine Zeitung.

Plötzlich trat eine wunderschöne Asiatin an seinen Tisch und zwitscherte: „Darf ich mich zu Ihnen setzten, mein Herr?"

Er stand auf und bot der Dame einen Stuhl an.

Aus den Augenwinkeln sah er, dass die ungeteilte Aufmerksamkeit der anderer Gäste seinem Tisch galt.

Die Dame lächelte ihn an.

„Leona!"

„Tut mir leid" – er spürte genau, dass eher das Gegenteil der Fall war – „ich hätte sie vorwarnen sollen."

Er sagte nichts, sah sie nur an.

„Auf eine Geisha waren Sie wohl nicht vorbereitet, mein Herr?"

„Fehlt nur noch Sake und Sushi", knurrte Asbach.

„Sushi? Rieche ich etwa nach Fisch?"

„Für Sushi wird nur das frischeste und zarteste, was das Meer zu bieten hat, verwendet, meine Dame."

„Ihr Kompliment ist sehr gewöhnungsbedürftig, vorausgesetzt, es sollte eins sein, Herr Hauptkommissar."

„Ich glaube, den Hauptkommissar und das Sie sollten wir hier weglassen."

„Und in welchem Verhältnis steht dann die bildschöne und noch sehr junge Geisha zu dem Herrn in den besten Jahren?"

Leona legte den Kopf schief und grinste ihn an.

„Vielleicht Mädchenhändler – oder was würde dir gefallen?"

„Wie wäre es mit Lolita und Papa Humbert ?" In ihren zu Schlitzen geschminkten Augen blitzte der Schalk.

„Nicht besonders gut, Humbert wird am Ende der Geschichte zum Mörder."

„Onkel?"

„Anrüchig."

„Ehemann?"

„Mit getrennten Zimmern?"

„Würde sich problemlos ändern lassen

„Jetzt hör mir mal gut zu, meine Fräulein. Ich bin Arnt, der Manager eines großen Modeunternehmens, auf der Suche nach Models für heiße Unterwäsche und extravagante Oberbekleidung. Ist das klar, du schönes Model?"

„Und jetzt hör du mir mal zu, du Kaltblüter. Ich bin Mai-Lin oder Azaah oder weiß der der Teufel, was sonst noch. Hängt ganz davon ab, was der Herr Modefuzzi für Klamotten an den Mann, respektive die Frau, bringen will."

Von der Tür her winkte der Taxifahrer.

Sie fuhren zu Harrys Basar.

„Wann willst du eigentlich deine Schwester besuchen, Mai-Lin?"

„Tut mir leid, Arnt, ich habe gar keine Schwester."

Asbach holte tief Luft und murmelte: "Herr, vergib mir meine sündigen Gedanken!"

„Woran hat der Herr Manager denn gedacht?"

„An Hexenverbrennungen."

Das Taxi hielt vor Harrys Basar.

Der dunkle Mercedes mit den beiden Insassen fuhr weiter Richtung Helgoländer Allee.

Asbach rieb sich die Augen, streckte sich und spürte seinen Rücken.

Er sah zu seinem Bett.

Es war leer.

Die Nacht war relativ kurz gewesen. Nach Harrys Basar hatten sie in einem Spaghettirestaurant zu Abend gegessen. Die Sitze bestanden aus abgesägten Betten und die Lampen verströmten eine Atmosphäre, die ihn an die Winterabende in Großmutters Küche erinnerten.

Danach waren sie im Panoptikum gelandet.

Dann Erotikmuseum und Reeperbahn.

Nach Mitternacht hatte ihn ein Klopfen an der Tür aus dem ersten Schlaf gerissen.

Leona.

„Ich kann nicht schlafen, Arnt. Mir ist kalt und ich habe Albträume. Lässt du mich rein?"

Sie war blass und zitterte.

Er war auf die Couch umgezogen.

Sie hatte es nicht versucht.

Schade. Er verdrängte den Gedanken so schnell, wie er aufgeblitzt war.

Der Anruf gestern Abend bei dieser Tamara war jedenfalls erfolgreich gewesen. Ihr Vorschlag, sich in ihrem Studio zu treffen, war ihm ganz recht.

Er würde Neuland betreten.

Asbach erhob sich, ging unter die Dusche, rasierte sich, zog sich an und ging zum Frühstücksraum.

Leona saß bereits am Tisch. Roter Hosenanzug zum blonden Haar.

Die Blicke der wenigen männlichen Frühaufsteher hatten ein Ziel.

„Beeil dich mit deinem Kaffee, schöne Mai-Lin, der Fischmarkt wartet auf uns."

„Fisch schon zum frühen Sonntagmorgen?" Leona schüttelte sich.

„Ein Sonntag in Hamburg ohne Fischmarkt würden uns die Götter der sieben Weltmeere nie verzeihen, also los!"

Asbach gab dem Taxifahrer die Adresse in Wandsbeck. Er hatte vorher Leona im Hotel abgesetzt. Ihr war nicht gut, was ihn nicht wunderte. Drei Gläser Sekt, Bratkartoffeln mit Spiegelei, Tanz in der großen Halle und das am frühen Sonntagmorgen. Die heiße Musik war ihr so ins Blut gefahren, dass sie ihn gegen seinen Willen auf die Tanzfläche gezogen hatte.

Das Verrückte war, es hatte ihm gefallen.

Asbach verließ das Taxi, stieg die Treppen hoch und klingelte.

Nichts.

Kein Lebenszeichen.

Er bemerkte, dass die Tür nur angelehnt war.

Mit dem Fuß schob er die Tür leicht auf.

„Frau Rikowski?"

Totenstille.

Ein ungutes Gefühl in der Magengegend mahnte ihn zur Vorsicht.

Er ging auf das Zimmer zu, dessen Tür offen stand.

„Hallo?"

„Nichts."

Er drückte die Tür auf.

Der Anblick, der sich ihm bot, ließ ihn erstarren.

Die Frau lag auf einer schwarzen Lederliege. Ihre Kehle war bis zu den Halswirbeln durchschnitten und eine riesige Blutlache hatte sich auf dem Parkettfußboden ausgebreitet. Der süßlich metallische Geruch verschlug ihm den Atem.

Plötzlich hörte er hinter sich ein Geräusch. Als er sich umdrehte, sauste ein schwarzer Schlagstock auf seinen Kopf zu. Der Schlag glitt an seinem im letzten Moment nach oben gerissenen Unterarm ab.

Der maskierte Mann ließ den Schlagstock fallen und setzte einen Boxhieb an, der Asbachs Kopf nur um wenige Zentimeter verfehlte. Asbach nutzte blitzschnell die Vorwärtsbewegung des Angreifers, packte den Mann an seiner Lederjacke, ließ sich nach hinten falle, zog den maskierten Kopf dabei dicht an sich heran, rammte ihm das Knie in den Bauch und streckte dann das Bein wie eine hochschnellende Sprungfeder.

Der Mann flog durch den Raum und krachte an die gegenüberliegende Wand.

War schon gut, dachte Asbach, dass er sein Kampftraining nie ganz vernachlässigt hatte.

Er sprang auf.

Der Mann an der Wand stöhnte und krümmte sich zusammen. Asbach packte ihn am Kragen und wollte ihn hochziehen, als der Kerl plötzlich wieder funktionierte. Er sprang Asbach an wie ein Raubtier, krallte ihm die Hände um den Hals und drückte ihm die Daumen auf den Kehlkopf.

Asbach holte mit dem rechten Bein aus und trat zu. Der Mann stieß einen dumpfen Laut aus, als die Schuhspitze sein Schienbein traf, drückte aber weiter mit aller Kraft seine Daumen auf Asbachs Kehlkopf.

Wenn die Knorpel brechen, bist du erledigt Arnt.

Er machte einen halben Schritt nach hinten und schlug gleichzeitig mit beiden Unterarmen von unten gegen die Ellbogengelenke des Angreifers, drehte sich blitzschnell nach links, hob der rechten, angewinkelten Arm und ließ seinen Ellbogen wie eine Dampframme gegen den Kiefer des Gegners krachen.

Ein gezielter Tritt zwischen die Beine des Mannes ließ den mit einem Schmerzensschrei zu Boden gehen.

Im selben Moment spürte Asbach, dass etwas Hartes seinen Kopf traf, dann wurde es dunkel vor seinen Augen.

Er kam zu sich, als ihm Wasser ins Gesicht spritzte. Verschwommen sah er jetzt zwei maskierte Männer vor sich. Der eine hielt beide Hände zwischen den Beinen.

Asbach versuchte, sich zu erheben, aber es gelang ihm nicht.

Kabelbinder.

Der Mann mit den Händen zwischen den Beinen sah ihn aus seinen Sehschlitzen hasserfüllt an, hob dann eine Hand und schlug blitzschnell zu.

Asbach spürte Blut im Mund. Er fuhr mit der Zunge über seine Zähne. Gott sei Dank, alle noch da.

Der Kerl holte zu einem zweiten Schlag aus, wurde aber von dem zweiten Mann gebremst, der eine Spritze aus der Tasche zog und knurrte: „Wir wollen nur ein wenig mit Ihnen plaudern, Herr Hauptkommissar. Ich nehme an, Ihnen ist Pentothal nicht unbekannt. Sehr beliebt bei Verhören von Terroristen."

Er hielt die Spritze dicht vor Asbachs Augen.

„Sie haben zwei Möglichkeiten. Entweder Sie beantworten unsere Fragen wahrheitsgemäß oder ich muss Sie pieksen. Ob diese Spritzen immer sauber sind, kann allerdings niemand garantieren. Sollen sich Leute schon Aids durch unsaubere Spritzen geholt haben.

„Man kann auch mit Pentothal lügen."

„Hängt vielleicht von der Dosis ab." Der Mann zog eine zweite Spritze aus seiner Jackentasche.

„Was wollten Sie bei Frau Rikowski?"

Asbach verzog das Gesicht zu einem schiefen Grinsen. „Sie wollte mir das Klöppeln beibringen."

„Sie scheinen mir ein echter Witzbold zu sein."

Die Rückhand traf Asbachs linke Gesichtshälfte.

„Noch einmal, was wollten Sie bei dieser Domina?"

„Sie sollte mich windeln und mir die Brust geben."

Der nächste Schlag traf seine andere Gesichtshälfte.

„Zum dritten und letzten Mal, was wollten Sie bei der Peitschenschlampe."

„Hodenbehandlung und Einlauf."

„Das macht dir doch deine kleine Nutte gratis. Da wir so nicht weiterkommen, bleibt mir nichts anderes übrig."

Der Mann trat dicht an Asbach heran und stach ihm die Kanüle in den Handrücken.

Plötzlich ertönte der gellende Pfiff einer Trillerpfeife und eine Stimme schrie: „Zugriff!"

Die beiden vermummten Kerle erstarrten. Dann stürzten sie zu der gegenüberliegenden Tür und verschwanden.

Asbach hörte noch eine lautes Gepolter, dann war Ruhe.

Leona betrat den Raum, sah die Blutlache und die tote Frau auf der Liege und übergab sich.

„Hör auf zu kotzen, Mädel, und schneide die Kabelbinder durch", nuschelte Asbach.

Leona holte ein kleines Taschenmesser aus ihrer Hosentasche und zerschnitt die Fesseln.

Asbach stand auf und taumelte Richtung Eingangstür. Leona ergriff seinen Arm und steuert ihn durchs Treppenhaus. Auf der Straße stand ihr Taxi. Sie schob Asbach auf den Rücksitz.

„Atlantik!"

Das Taxi fuhr los.

Die Kaffeegäste im Atlantik starrten pikiert auf den bereits am Nachmittag betrunkenen Mann, der gestützt von einer jungen Frau durch die Lobby des Hotels schwankte. Asbach fiel in seinem Zimmer, nachdem ihm Leona die blutverschmierte Jacke ausgezogen hatte, auf's Bett und rührte sich nicht mehr.

Leona holte alles, was an Wasser in der Zimmerbar war, und flößte es Asbach Schluck für Schluck ein.

Nach einer halben Stunde richtete er sich im Bett auf und erhob sich. Das Zeug, dass der Kerl ihm verabreicht hatte, musste sein Koordinationsvermögen außer Kraft gesetzt haben.

Er ging noch leichte schwankend ins Bad. Leona half ihm aus Hemd und Hose. Die Boxershorts behielt er an, aber er musste sich auf den Hocker setzen, den Leona ihm in die Dusche gestellt hatte.

Kalt, heiß, kalt, heiß!

Nach zehn Minuten kam er im Bademantel aus der Dusche, sah Leona an und schüttelte den Kopf.

„Blackout?"

„Könnte man so sagen, So benimmt sich doch kein Chef eines großen Modehauses, mein Herr. Zur besten Tageszeit sturzbetrunken durch eine gut besuchte Hotellobby torkeln und sich an einer zarten, unschuldigen Jungfrau festhalten, also wirklich, das geht aber gar nicht."

„Ich hätte große Lust, besagte zarte Jungfrau übers Knie zu legen."

„Könnte unter Umständen ein recht amüsanter Nachmittag werden."

Asbach griff zum Telefon und sah Leona an.

„Bin schon weg."

Hartmann war zu Hause.

Asbach gab einen Bericht.

Nach kurzer Pause sagte Hartmann: „Setz dich in dein Auto und mach dich auf dem schnellsten Weg zurück nach Dresden, ist das klar, Arnt?"

„Hier will jemand deinen Kopf, mein Lieber. Sei vorsichtig mit deinen Antworten und lass dich nicht provozieren."

Hartmanns Worte klangen ihm noch in den Ohren, als er Mayerhubers Zimmer betrat. Der Herr Staatsanwalt saß an seinem Schreibtisch wie Fridericus Rex auf seinem Zossen; Brust raus, Bauch rein, Augen geradeaus.

Schon merkwürdig, dachte Asbach, wenn sich die Staatsanwaltschaft persönlich einschaltet. Seine Vernehmung hätte von Hartmann durchgeführt werden müssen.

Asbach zog den Stuhl, der vor dem Schreibtisch stand, zurück, setzte sich und schlug die Beine übereinander.

Mayerhuber war irritiert.

„Sie waren über das Wochenende in Hamburg, Herr Hauptkommissar?"

„Ihre Informationen sind präzise, Herr Staatsanwalt."

„Privat?"

„Rein privat."

„Waren Sie in Begleitung?"

„Würden Sie, wenn Sie zu einschlägigen Entspannungsübungen nach Hamburg reisen würden, dies in Begleitung tun?" Die Brüder wussten genau, dass er nicht allein unterwegs gewesen war.

„Bitte beantworten Sie meine Fragen nicht mit Gegenfragen. Die Fragen stelle ich!"

„Stellen Sie, Herr Staatsanwalt, stellen Sie." Asbach spürte, dass der Mann ihm gegenüber leicht ungehalten wurde.

„Sie haben eine Dame besucht, eine Domina?"

„Die Abgründe der menschlichen Seele und die sexuellen Irrungen und Wirrungen sind uner- gründlich", grinste Asbach.

„In welchem Zustand fanden Sie die Dame vor?"

„In einem nicht wünschenswerten."

„Wie soll ich das verstehen?"

„Sie war tot."

„Sie war also bereits tot, als Sie das Studio be- traten?"

„Sie war tot wie ein Schwan, der mit seinem Hals zwischen die Rotorblätter eines Helikopters geraten ist. Man konnte direkt in ihren Hals hineinsehen."

Mayerhubers Gesicht verzog sich und seine linke Augenbraue zuckte unkontrolliert.

„Was wollten Sie von der Dame?"

„Aber Herr Staatsanwalt, was will ein Mann in den besten Jahren bei einer Domina? Sollten Sie un- bedingt einmal ausprobieren. Wer sich erniedrigt, wird erhöht."

„Wie sind Sie an die Adresse dieser Frau Rikowski gekommen?"

„Zeitungslektüre, Herr Staatsanwalt, der Mensch sollte viel mehr Zeitung lesen. Da kann man lernen, dass zwei halbe Wahrheiten noch lange nicht die ganze Wahrheit ergeben."

Asbach sah, wie Mayerhuber immer nervöser wurde. Seine Finger trommelten nervös auf der Schreibtischplatte.

„Warum sind Sie nicht in der Wohnung geblieben?"

„Weil mir vom Anblick des vielen Blutes und dem fast vom Rumpf getrennten Kopf der Frau übel wurde. Außerdem befürchtete ich, durch die Verteilung meines Mageninhaltes die Arbeit der Spurensicherung zu erschweren."

Mayerhuber war aufgestande.

Asbach sah, dass die Unterlippe des Herrn Staatsanwaltes vor unterdrückter Wut zu zittern begann.

„Herr Asbach ..."

Die Stimme war kurz davor, sich zu überschlagen.

„Herr Hauptkommissar Asbach, Sie scheinen sich des Ernstes ihrer Lage nicht bewusst zu sein. Sie stehen möglicherweise unter Mordverdacht. Das kann zu Ihrer Suspendierung führen. Also beantworten Sie in Zukunft meine Fragen korrekt und benehmen Sie sich nicht so, als wäre ich für Sie das letzte Arschloch!"

Nicht doch, Herr Staatsanwalt, dachte Asbach, für mich bist du nicht das letzte, sondern das allerletzte Arschloch.

Mayerhuber setzte sich, sah Asbach eine Weile ausdruckslos an und sagte dann: „Sie können gehen, Herr Hauptkommissar."

Asbach ging zu seinem Büro, schnappte seine Jacke und verließ das Präsidium zu Fuß in Richtung Terrassenufer, überquerte die Augustusbrücke, kaufte sich auf der Hauptstraße ein Eis, setzte sich auf eine Bank und versuchte, seiner Seele das Baumeln beizubringen.

Was ihm natürlich nicht gelang.

Mayerhuber, der Name hatte sich in seine Gehirnwindungen eingefressen.

Ihm war klar, dass er mit seiner Hamburgreise und dem Besuch bei dieser Domina in ein Wespennest gestochen hatte.

Sie würden zum Angriff übergehen.

Eine schwarze Wespe hatte ihn ja bereits gestochen. Er betrachtet den Rücken seiner linken Hand. Der Einstich war noch zu sehen, mehr nicht. Bei der Blutuntersuchung war nichts gefunden worden.

Sein Handy meldete sich. Er besaß es erst seit kurzer Zeit. Geniale Erfindung!

„Asbach."

„Kowalski, ich glaub, ich hab was für Sie.

„Bin ganz Ohr."

„Nicht am Telefon, Herr Hauptkommissar."

„Wollen wir uns treffen?"

„Hätten Sie Lust, mich zu besuchen?"

Asbach zögerte, sagte dann aber zu.

Kowalski gab ihm die Adresse.

Er warf den Waffelrest in den Papierkorb und ging zum Albertplatz. Mit der Straßenbahn fuhr er nach Bühlau und stieg dort in den Bus.

Grundstraße, dritte Haltestelle.

Graues, tristes Haus. Asbach stieg zur zweiten Etage hoch und klingelte.

Im Treppenhaus roch es nach Kaffee.

Kowalski öffnete und bat ihn in die Wohnung. Das große, helle Büro war komfortabel eingerichtet. Schreibtisch mit Computer und Drucker, Bücherwände mit Aktenordnern und in einer Ecke ein runder Tisch mit Stahlrohrsesseln.

Kowalski goss Kaffee ein und stellte Zucker und Sahne bereit.

Asbach warf einen Blick aus dem Fenster. Grüne Wildnis.

„War vor Jahren mal ein sehr schöner Garten", sagte Kowalski. „Aber da das Gebäude so gut wie leer gewohnt ist, interessiert sich niemand mehr dafür. Das Interesse der Immobilienhaie und Baufirmen konzentriert sich zur Zeit noch auf den Stadtkern. Erstaunlich, was sich in der Branche inzwischen getan hat."

War das die Einleitung? „Wenn es dem Bau gut geht, geht es auch dem Lande gut, sagt man." Asbach trank einen Schluck Kaffee.

„Sind in den letzte Jahren wie Pilze in einem feuchtwarmen Herbst aus dem Boden geschossen, die Baufirmen", ergänzte Kowalski. „Und genauso schnell werden sie wieder verschwinden. Die Großen fressen die Kleinen. Du musst groß sein, rücksichtslos und gefräßig, wenn du nach oben willst, und du solltest Beziehungen haben und die musst du pflegen. Dann solltest du noch besonderen Vorlieben von Leuten kennen, die für dich von Nutzen sein könnten. Wenn du ihnen noch hilfst, ihre oft abwegigen Gelüste zu befriedigen, dann hast du die Chance, ganz nach oben zu kommen und eine Weile dort zu bleiben – bis der Nächste, noch Skrupellosere dich frisst."

Asbach wurde klar, warum Maibach und dieser Mann sich verstanden. Beide hatten an etwas geglaubt, dass es plötzlich nicht mehr gab. Wie alle Utopien dieser Welt hatte auch ihr Utopie der Realität oder besser, der Unzulänglichkeit des Menschen weichen müssen.

„Die Raffkes sind wieder obenauf", fuhr Kowalski fort. „Oder haben Sie, Herr Asbach, eine Erklärung dafür, wie ein kleiner Krauter aus den Grenzgebieten zu Tschechien zum Chef eines der größten Bauunternehmens der hiesigen Region aufsteigen konnte?"

Asbach schüttelt den Kopf.

„Ganz einfach, du heiratest die Tochter des höchsten Polizeibeamten vor Ort, obwohl dich das späte Mädchen nicht im geringsten interessiert. Der Vater ist froh, dass die Tochter endlich unter der Haube ist. Das vom Zahn der Zeit bereits angeknabberte Mädchen, das ebenfalls bei der Polizei arbeitet, ist froh, dass ihr endlich mal einer zwischen die Beine fährt, und alle sind zufrieden. Bis, ja, bis der Ehemann die Katze aus dem Sack lässt. Er hat inzwischen gemerkt, dass die Ansprüche seiner Angetrauten auf Grund jahrelanger Vernachlässigung Ausmaße angenommen haben, die er nicht voraussehen konnte.

Das Weib wurde unersättlich und ihm zuwider.

Er ließ sich von ihr mit einem sehr jungen Mädchen von der anderen Seite der Grenze in Flagranti ertappen. Es gab einen fürchterlichen Krach, bei dem die Ehefrau einige blaue Flecken an nicht sichtbaren Stellen ihres üppigen Körpers hinnehmen musste.

Am Schluss der etwas heftigen Unterhaltung schlug ihr der Ehemann die Scheidung und ihre Rückkehr ins Elternhaus vor. Oder sie ließ ihn in Ruhe, akzeptierte seine Vorliebe für frische Gänschen und er organisierte für sie Gruppenhausabende, bei denen sie mit Sicherheit voll auf ihre Kosten kommen würde.

Man einigte sich. Aus der Ehe wurde eine Zweckgemeinschaft."

„Und so etwas soll funktionieren?" Asbach sah Kowalski skeptisch an.

„Aber sicher, wenn beide Seiten das kriegen, wonach ihnen gelüstet, funktioniert das besser als viele Ehen. Der Herr Steigenberger organisiert zum Beispiel Gesellschaftsabende, bei denen Ehefrau Daniela zum Mittelpunkt mehrerer Herren wird. Die Herren hatten vor Beginn des Vergnügens die Möglichkeit, ihre Nasenlöcher mit Schnee zu pudern, was die Libido sehr anregen soll.

Für die Dame Daniela war an solchen Abenden eine zum Haushalt gehörende Visagistin tätig. Nach zwei Stunden harter Arbeit verwandelte sich die Dame des Hauses in eine Hätere, der kein leicht betrunkener und angekokster Mann widerstehen konnte.

Während dann die Herren als Gruppe den sehr fleischigen Körper der Hetäre auf Weißglut erhitzten, liefen die Minikameras in ihren Verstecken und nahmen alles auf, was ein Pornofilm im Programm haben sollte."

„Und woher stammen diese sehr delikaten Informationen, wenn man fragen darf?"

Kowalski grinste. „Der Vater dieser Dame, ehemaliger Polizist, hat eine Schwäche für hochprozentige Getränke, die bekanntlich sehr stimulierend auf die Muskulatur der Zunge wirken."

Kowalski nahm einen Schluck Kognak und spülte mit Kaffee nach.

„Die Baufirma gedieh prächtig, Konkurrenten wurden, nicht immer mit fairen Mitteln, dafür aber nachhaltig, ausgeschaltet. Angebote konnten eingesehen und unterboten werden und Bauaufsichtsbehörden vergaben Baugenehmigungen direkt an dieses Unternehmen, die normalerweise hätten ausgeschrieben werden müssen."

„Hat denn das niemand kontrolliert?"

„Natürlich gab es Kontrollen, aber dieser Steigenberger hatte ein Netz gesponnen, in dem jede Kontrolle hängen blieb. Da das neue System nicht ganz auf die Köpfe des alten Systems verzichten konnte, war es für Steigenberger keine Problem, im Notfall belastendes Material zu beschaffen."

„Die Leichen, die bei vielen der alten Garde noch in den Kellern lagen?"

„So ist es, Herr Asbach, und dann gab es da noch das sehr obszöne Filmmaterial, mit dem man im äußersten Notfall seine Wünsche und Begehrlichkeiten hätte durchsetzen können."

„Ein Sumpf zieht am Gebirge hin ...", murmelte Asbach.

„Irrtum, Herr Hauptkommissar. Der Morast hat seit langem die Stadt erreicht. Es geht nicht mehr um nahezu harmlose Günstlingswirtschaft und kleine Durchstechereien, es geht inzwischen um Betrügereien im Bau- und Immobiliengeschäft im zweistelligen und dreistelligen Millionenbereich."

„Übertreiben Sie da nicht, Herr Kowalski, immerhin gibt es eine Bauaufsichtsbehörde in der Stadt."

„Aber sicher gibt es die. Das Dumme ist nur, dass diese Institutionen von Menschen betrieben werden und der Mensch ist moralisch ein ziemlich schwaches Individuum. Spüre die geheimen Laster der Leute auf, trage zu ihrer Befriedigung bei und du hast sie in der Hand."

„Die Dreifaltigkeit der niederen Instinkte: Sex, Geld und Ruhm."

„Ruhm spielt bei diesen Leuten eine untergeordnete Rolle, die fischen lieber im Trüben."

„Bliebe Geld und Sex."

„Mit Geld kann man heute Sex kaufen, so viel man braucht oder will. Aber wenn man seine oft abartigen sexuellen Bedürfnisse gratis befriedigen kann, ist das schon mal eine kleine Gefälligkeit wert."

„Es gibt Gerüchte über ein Kinderbordell in der Stadt und ..." Asbach ließ den Satz unvollendet.

„Gerüchte entstehen wie Schneeflocken", erwiderte Kowalski, „es muss ein Kristallisationskeim vorhanden sein, damit sich die Flocke bilden kann."

„Wenn man diesen Kristallisationskeim lokalisieren könnte …?“

„Eine Schneeflocke ist selten allein unterwegs“, grinste Kowalski. „Apropos, Samstag ist wieder Galopprenntag in Seidnitz, da kann man als Besucher `ne Menge Leute und Interessengruppen beobachten.

Leona verbrachte zwei Stunden vorm Spiegel. Sie freute sich auf den Nachmittag. Ihre Gedanken schweiften zurück in die Vergangenheit. Vater hatte sie oft gegen den Willen der Mutter mit auf Rennplatz genommen. Der unglaubliche Trubel dort hatte sie fasziniert, die Pferde wurden für sie die schönsten Tiere der Welt.

Nachts träumte sie von einem eigenen Pferd, das Flügel hatte und mit dem sie über Berge und Täler fliegen konnte.

Dann war sie mit samt ihrem Pferd abgestürzt. Vater war von einem Baugerüst gefallen und noch am Unfallort verstorben.

Mutters schon lange schwelende Depression wurden immer schlimmer, und ihr eigenes Leben zu einer Berg-und Talfahrt.

„Scheiß drauf!", lachte sie ihr Spiegelbild an. „Man muss das Leben eben nehmen, wie das Leben eben ist." Vaters Wahlspruch, wenn sie bei strahlendem Sonnenschein die maulende Mutter verließen, durch den Großen Garten spazierten und ihnen der scharfe Geruch schwitzender Rennpferde am Eingang der Galopprennbahn in die Nase fuhr.

Gestern hatte sie gedacht, Arnt mache einen bösen Witz, als er sie fragte, ob sie Lust hätte, ihn auf die Rennbahn zu begleiten. Als sie ihr Zimmer betrat, lag auf ihrem Bett eine Hutschachtel.

Sie zog noch einmal die Augenbrauen nach, trat vom Spiegel zurück, setzte das weiße, filigrane Hütchen mit dem zarten Schleier auf ihre hochgesteckten blonden Haare und hätte sich um ein Haar mit Sie angesprochen.

Perfekt, der karmesinrote, enge Rock, die hochhackigen, schwarzen Schuhe mit der Samtschleife und die rot-schwarze, knappe Samtjacke betonte eine Taille, die ihr das Luftholen erschwerte.

Aber was soll`s: Wer schön sein will muss leiden. Was sie störte, war der blöde Schleier. Die große Sonnenbrille wäre ihr lieber gewesen, aber Arnt hatte auf dem Schleier bestanden. Seit der Hamburgreise waren sie beim Du geblieben.

Was ihr gut gefiel.

Was ihr nicht gefiel, war, dass der Mann so eine Art Tochtergefühle für sie an den Tag legte. Du wirst dich noch wundern, mein lieber Herr Hauptkommissar.

Gegen zwei hatte er gesagt, es war zehn nach. Sie verließ das Zimmer und wurde mit einem Pfiff empfangen. Eric stand am Ausgang, salutierte, riss die Tür auf und verbeugte sich. Als sie an ihm vorbeidefilierte, flüsterte er: „Ein Königreich für dieses Weib!"

Leona blieb stehen, zog Eric am Revers seiner weißen Jacke zu sich herunter, hauchte ihm einen Kuss auf die Wange und flüsterte: „Ein Pferd, ein Pferd, nur ein Pferd ist ein Königreich wert, mein Herr. Und bedenke, dass der, der es sagte, seinen

Kopf verlor."

„Was sich soeben wiederholt, edle Dame." Leona lachte, gab Eric einen Klaps auf den Bauch und ließ sich von Asbach zum Auto geleiten.

Es war tatsächlich wie damals mit Vater.

Als sie durch das Tor traten, wurden die ersten, schweißnassen Pferde vorbeigeführt und aus den Lautsprechern tönten die Quoten. Leona durchfuhr ein Schauer der Erinnerung, und sie griff vorsichtig nach der Hand ihres Begleiters. Asbach sah sie leicht verwundert an, entzog ihr seine Hand und legte den Arm um ihre Hüfte. „Wenn schon, denn schon", lachte er sie an, „und auf keinen Fall als Vater und Tochter."

Nanu, nanu, dachte Leona, was sind das denn für Töne?

Sie schlenderten in Richtung Führring, blieben an einem Bratwurststand stehen und Leona kam mit ihrem Schleier nicht gut zurecht. Um ein Haar hätte sie durch das hauchdünne Gewebe in die Wurst gebissen. Sie wollte den Schleier über das Hütchen stülpen, aber Asbach hinderte sie daran.

„Besser, dich erkennt keiner, Mädel, also lass den Schleier unten und schiebe dir die Wurst seitlich rein."

„Aber, aber, mein Herr, wie sprechen Sie denn mit einer Dame? Außerdem hab ich`s direkt von vorn lieber."

Rechts von ihnen stand eine Gruppe junger Burschen mit Bierflaschen in den Händen. Einer sah zu ihnen herüber und stieß seinen Nachbarn an.

„Guck dir den alten Sack mit der Kirsche an. Wahrscheinlich Geld wie Heu und die Weiber sind nicht zu bremsen. Scheiße!"

Leona stellte sich auf die Zehenspitzen, hob kurz den Schleier, küsste Asbach auf die Wange und zeigte dem Burschen den Stinkefinger.

„Fick dich, Alte!", hörte sie noch, dann gingen sie weiter.

Am Sattelplatz war Hochbetrieb. Leona gefiel die Nummer sechs, eine kleine, quirlige Stute. Sie tänzelte, wollte ausbrechen und machte es dem Mädchen, das sie führte, nicht leicht.

Leona sah Asbach an. „Die gewinnt, wetten?"

Ein zierlicher Jokey stieg auf und die Stute wurde sofort ruhiger.

Asbach reichte Leona einen Wettschein. „Na, dann setz auf die 6! Sieg und Platz oder nur Sieg?"

„Sieg!"

Leona setzte fünfzig Euro.

„Mann. Das nenne ich risikofreudig."

„Wer wagt, gewinnt."

„Oder füttert die Pferde." Asbach setzte ebenfalls auf Sieg. Zehn Euro auf die 9.

Beim Start setzte sich die 9 sofort an die Spitze des Feldes.

Die 6 hielt sich im Mittelfeld.

Im Dobritzer Bogen ging die 6 nach innen, suchte eine Lücke, fand eine und schoss nach vorn. Als die Pferde an ihnen vorbeiflogen, lag die 6 und die 9 Kopf an Kopf.

Die Menge schrie und tobte.

Leona stand stocksteif und hielt sich am Geländer fest.

Zielfoto.

Die 6 gewann mit halber Kopflänge vor der 9.

Leona warf sich vor Aufregung an Asbachs Hals und schrie: „Gewonnen, gewonnen, die 6 hat gewonnen!"

Die umstehenden Besucher lachten und ein Herr mit tiefschwarz gefärbten Haar und einer dicken Goldkette am Hals schlug Asbach auf die Schulter und sagte: „Solltest deine Tochter öfter mitnehmen. Die Pferde mögen junge, hübsche Mädchen."

Leona ließ von Asbach ab, sah den Mann von oben herab – trotzdem sie kleiner war – an und sagte: „Von wegen Tochter, Goldkettchen?"

Der Mann wandte sich verlegen ab.

„Das reicht", knurrte Asbach, „wir wollen es mal nicht übertreiben."

Dann kamen die Quoten.

Sieg: Einhundertfünfundzwanzig für zehn …

„Wieviel krieg ich?"

„Fünf mal einhundertfünfundzwanzig macht sechshundertundfünfundzwanzig Mäuse."

Leona blieb stehen, sah ihn fassungslos an und wiederholte: „Über sechshundert? Ich werde verrückt. Man bin ich blöd, hab doch noch über zweihundert bei mir. Wenn ich die ..."

„Anfängerglück. Setz nie alles auf eine Karte, nicht beim Pferderennen und nicht an der Börse."

„Und bei Männern?"

„Männer sind wie Pferde, Fluchttiere. Treib sie nie

in die Enge, wenn du nicht willst, dass sie die Flucht ergreifen. Besonders mit den Favoriten sollte man vorsichtig umgehen."

Sie schlenderten an der Haupttribüne vorbei.

„Pass gut auf, Leona, was ich dir jetzt sage. Wir trennen uns. Du hältst dich unauffällig in der Nähe des Pavillons auf. Sobald einer von den gutbetuchten Herren da reinmarschiert, klemmst du dich dran. Es muss so aussehen, als gehörtest du dazu."

Er drückte ihr einen flachen, silberfarbenen Fotoapparat in die Hand.

„Setz zusätzlich deine Sonnenbrille auf und fotografiere das Gelände, aber möglichst so, dass die Gäste mit auf den Fotos sind. Traust du dir das zu?"

„Hab schon einfachere Sachen vermasselt, Mr. Bond."

„Gegen sechzehn Uhr am Sattelplatz!"

Asbach ging Richtung Waage, aber die Siegerehrung war schon vorbei. Die ersten Pferde für das nächste Rennen wurden über den Platz geführt. Er sah sich die Tipps der einzelnen Zeitungen am weißen Brett an, ging zum Monitor, betrachtete die Quoten und füllte einen Wettschein aus.

Die 12 auf Sieg und Platz, war der Favorit.

Gegen sechzehn Uhr ging er Richtung Sattelplatz.

Leona stand bereits da.

„Alles klar?"

Sie reichte ihm den Apparat. „Alles drauf."

„Kann dich jemand erkannt haben?"

„Sah nicht so aus. Schleier und Sonnenbrille waren perfekt."

„Hast du deinen Gewinn schon abgeholt?"

„Natürlich nicht, mein Herr. Nicht ohne männlichen Begleitschutz bei der Summe"; grinste Leona.

Als sie das Geld in der Hand hielt, sah sie Asbach an: „Kaffee und Kuchen, der Herr ist eingeladen."

„Keine ganz schlechte Idee, meine Dame."

Sie gingen Richtung Ausgang, als plötzlich ein Aufschrei aus dem Publikum ertönte. Auf der gegenüberliegenden Bahn galoppierte ein reiterloses Pferd. Am Dobritzer Bogen versuchten , Helfer es einzufangen, aber es wich geschickt aus.

Leona zog Asbach bis vor zur Begrenzung. Auf der Zielgeraden drehte das Pferd plötzlich nach links ab, setzte zum Sprung an und landete zwischen den Zuschauern. Asbach gelang es in letzter Sekunde, Leona zur Seite zu reißen. Ihr Hut mit Schleier segelte auf die Wiese, und sie hing in Asbachs Armen wie die Braut, die gerade Ja sagen will.

In einer Entfernung von wenigen Metern klickte eine Kamera.

In diesem Augenblick wurde Leona klar, dass sie in Lebensgefahr geraten sein könnte. Auf der Dachterrasse des Pavillons hatte sie einen Mann mit Eisaugen wahrgenommen.

Der Anruf kam gegen neun Uhr.

„Asbach."

„Heinemann:"

Oha, Hanna meldete sich mit Heinemann, da war ja wohl was am Dampfen."

„Hat der Herr Hauptkommissar schon die heutige Presse studiert, insbesondere das Morgenblatt?"

„Tut mir leid, Hanna, hab noch keinen Blick in die Postille geworfen."

„Solltest du aber."

Klick. Aufgelegt.

Asbach erhob sich und ging zu Maibach rüber.

„Ah, der Rotlichtkönig persönlich."

„Sag mal, bist schon am frühen Morgen besoffen oder ist das noch von gestern?", knurrte Asbach angefressen.

Maibach grinste und tippte mit dem Zeigefinger auf die Titelseite der Zeitung.

Kripo ermittelt auf dem Rennplatz
und wird dabei von zweifelhaften Damen betreut!

Darunter das Foto, wie Leona sich scheinbar voller Leidenschaft an ihn klammert.

„Scheiße!"

„Kannst du laut sagen, Arnt, aber das Bild hat was. So ein Glück bei den Weibern hatte ich noch nie. Übrigens, sehr hübsches Mädel, das dir da gerade einen Heiratsantrag macht."

„Blödmann!"

„Könnte es sein, dass der Hauptkommissar seine Nase, ich betone, seine Nase, in Sachen steckt, für die er sich eigentlich nicht interessieren sollte?"

„Sieht verdammt danach aus, Hannes. Hat mich übrigens dein Busenfreund Kowalski drauf gebracht."

„Busenfreund ist vielleicht etwas übertrieben, Arnt, aber in gewissen Angelegenheiten, wo du nicht so kannst, wie du gern möchtest, kann der Mann sehr nützlich sein."

Maibachs Telefon klingelte.

„Maibach."

„Ja, ist bei mir."

„Ja, ist schon merkwürdig, dass der Hauptkommissar immer bei mir ist, wenn die Kacke am Dampfen ist."

„Ja, richt' ich aus."

„Du sollst umgehend zu Hartmann kommen."

Die Zeitung lag mit der Titelstory nach oben vor Hartmann auf dem Schreibtisch.

„Setz dich, Arnt. Hübsches Bild übrigens."

„Hm."

„Vor allem die Dame."

„Ist rein platonisch, Henning."

„Schön blöd", murmelte Hartmann und sah Asbach an. „Mir ist nur nicht klar, was der Mord an der Ziegenbalg und der Überfall auf dich in Hamburg Gemeinsames haben könnten."

„Auf alle Fälle muss deine Domina hier in Dresden

etwas gesehen haben, was gewissen Leuten einen Mord wert war."

„Genauso ist es, Arnt, aber das ändert nichts daran, dass du dich auf den Mord an der Ziegenbalg konzentrieren musst. Ich werde das Gefühl nicht los, dass die Ziegenbalg nur die Spitze des Eisbergs war, auf den wir gestoßen sind. Die Dame kann ohne Verbindung, zum Beispiel zur Bauindustrie, kein derart großes Betrugssystem aufgebaut haben."

„Schwer vorstellbar, Henning."

„Ist dir bewusst, dass du die junge Frau", Hartmann tippte auf das Bild in der Zeitung, „unter Umständen in sehr große Gefahr bringst?"

„Ich weiß."

„Behalt auf alle Fälle die verschwundenen Mädchen auf deinem Radar, nur sei sehr vorsichtig. Ich hab in der Angelegenheit ein ungutes Gefühl in der Magengegend."

Asbach drückte auf den Klingelknopf. Die Villa lag etwa fünfzig Meter vom Eingang in einem weitläufigen Park. Edle Wohngegend, der Weiße Hirsch. Er war mit der Standseilbahn hochgefahren und hatte den Ausblick auf die Elbe und das Blaue Wunder genossen.

Kowalski hatte ihn neugierig auf diesen Steigenberger gemacht. Er würde versuchen , dem Mann auf die Zehen zu treten. Die meisten Leute reagierten dann irgendwie.

Das große, schmiedeeiserne Tor schwang geräuschlos auf. In der Tür der Villa erschien eine junge Frau im dunklen Hosenanzug und kurzgeschnittenem blonden Haar.

„Ich hatte mein Kommen angekündigt, Hauptkommissar Asbach."

„Treten Sie ein, Herr Hauptkommissar. Sie können mich Alina nennen ."

Die junge, sehr attraktive Frau geleitete ihn in eine große Diele.

„Herr Steigenberger wird gleich für Sie Zeit haben." Sie führte ihn von der Diele in ein komfortables Arbeitszimmer.

„Nehmen Sie Platz, Herr Hauptkommissar!". Die junge Frau wies mit der Hand auf eine dunkelbraune Ledersitzgruppe.

„Darf ich Ihnen vielleicht eine Erfrischung reichen?"

„Spasiba, Fräulein Alina."

Der leichte Ruck, der durch ihren Körper ging, belustigte Asbach. Er hatte sofort an dem leichten, aber unverkennbaren Akzent gemerkt, woher diese aparte Schönheit kam.

Er ging zu dem großen Panoramafenster und sah in den gepflegten Garten.

Große Terrasse, dahinter ein Swimmingpool, der sich im Winter durch Überdachung in ein Hallenbad verwandeln ließ.

Geld!

Erstaunlich, wie manche Leute nach der Wende zu Geld, zu viel Geld, zu sehr viel Geld gekommen waren. Mit normaler Arbeit war das nicht zu machen.

Asbach spürte, dass er nicht mehr allein im Raum war.

Er drehte sich um.

In der Tür stand ein großer, kräftiger Mann in hellen Jeans, blauem Hemd und und einer knittrigen Leinenjacke.

„Willkommen in meiner bescheidenen Hütte, Herr Hauptkommissar Asbach. „Nehmen Sie Platz!" Steigenberger wies mit ausgestrecktem Arm in Richtung Sitzecke.

„Danke, dass Sie sich die Zeit für ein Gespräch nehmen konnten."

„Lieber die Polizei im Haus als die Steuerfahndung im Betrieb." Der Mann lachte laut und krachend.

Nicht unsympathisch, dieser Steigenberger.

„Darf ich Ihnen etwas anbieten. Herr Hauptkommissar, vielleicht ein Wasser? Die Polizei trinkt ja im Dienst keinen Alkohol." Verhaltens Lachen.

„Wenn Sie ein kaltes Bier hätten, würde ich nicht nein sagen, Herr Steigenberger." Nimmt dem Gespräch den offiziellen Charakter, dachte Asbach.

Steigenberger ging zu einer Bücherwand, drückte einen Knopf und ein Fach mit Büchern schwang zur Seite. Dahinter kam ein Kühlschrank zum Vorschein. Steigenberger kam mit zwei beschlagenen Bierflaschen zurück.

„Ein fantastisches Bier, dieses Ducksteiner, auf Buchenholz gereift und mit Liebe gebraut."

Er goss ein und hob sein Glas. „Auf die Liebe im Allgemeinen und die zum Bier im Besonderen."

„Schmeckt tatsächlich vorzüglich." Asbach setzte sein Glas ab.

„Womit kann ich Ihnen behilflich sein, Herr Hauptkommissar?"

„Sie haben sicher davon gehört, dass eine Rechtsanwältin, die gleichzeitig eine Arbeitsvermittlung betrieb, ermordet wurde. Um es kurz zu machen, ich ermittle in diesem Mordfall."

„Hab von dem Mord gehört, hat ja `ne Menge Staub aufgewirbelt, nur ist mir nicht klar, wie ich Ihnen bei der Aufklärung dieses brutalen Verbrechens helfen kann?"

„Die Arbeitsvermittlungen waren Luftnummern", fuhr Asbach fort. „Die Ziegenbalg kassierte die Provisionen von der Agentur und die Leute blieben letztlich arbeitslos. Den Deal kann die Dame nur mit sehr guten Beziehungen zu größeren Unternehmen durchgezogen haben."

„Sie meinen doch wohl nicht im Ernst, dass mein Bauunternehmen etwas mit solchen Machenschaften zu tun haben könnte?" Die Stimme hatte jetzt einen drohenden Unterton.

„Fest steht, dass es sich bei den Manipulationen um eine Zusammenarbeit mit großen Bauunternehmen gehandelt haben muss. Dass ein Unternehmen wie das ihre, Herr Steigenberger, das mit einer Vielzahl von Subunternehmen zusammen arbeitet, in die Machenschaften verwickelt sein könnte, ist nicht auszuschließen."

Steigenberger wollte etwas erwidern, aber Asbach ergänzte: „Natürlich ohne ihr Wissen."

"Tut mir leid, Herr Hauptkommissar, ich höre zum ersten Mal von solchen abgefeimten Gauner-methoden. Ich muss gestehen, das haut mich um. Dann hat also besagte Rechtsanwältin den Arbeitssuchenden den Vermittlungsschein abgenom-men, zu Geld gemacht und die Geprellten hatten dann nicht einmal Anspruch auf Arbeitslosengeld. Nicht zu fassen!"

Steigenberger schüttelt den Kopf.

Asbach spürte, dass der Mann wahrscheinlich keine Ahnung von dieser Sauerei hatte.

„Ich sehe nur eine Möglichkeit, Ihnen zu helfen, Herr Hauptkommissar. Es müssen die Bücher aller Subunternehmen geprüft werden, Einstellungen, Entlassungen und und und. Bei der Vielzahl von Unternehmen, die in den letzten Jahren für uns gearbeitet haben, kann das eine unendliche Geschichte werden."

„Es würde genügen, Herr Steigenberger, wenn ich von Ihnen eine Liste aller für Sie im letzten Jahr tätigen Subunternehmen erhalten könnte."

„Die kriegen Sie, so schnell es geht. Man ist immer wieder überrascht, mit welch krimineller Energie die Leute versuchen, auf unrechtmäßige Art an Geld zu kommen."

Das muss gerade von dir kommen, dachte Asbach und sagte: „Viel Geld wird zur materiellen Gewalt, wenn es nur wenige besitzen."

„Klingt irgendwie nach Marx-Engels-Lenin", lachte Steigenberger. „Sie malen zu schwarz, Herr Hauptkommissar. Man sollte nie nur eine Seite der Medaille sehen. Der Druck auf die Unternehmen ist größer, als Außenstehende sich das vorstellen können. Jeder unterbietet jeden und alle gieren nach Aufträgen aus der öffentlichen Hand. Da kriegen sie nämlich ihr Geld mit Sicherheit und pünktlich."

„Und deshalb werden von großen Unternehmen Schmiergelder gezahlt, um an möglichst viele Aufträge zu kommen", lachte Asbach.

Steigenberger lachte nicht mit.

„Übrigens, Ihre Hausdame ist eine ausgesprochene Schönheit", sagte Asbach, um die Schärfe aus der Unterhaltung zu nehmen.

„Gefällt Ihnen die junge Frau?"

„Nein, wäre gelogen."

„Tut mir leid für Sie, aber das Mädchen gehört zu meiner Frau. Sie ist ausgebildete Visagistin und eine entfernte Verwandte meiner Frau."

Macht wahrscheinlich aus einer Schabracke wieder eine gefällige Satteldecke, dachte Asbach.

„Prost, Herr Hauptkommissar, auf die Liebe!"

„Die Liebe und die Ehe sollen ja bekanntlich das Leben verlängern", warf Asbach ein.

„Letzteres könnte allerdings ein Irrtum sein. Die Ehe macht das Leben nicht länger, es kommt dem Manne nur länger vor. Trifft vielleicht eher für die Liebe außerhalb der Ehe zu. Falls man dafür Zeit haben sollte."

Asbach erhob sich.

„Dann will ich Ihre Zeit nicht länger in Anspruch nehmen, Herr Steigenberger."

„War mir ein Vergnügen, mit ihnen zu plaudern, Herr Hauptkommissar. Die Liste der Subunternehmer geht Ihnen in den nächsten Tagen zu."

„Danke für das Bier, war von ausgezeichneter Qualität. Erinnert mich irgendwie an den Duft junger Mädchen und deren Unverdorbenheit."

Kein Wimpernschlag. Entweder war der Mann sauber oder er besaß ein hohes Maß an Selbstbeherrschung.

Auch Polizisten sind käuflich, dachte Steigenberger, als Asbach von Alina nach draußen geleitet wurde. Er holte sich noch ein Bier und ließ sich wieder in seinen Sessel fallen.

Du kleiner Scheißer von einem Bullen hältst dich bitte schön von meinem Imperium fern, von so einem Schnüffelfix lass ich mich nicht ins Bockshorn jagen. Um dahin zu gelangen, wo er jetzt war, hatte er viel zu viel Opfer bringen müssen.

Allein die Heirat mit Daniela, diesem angewelkten, nymphomanen Weib hatte ihn eine Menge Selbstüberwindung gekostet. Diese bereits von leichter Cellulitis befallenen Oberschenkel und das infernalische Kreischen, wenn sie ihrem Orgasmus entgegen trieb. Dazu diese großen, wabbligen Titten, die, wenn sie auf dem Rücken lag, auseinanderliefen wie zu dünner Teig.

Oh Gott!

Steigenberger goss sich noch einen Kognak ein.

Trotz allem, die Heirat mit der Tochter eines Polizisten, der Beziehungen pflegte und in bestimmten Situationen unter heftiger Sehschwäche litt, hatte sich gelohnt.

Das Schlimmste war überstanden.

Männer, die von ihm und seiner Firma profitieren wollten, mussten sich zuerst mit Daniela gut stellen, bevor sie mit ihm ins Geschäft kamen. Dafür genoss er die Freiheit, sich an unreifen oder kurz vor der Reife stehenden Früchten zu laben.

Das würde er sich doch nie und nimmer von so einem kleinen Bullenarsch kaputt machen lassen.

Er goss sich noch einen Kognak ein.

Seine Kindheit und Jugend hatten ihn gelehrt, sich nur auf sich selbst zu verlassen. An einen Vater konnte er sich nicht erinnern. Die Mutter war, als er zwölf Jahre alt war, an Krebs gestorben. Die Schwester seiner Mutter hatte ihn vor dem Heim bewahrt. Heute war er sich nicht sicher, ob das Heim nicht die bessere Alternative gewesen wäre. Er wohnte nach dem Tod der Mutter in einem völlig herunter gewirtschafteten Haus mit einem kleinen Garten in einem Darf in Grenznähe zu Tschechien.

Die Tante hatte ihn an der kurzen Leine gehalten.

Punkt acht bist du zu Hause! Da war er bereits fünfzehn gewesen.

Wenn du Geld brauchst, geh Flaschen sammeln!

Mach diese Hottentottenmusik leiser!

Räum dein Zimmer auf!

Mach die Erdbeeren sauber!

Lass dich nicht mit Mädchen ein!

Dann, eines Nachts, musste er zu ihr ins Bett. Sie stank nach Schnaps und sie hatte ihm gezeigt, was er machen sollte.

Er ekelte sich heute noch, wenn er daran dachte.

Sie hatte ihm danach 5 Mark gegeben.

Zweimal im Monat.

Alles Geld, was er sich durch Flaschensammeln, Botengänge für die Nachbarschaft, Kistenschleppen beim Gemüsefritzen und die ekelhaften Dienste an der Tante zusammenkratzen konnte, deponierte er in einem sicheren Versteck im Keller.

Mit 16 lernte er Maurer.

Kurz nachdem er ausgelernt hatte, war die Tante vom Schlag getroffen worden. Er hatte sie in der Küche liegen lassen, nur ab und zu gehorcht, ob sie noch röchelte. Als er gegen Abend nichts mehr hörte, hatte er den Notdienst gerufen.

Für das total baufällige Haus gab es keine Interessenten. Baumaterial war damals absolute Mangelware.

Er hatte in mühseliger Kleinarbeit ein Testament zusammengebastelt, das ihn zum Erben des Hauses machte. Ein altes Tagebuch der Tante war die Vorlage gewesen. Die Unterschrift hatte er solange geübt, dass sie als Fälschung nicht mehr zu erkennen war.

Nach zwei Jahren harter Arbeit war aus der Abrissbude wieder ein Schmuckstück geworden, dass er gut verkauft hatte.

Das Geld war der Grundstein für sein jetziges Bauunternehmen geworden..

„Prost Markus! Das wird auch so ein kleiner Piefke von der Polente nicht kaputt machen!"

Gebracht hatte der Besuch wahrscheinlich nicht viel, dachte Asbach, als er auf dem Weg zur Standseilbahn war. Trotzdem, sollte Steigenberger Dreck am Stecken haben, und davon war er jetzt überzeugt, würde er irgendwie reagieren.

Verunsichere die Leute, mache Andeutungen, mach sie nervös, dringe in ihren Schlaf ein und sie werden Fehler machen. Würde wahrscheinlich bei diesem Steigenberger eine Weile dauern. Der Mann verfügte über ein gutes Maß an Selbstbewusstsein.

Asbach ahnte nicht, wie sehr er sich irrte. Steigenbergers Sensoren waren für Gefahrensituationen hochsensibel.

Allein der Besuch war für ihn ein Alarmsignal, aber dass der Bulle ihn, wenn auch andeutungsweise mit dem Mord an dieser Rechtsanwältin in Verbindung brachte, war der Gipfel.

Klimpke!

Da bezahlte er den Kerl schon ordentlich für Informationen aus dem Polizeipräsidium und die Beschaffung der Mädchen, und trotzdem machte der Blödmann noch Geschäfte hinter seinem Rücken.

Er griff zum Telefon.

Klimpke meldete sich sofort.

„Bist du von allen guten Geistern verlassen, du raffgieriger Idiot?"

„Um was es geht? Um Gaunereien mit Arbeitsvermittlungsscheinen, Erpressung und Mord. Reicht
das?"

„Was du damit zu tun hast? Hältst du mich für blöd?
Deine Handschrift kenne ich. Du bist in einer Stunde
hier, ist das klar?"

Steigenberger legte auf und wählte neu.

„Waldmüller."

„Steigenberger."

„Was gibt`s Markus?"

„Nichts Gutes, Günther. Ein Hauptkommissar von
der Schießgasse hat mich beehrt."

„Was wollte er?"

„Falsche Frage, Günther. Wie kommt der auf mich?"

„Mein lieber Markus, ich denke, das war das
berühmte Klopfen auf den Busch. Vielleicht raschelt
es im Gebüsch und man kann zum Schuss kommen.
Typisch für Journalisten, Polizisten und Politiker.
Mach dir deswegen keine Sorgen, Markus. Oder hat
dein Besucher die Katze aus dem Sack gelassen?"

„Auf alle Fälle war Bewegung in dem Sack."

„Red Klartext!"

„Hat den Mord an dieser Rechtsanwältin erwähnt
und um Hilfeleistung gebeten."

„Ist doch ein gutes Zeichen, oder?"

„Ich werde das Gefühl nicht los, dass der Mord nicht
das Hauptanliegen des Bullen war. Seine An-
spielung, junge Mädchen betreffend, waren schon
merkwürdig."

„Das wäre allerdings fatal, wenn du damit richtig
liegen solltest. Ich werde vorsichtshalber unsere

Freunde informieren, die würden es sicher sehr bedauern, wenn der Spaß plötzlich ein Ende hätte."

„Du weißt jedenfalls Bescheid, Günther. Ihr kümmert euch notfalls um diesen Hauptkommissar und ich mich um meinen Mann für`s Grobe."

„Mach`s gut, bleib cool und denke daran: Wer oben ist, für den ist unten Spielzeugland!"

Leona saß vor einer Tasse Kaffee in ihrer alten Wohnung. Sie war vor zwei Tagen aus dem Hotel aus – und hier wieder eingezogen.

Eric hatte sie händeringend gebeten zu bleiben, aber sie wusste, dass, wenn sie blieb, über kurz oder lang etwas schiefgehen würde. Erics Hoffnungen und Träume waren nicht ihre Träume. Ein Leben als Frau eines Hotelbesitzers war für sie nicht vorstellbar. Das tägliche Einerlei hätte sie umgebracht. Sie wusste aber in ihrem tiefsten Inneren, dass das nicht der wahre Grund für ihren Auszug war.

Sie hatte sich verliebt, heftig und schmerzhaft.

In diesen verdammt zugeknöpften Hauptkommissar.

Passiert sein musste es schon in Hamburg.

Wenn sie in ihrem Bett lag, brachen die wildesten Fantasien in ihre Wachträume ein. Sie musste dann Hand an sich legen, um wieder Ruhe zu finden.

Eines Nachts hielt sie es nicht mehr aus, sie war aufgestanden und im Schlafanzug bis zu seiner Zimmertür geschlichen.

Dann hatte sie der Mut verlassen.

Die Vergangenheit holt dich immer dann ein, wenn es richtig weh tut, hatte eine ihrer Freundinnen gesagt. Am nächsten Tag war sie gefunden worden.

Tabletten und Alkohol.

Dieser gottverdammte Liebesscheiß, diese elende

Hormonplage, diese emotionale Blutvergiftung kam immer dann, wenn man nicht damit rechnete. Zuerst: „Hei, was kostet die Welt?" Und danach schlägt der Blitz ein und du wirst zum Kleinkind, dem der Rotz und die Tränen um die Wette übers Kinn laufen.

Und das nur, weil er dich nicht will.

Ein gestandener Mann wie dieser Hauptkommissar und eine verkrachte Existenz wie sie? Das würde mit Sicherheit auf Dauer nicht funktionieren.

Den Katzenjammer danach würde sie sich ersparen.

„Such dir wenigstens eine andere Wohnung in einem anderer Stadtbezirk", hatte Arnt ihr geraten. „Bild dir bloß nicht ein, dass der Kerl, der dich überfallen hat, aufgibt."

Und genau darauf spekulierte sie.

Wenn es der Kerl vom Rennplatz wirklich war, würde er, wenn er das Bild in der Zeitung gesehen hatte, eins und eins zusammenzählen und mit absoluter Sicherheit noch einmal hier aufkreuzen.

Das würde ihre Chance werden.

Sie musste ihn außer Gefecht setzen, wenn sie wieder ruhig schlafen wollte, und dafür musste er sie finden und sie musste darauf vorbereitet sein.

Er durfte nie wieder ihren Weg kreuzen!

Eine gute Lebensversicherung sind Fotos, kompromitierende Fotos, sicher deponiert, die einen Polizisten für einige Jahre hinter Gitter bringen konnten.

Sie hatte sich eine Kamera, zwei Elektroschocker, Pfefferspray und KO-Tropfen organisiert. Das kleine, flache Federmesser aus der Kiste mit dem

Malerzeug klebte mit Pflaster befestigt in Taillenhöhe an ihrem Rücken.

Leona war sicher, dass er kommen würde. Sie schob noch einmal die Tütchen mit dem Puderzucker und einige große Geldscheine so zurecht, dass alles von der versteckten Kamera erfasst wurde.

Wenn er kam, würde sie ihn heiß machen. Ihr Top saß wie eine zweite Haut an ihrem Körper, die Brustwarzen stießen durch den dünnen Stoff und der Rock war kurz, und wenn sie saß, war er noch kürzer. Sie würde ihn scharf machen wie eine sibirische Sense, würde ihn reizen, bis er vor Geilheit kaum noch Luft kriegen würde.

Dann kam die Verweigerung.

Die zwei, drei Schläge musste sie verkraften.

Wichtig war, dass die Kamera lief.

Sie musste Richtung der Liege ausweichen.

Wenn er auf ihr lag, kam der Griff nach unten. Der Elektroschocker ließ sich mit einem Griff aus seiner Halterung lösen.

Kabelbinder!

Dann würde sie ihm die Kamera zeigen und ihm klarmachen, dass die Bilder, sollte er sich ihr jemals wieder nähern, bei der Presse landeten.

Mit Hilfe eines sehr scharfen Küchenmessers an seinem Ohr würde er gehorsam den Wein mit KO-Tropfen schlucken.

Wenn er dann weggetreten war, würde sie ihn die Treppe runter schleifen, die Kabelbinder lösen und die 110 anrufen.

Sie fuhren Richtung Moritzburg. Asbach war über Kowalskis Vorschlag, über Land zu fahren, zwar erstaunt, hatte aber eingewilligt. Sie sollten besser nicht zusammen gesehen werden, hatte er gesagt.

In beider Interesse.

Sie tranken im Forsthaus Kaffee und pilgerten dann zum Wildgehege.

„Was ich Ihnen jetzt anvertraue, Herr Hauptkommissar, ähnelt unter Umständen einer Bombe mit Zeitzünder. Ich würde vor jedem Gericht der Welt schwören, dass diese Informationen nur Hirngespinste eines übereifrigen Polizisten sind und niemals von mir stammen. Es könnte mich nicht nur meine Zulassung als Privatdetektiv kosten, sondern wesentlich mehr. Selbst meine Familie wäre gefährdet. Also Top Sekret?"

„Top Sekret!" Asbach wollte Kowalski erst eine Zurechtweisung ob der Hirngespinste eines übereifrigen Polizisten verpassen, unterließ es aber.

„Das Haus ist geortet. Mehrstöckiger Altbau, Leipziger Straße. Hochrangige Kundschaft."

Asbach wusste sofort, wovon Kowalski sprach. Der Mann verfügte mit Sicherheit noch über die alten und jetzt auch über die neuen Informationsquellen.

„Sind Namen bekannt?" Asbach war abrupt stehen geblieben und blickt in das Damwildgehege.

„Namen nicht, aber Telefongespräche."

„Geht`s genauer?"

„Ein Mann wünscht sich für das nächste Treffen ein Mädchen mit Zahnspange."

„Mit Zahnspange?"

„Mit Zahnspange!"

„Also minderjährig?"

„Davon gehe ich aus, Herr Hauptkommissar."

„Und das Gebäude, aus dem der Anruf kam?"

„Ein sehr bekannter Bau in dem sehr bekannte Leute ihrer Arbeit nachgehen."

Asbach war jetzt klar, warum er Kowalski aus der Sache heraushalten musste.

„Könnte aber genauso gut eine falsche Interpretation sein. Zahnspangen gehören heute zum Alltag vieler Kinder."

„Stimmt. Nur war das kein Einzeltelefonat. Es gab weitere ziemlich eindeutige Anfragen und Bestellungen aus dem gleichen Haus. Das nächste Treffen scheint bereits terminlich geplant zu sein. Ein Kunde wollte eine Jungfrau für den ersten Stich, ein weiterer Kunde verlangte junge Schwestern in Schulmädchenkleidung und so weiter. Ich glaube kaum, dass man das missverstehen kann."

Als sich die Männer verabschiedeten, fragte Asbach: „Kann ich Ihnen eventuelle Auslagen vergüten, Herr Kowalski?"

Der Mann winkte ab. „Hab selber zwei Töchter, Herr Hauptkommissar, zehn und zwölf, und die Große trägt eine Zahnspange."

Das Kuvert, das Eric zwei Tage später aus dem Hotelbriefkasten holte, war an den Hauptkommissar adressiert.

Privat.

Ohne Absender.

Asbach wurde blass, als er die Hochglanzfotos aus dem Umschlag zog und einen Blick darauf warf. Zwei der Männer erkannte er auf Anhieb. Auf der Rückseite eines der Fotos stand ganz unten ein Datum.

Das Gespräch mit Hartmann am nächsten Morgen verlief nach seinen Vorstellungen. Der Chef hatte zwar anfangs gezögert, da die Sache nicht unbedingt zum Aufgabenbereich der KoK gehörte, aber dann doch grünes Licht gegeben.

Er stimmte der Razzia auf der Leipziger Straße zu.

Doch dann kam alles anders.

Am nächsten Morgen klopfte es an Asbachs Bürotür.

Auf sein „Herein" betraten drei Herren im Gefolge von Hartmann sein Büro.

Asbach sah den Chef verwundert an. Hartmann öffnete den Mund, aber einer der Herren war schneller.

„Schulz, LKA Sachsen, meine Mitarbeiter Kaltofen und Schlemiel. Sie verlassen bitte in Begleitung ihres Vorgesetzten umgehend ihr Büro!"

Asbach warf einen Blick in seinen Kalender. „Der erste April ist das aber jetzt nicht?"

Schulz sagte nichts, sah nur Hartmann an.

„Komm, Arnt, der Kaffee bei mir wird sonst kalt."

Die beiden Männer verließen das Büro. Draußen im Gang blieb Asbach abrupt stehen. „Sag jetzt ganz schnell, dass hier eine versteckte Kamera auf der Lauer liegt."

„Keine Kamera, Arnt, die meinen es ernst. Du stehst unter Verdacht, Ermittlungsergebnisse an den Verfassungsschutz und an Medien weitergeleitet zu haben."

„Seid ihr vom wilden Affen gebissen? Ich soll ..."

Hartmann unterbrach ihn. „Das 'Ihr' kannst du streichen, Arnt, falls du mich mit einbezogen haben solltest und dieser Schulz scheint sich auch nicht ganz wohl zu fühlen. Die Anweisung kommt von ziemlich weit oben. Was dahinter steckte, dürfte dir klar sein?"

„Scheiße, Henning, die ganzen Recherchen für die Katz. Nur gut, dass ich bestimmte Sachen nicht hier im Büro habe."

„Dein Hotelzimmer wird im Moment ebenfalls geputzt, Arnt."

Es war der vierte Abend in ihrer alten Wohnung. Leona hoffte, dass der Kerl heute kommen würde. Es war verdammt viel Geld, das Dagobert der Rechtsverdreherin abgeknöpft hatte. Das Weib musste richtig große Geschäft gemacht haben. Sie, Leona, hatte das Geld gedrittelt. Ein Drittel lag in einem neuen Schließfach, das zweite auf dem Dachboden hinter einem alten Balken und der dritte Teil lag im Wäscheschrank. Für den Notfall. Falls etwas schiefgehen sollte. Was aber nicht passieren durfte.

Sie musste endlich wieder ruhig schlafen können, denn wollte sie malen, nichts anderes als malen. Das Gefühl, als ihr der Galerist das Geld für ihre Miniaturen in die Hand gedrückt hatte, würde sie so schnell nicht vergessen.

Malen war ihre Bestimmung, davon war sie jetzt überzeugt. Sie hatte sich einige Kopien von van Gogh besorgt und versucht, sich in seine Welt der Malerei hineinzuversetzen. Die leuchtenden Farben des Südens entsprachen ihrem Naturell und ihren Sehnsüchten

Es klingelte.

Sie sah auf die Uhr.

Kurz vor Mitternacht.

Sie erkannte seine Stimme sofort.

Der Tag war gekommen. Ihr Tag.

Sie setzt die Kamera in Betrieb und öffnete dann die Tür.

Was für ein Bilderbuchkerl. In einer anderen Zeit und unter anderen Umständen hätte der Mann sie wahrscheinlich nicht lange bitten müssen.

Nur die Augen.

Hell und eiskalt. Sie machten das schöne Bild kaputt.

Leona wies mit der Hand in Richtung des Wohnzimmers und ging voran. Klimpke folgte ihr auf dem Fuß.

„Setz dich!"

„Das Geld!"

Sie sah seinen Blick auf ihre Brüste und wusste, dass ihr Plan gut war.

„Trink erst mal was!" Sie goss Wein in die Gläser.

„Zuerst das Geld!"

Leona zog den Stoff über ihrem Oberkörper straff, drehte sich um und bückte sich nach einem Papierschnipsel. Da spürte sie auch schon seine Hände von hinten kommen. Er fuhr unter ihr Top, begann ihre Brüste derb zu drücken und ihre Brustwarzen zwischen Daumen und Zeigefinger zu rollen.

„Eh ich dich ficke, du Schlampe, rückst du erst die Moneten raus."

Ihr war klar, dass sie verloren hatte, wenn sie ihm jetzt das Geld gab. Sie richtete sich auf, drehte sich um, trat ganz dicht an ihn heran und hob ihm das Weinglas entgegen. Mit der freien Hand berührte sie ihn am Schritt.

Klimpke trank das Glas in einem Zug leer, schmiss

es in eine Ecke und begann erneut ihre Brüste zu walken.

Sie stöhnte laut auf, so brutal war sein Griff.

„Das gefällt dir wohl, du kleine Nutte?" Er drückte noch heftiger zu, schob sie vor sich her zur Liege.

Leona begann sich zu sträuben, stieß ihn von sich weg und wusste, dass er jetzt vor Geilheit nur noch in eine Richtung denken konnte..

Sie wehrte sich heftiger.

Die Kamera würde gute Bilder liefern.

Er gab ihr die erste Ohrfeige. Wut stieg rot in ihr auf. Nein, sie durfte nicht die Beherrschung verlieren. Sie drehte sich so, dass die Kamera sie voll erfassen konnte und trat Klimpke gegen das Schienbein. Der Kerl stieß ein tierisches Grunzen aus und verpasste ihr die zweite Ohrfeige.

Leona tat, als würde sie zur Tür stürzen.

Er packte sie an den Haaren, zog sie zur Liege, setzte sich, zwang sie auf die Knie und zog mit der freien Hand den Reißverschluss seiner Hose nach unten.

„Du bläst mir jetzt einen ordentlichen, dann krieg ich die Moneten. Solltest du mich bescheißen, schneide ich dir mit einem rostigen Messer die Titten ab. Verstanden!"

Leona versuchte ein Nicken.

„Und jetzt mach los, Schlampe!"

Er drückte ihren Kopf in seinen Schoß.

Ihre Hand tastete nach dem Elektroschocker.

Klimpke versuchte, ihn in ihren Mund zu schieben.

Ihre Hand tastete, dann griff sie die elektrische

Waffe. Ein Stromstoß in die Hoden würde genügen, den Mann außer Gefecht zu setzen.

Es misslang.

Der verdammte Kerl war mit allen Hunden gehetzt. Er schlug ihr Handgelenk mit dem Elektroschocker gegen sein Schienbein, so dass das Gerät wie ein Geschoss durch das Zimmer flog. In den Augen des Mannes blitzte Mordlust und sexuelle Gier auf. Geh von beidem aus, dachte sie noch, dann schlug ihr Kopf gegen die Wand und es wurde dunkel um sie.

Polizeiobermeister Klimpke sah schlicht und einfach beschissen aus.

Schwerer Heuschnupfen, hatte er den Kollegen im Präsidium erklärt. Sollten die Idioten doch denken, was sie wollten. Er war wie der blutigste Anfänger übertölpelt worden. Dieses verdammte Flittchen hatte ihn mit einer Reizgasdusche völlig außer Gefecht gesetzt.

Und nun noch die Gardinenpredigt von diesem Gernegroß Steigenberger.

Scheiße, Scheiße, Scheiße - dachte er, während er wie ein Schuljunge, der von seinem Lehrer abgekanzelt wurde, vor dem Manne strammstand, der sein Gehalt aufbesserte.

Gegen bestimmte Dienstleistungen, versteht sich.

Na warte, du kleine Schlampe! Sie war Schuld daran, dass er jetzt wie ein begossener Pudel hier stand. Verdammtes Weibervolk! Wenn man diese Geißel der Männerwelt nicht ab und zu zum Vögeln brauchte, könnte der Schöpfer diese Hexen gut und gerne wieder zurücknehmen.

Die Standpauke Steigenbergers rauschte an ihm vorbei wie Großstadtlärm an einer Parkanlage. Er dachte an Henriette, seine Exfrau. Was war das für eine Liebe gewesen? Sie hatte ihn vor sexueller Gier nahezu ausgesaugt – bis zur Hochzeit.

Nimm dich in acht vor kleinen, spillrigen Frauen!
Weisheit seiner Mutter.

Er hatte die Warnung in den Wind geschlagen.

Nach der Hochzeit war es noch eine Weile gutgegangen. Sie hatte ihn mit ihrem Körper verwöhnt. Er konnte jede seiner sexuellen Fantasien mit ihr verwirklichen. Dann kam das erste Kind, ein Jahr später das zweite, und so wie ihre sexuellen Bedürfnisse schrumpften, nahm ihre Gier nach Geld zu. Erschreckend zu!

Er nutzte jede Gelegenheit, Geld nebenbei zu machen. Kam er mit einem Bündel Scheine nach Hause, ging sie mit ihm in die Kiste. Dann bot sie ihm alle ihre Körperöffnung zur Nutzung, wand sich in Ekstase unter, neben oder auf ihm, und er glaubte jedes Mal, es könnte so bleiben.

Irrtum!

Das dritte Kind kam.

Ihre Geldgier steigerte sich.

Sie ließ ihn nur noch ran, wenn er ihr große Scheine auf den Bauch legte.

Sein Glück oder Unglück waren die zwei Kollegen von der Verkehrspolizei. Bei Unfällen, Geschwindigkeitsüberschreitungen oder sonstigen Delikten von Bürgern aus der BRD auf den Straßen der DDR ließ sich problemlos Westgeld machen.

Als er das erste Mal mit ihr in einem Intershop einkaufen war, saugte sie ihn im wahrsten Sinn des Wortes bis auf den letzten Liebestropfen aus.

Er nutzte von da ab jede Gelegenheit, an harte Währung zu kommen.

Dabei hätte er Weiber haben können wie Sand am Meer. Er war sich dabei vorgekommen wie ein Roboter, der sein Programm abspult. Einfach nicht sein Ding.

Dann war das vierte Kind und die Scheidung gekommen. Henriette hatte immer noch ausgesehen wie ein Teenager.

Er war nicht von ihr losgekommen.

Nur noch für harte Währung.

Dafür war sie zur Hure im Bett geworden. Ihre Oralpraktiken hatten ihn in den sexuellen Wahnsinn getrieben.

Dann hatten sie ihn erwischt.

Er wurde degradiert, durfte aber bei der Polizei bleiben.

Verdammtes Geld!

Seine Rettung aus den schlimmsten finanziellen Schwierigkeiten war dieser Baumagnat Steigenberger gewesen.

Durch ihn, aber ohne sein Wissen, konnte er das Ding mit der Ziegenbalg groß aufziehen.

Durch ihn, aber mit seinem Wissen, entstand das Kinderbordell auf der Leipziger Straße.

Und jetzt stand er vor dem Mann und ließ sich abkanzeln wie ein kleiner Schuljunge. „Was nun?", fuhr Steigenberger ihn an. „Hast alles vermasselt, was man vermasseln kann."

Er schlug wütend auf den Tisch. „Dieses verdammte Flittchen weiß mit Sicherheit schon viel zu viel über deine saudämlichen Machenschaften mit diesen Scheißvermittlungsscheinen. Wir wissen auch nicht,

161

was der Bulle ihr auf der Hamburgreise alles erzählt hat. Männer werden bekanntlich im Bett zu schlimmsten Tratschweibern des Universums.

Steigenberger holte tief Luft. „Ich kann's nicht fassen, dass du Blödmann das Luder abhauen lässt. Ich kann's nicht fassen!" Er sah aus dem Fenster. Zur Zeit ging wieder mal alles schief. Die zwei Idioten, die er zur Beschattung dieses Asbach in Hamburg angesetzt hatte, waren allerdings noch blöder als dieser Klimpke.

Gott sei Dank, dass Waldmüller ihm den Tipp gegeben hatte, dass mit der Hamburger Domina etwas faul war. Das Bordell auf der Leipziger Straße wurde langsam zum Gefahrenpunkt für sein Unternehmen.

Mein Gott, dachte Klimpke, nur gut, dass du nicht weißt, dass diese kleine Schlampe Nachterstedt sich das Geld von der Ziegenbalg unter den Nagel gerissen hast. Geld, das eigentlich mir gehört, denn ohne meine Verbindungen zu den Subunternehmern wäre der Deal niemals zustande gekommen. Dass dieses Miststück von Rechtsanwältin mit dem Geld und dem Kleckser abhauen wollte, und er rechtzeitig davon Wind bekommen hatte, war ihr Pech. Die beiden Ganoven, die ihr die Lust zum Atmen genommen hatten, waren allerdings noch blöder als die Polizei erlaubte. Sie hatten dem Weib die Bastonade geben sollen, bis die das Geld rausrückte.

„Hat geschrien, die Alte. Damir hat zu fest zugezogen. Ex", hatte Schielauge gesagt.

Klimpke atmete hörbar aus.

Steigenberger drehte sich um und sah Klimpke mit einem Blick an, in dem abgrundtiefe Verachtung lag.

„Lässt sich hinter meinem Rücken aus reiner Habgier in solch obermiese Geschäfte ein und zieht womöglich noch Unternehmen, die für mich arbeiten, mit in den Dreck. Der Mord geht ganz auf deinen Kappe, und kümmere dich darum, dass diese Nachterstedt, oder wie der Vogel heißt, keinen Schaden mehr anrichten kann. Ist das klar?"

Steigenbergers Augen waren vor unterdrückter Wut fast schwarz geworden. Wie konnte ein ausgebuffter Bulle wie dieser Klimpke sich nur von einer kleinen Schlampe so aufs Kreuz legen lassen?

Scheiße, quadratische!

Wenn man den Kerl nicht als Maulwurf im Präsidium brauchte …

Er öffnete die Schreibtischschublade, entnahm ein Bündel Geldscheine und warf es Klimpke hin.

„In drei Tagen ist der Fall erledigt! Bring sie hoch in den Waldgasthof, da kann sie für die Dorftrottel da oben die Beine breit machen, und schärf dem Hausmeister ein: Absolute Überwachung!"

Steigenberger wedelte mit der Hand. „Und jetzt hau ab!"

Auf dem Rückweg ins Präsidium dachte Klimpke an den gestrigen Abend. Er hatte die bewusstlose Schlampe in eine Decke gewickelt, verschnürt, durchs Treppenhaus getragen und hinten in den Transporter geschmissen.

Als er die hinteren Türen des Autos an der Rück-

163

front des Waldgasthofes öffnete, war ihm das Weibsbild wie eine Wildkatze entgegen gesprungen und hatte ihm eine gepfefferte Reizgasdusche verpasst.

Steigenberger hatte recht. Er war wie ein Anfänger übertölpelt worden. Das Weib musste ein Messer am Körper getragen haben, denn Decke und Stricke waren von innen zerschnitten.

Dich krieg ich wieder und dann bist du dran. Bei dem Gedanken, was er mit ihr anstellen würde, spannte sich sein Hahn in der Hose schmerzhaft.

Die Herren trafen sich zur Lagebesprechung

„Gott zum Gruß!" Waldmüller fuhr sich über die auf Hochglanz polierte Glatze und grinste Steigenberger an.

„Dein Gott hat uns wieder mal eine Nuss serviert, nur knacken sollen wir sie selber", erwiderte Steigenberger.

Waldmüller klopfte Steigenberger beruhigend auf die Schulter. „Keine Sorge, Markus, der Nussknacker ist schon an der Arbeit."

Staudacher und Fischer erschienen. Die Männer nahmen in den tiefen, weichen Sesseln Platz.

Steigenberger goss Kaffee und Kognak ein.

Staudacher nahm einen großen Schluck Remy Martin, sah in die Runde und grinste alle an. „Unser gemeinsamer Freund ist vorübergehend außer Gefecht gesetzt, meine Freunde.

„Das heißt?", fragte Steigenberger.

Der Chef der KoK, Hartmann, wird Vorermittlungen gegen diesen lästigen Hauptkommissar einleiten", antwortete Fischer. „Es geht um den Verdacht auf schuldhafte Pflichtverletzung im Amt. Hartmann wird entscheiden müssen, ob das Disziplinarverfahren einzustellen oder einzuleiten ist. Die Preisgabe von polizeiinternem Material an die Presse wird schwer nachzuweisen sein, obwohl unser Hauptkommissar intime Beziehungen zu einer Journalistin unterhält. Ist aber letzten Endes egal, wichtig ist, dass der Kerl einen ordentlichen Denkzettel verpasst bekommt und für längere Zeit zum Aktensortieren abgestellt wird."

„Wir sollten den Betrieb auf der Leipziger Straße vielleicht vorübergehend einstellen", warf Staudacher ein.

Waldmüller fuhr empört hoch. „Vielleicht lassen wir uns von so einem kleinen Wichser wie diesen Asbach ins Bockshorn jagen. Wäre wohl das Letzte, oder?" Er sah Fischer an.

„Wenn eine Ente in die Elbe scheißt, kriegen wir noch lange kein Hochwasser", grinste der. „Hab Mayerhuber schon scharf gemacht, der hat noch eine Rechnung mit dem Kerl offen."

Waldmüller lachte. „Nur keine Sorge, dieser Hauptkommissar steht unter meiner persönlichen Aufsicht. Sollte der Mann keine Ruhe geben, fahren wir stärkere Geschütze auf." Er sah in die Runde und fand ungeteilte Zustimmung.

„Wir könnten die Besatzung im Lolita erneuern", schlug Steigenberger vor.

„Frisches, junges Gemüse ist immer für die Gesundheit gut", stimmte Staudacher zu.

„Vielleicht wäre auch eine territoriale Veränderung zu erwägen", bemerkte Steigenberger.

„Umzug?" Fischer sah Steigenberger an.

„Hab eine hübsche Villa auf der Hamburger Straße erworben."

„Klingt nicht schlecht, Markus, Tapetenwechsel regt

den Blutkreislauf an", grinste Waldmüller.

Steigenberger wusste, dass, solange er dafür sorgte, dass diese Männer ihre perversen Gelüste befriedigen konnten, seinem Expansionsdrang in der Immobilienbranche nichts im Wege stand. Mit dem neuen Amtsleiter für Restitution, Wagenzink, lief es noch besser als mit dem ermordeten Bergemann. Wagenzink hatte ihn auf die Idee gebracht, bei jedem Immobilien-oder Grundstückserwerb einen Negativtest machen zu lassen. War besonders hilfreich bei Kreditanträgen.

„Was machen eigentlich die Wohneinheiten, von denen du letztens gesprochen hast?", fragte Fischer.

Steigenberger wusste, dass Fischer der Raffgierigste des Trios war.

„Für jeden von euch sind zwei Einheiten reserviert."
Er goss noch einmal Kognak nach und hob das Glas:
„Besser der Arsch leidet Frost, als der Hals hat Durst! Prost! meine Herren, auf frisches, junges Gemüse in unserem neuen Domizil."

„Zur Mitte, zur Titte, zum Sack, zack, zack", stimmte Waldmüller ein und ergänzte: „Lass dir was Besonderes einfallen für die Eröffnungsfeier, es kann sein, dass ich einen Freund mitbringe."

Die Herren verabschiedeten sich.

Steigenberger öffnet das Fenster. Diese verdammte Zigarrenqualmerei ging ihm total auf den Nerv. Egal, das musste er in Kauf nehmen. Er würde eine Party im neuen Domizil geben, bei der den Herren schon beim Anblick der Mädchen die Hosen zu eng werden würden. Dieses Lolita auf der Leipziger

Straße entsprach schon lange nicht mehr seinen Vorstellungen. Auch die Mädchen mussten ausgetauscht werden. Einige würde er über einen Kontaktmann nach Köln liefern. Diese blonde Anja, die sich nicht unterordnen wollte und ohne jede Regung alles über sich ergehen ließ, musste auf alle Fälle weg. Irgendwann würden die wieder versuchen abzuhauen, und das konnte gefährlich werden.

Komisch war, dass Fischer ganz verrückt nach der kleinen Nutte war. Wahrscheinlich hegte er die Hoffnung, dass er sie eines Tages doch noch zum Orgasmus vögeln könnte. Schon seltsam, dass manche Männer auf so etwas Wert legten. Sehr wahrscheinlich, dass sie damit ihr Ego aufpolieren wollten.

Ihm war das scheißegal. Jung mussten die Mädchen sein, sehr jung, und es musste ihnen Spaß machen, oder sie mussten wenigstens so tun, als wäre es das Schönste, was sie je erlebt hatten. Diese Maria würde er behalten, hatte sich hervorragend eingelebt, hatte eigene Ideen, machte Sachen mit ihm, auf die selbst gestandene Nutten nicht kamen.

Sie war seine Nymphette, da ließ er keinen ran.

Jedenfalls war die Idee mit der Villa auf der Hamburger Straße auf fruchtbaren Boden gefallen.

Es würde eine Party werden, wie sie die Herren noch nicht erlebt hatte. Diesen Doktor Lohmann könnte er dabei gleich mit einladen.

Steigenberger musste grinsen.

Diese beiden Prols, Ritter und Neumann, hatten ihn mit diesem Doktor Lohmann, Chef einer großen

Berliner Bank, bekannt gemacht. Die Typen hatten in Leipzig Plattenbauten saniert und schweres Geld damit gemacht.

Auf Kosten der angeschissenen Mieter, versteht sich. Wie die beiden Kerle an diesen Doktor Lohmann und damit an Kredite der Berliner Bankgesellschaft in Millionenhöhe gekommen waren, blieb ihr Geheimnis. Jedenfalls war ihnen der Boden in Leipzig zu heiß geworden, und sie wollten das Ganze noch einmal hier in Dresden aufziehen. Mit der Großenhainer Straße hatten die beiden schon mal einen ordentlichen Nasenstüber bekommen.

Die Typen würden hier in Dresden noch ihr blaues Wunder erleben.

Zu den kostenlosen Besuchen in seinem Bordell hatten sie diesen Doktor Lohmann mitgebracht. Es war eine Sache von wenigen Tagen gewesen, und er hatte direkten Kontakt zu diesem Mann hergestellt.

Sie waren sich schnell einig geworden. Die Bank würde den beiden Halbweltlern weitere Kredite verweigern.

Seine Kreditlinie dagegen würde die dreistellige Millionenhöhe erreichen, und damit wären die Typen ausgebootet.

Insolvenz!

Feierabend!

Dabei war es nicht so sehr das Geld, das ihn reizte. Schlauer, vorausschauender und skrupelloser zu sein als die Anderen, das war das Nonplusultra, das verschaffte ihm ein Gefühl von Macht. Und genau das war es, was er brauchte, um seine Minderwertigkeitskomplexe zu kompensieren.

Was war er denn gewesen, bis er in diese Stadt eingedrungen war? Ein kleiner, um seine Existenz kämpfender Krauter im Baugwerebe. Sicher, Leipzig wäre idealer gewesen. Leipzig, der größte Ganoventreff aus Ost und West nach der Wende. Das ganz große Geld und die übelsten Immobiliengeschäfte wurden dort gemacht.

Selbst sehr hohe Persönlichkeiten kochten dort ihr fettes Süppchen für sich und gute Freunde. Der Filz aus Betrug und Schiebereien war dort so dicht, dass Durchstechereien zum Beispiel in der Immobilienbranche zum normalen Tagesgeschäft gehörte. Klar, einer von den ganz Großen aus der Gilde der Falschspieler war erwischt worden. Trotzdem zog er den Hut vor dem Manne.

Milliardenbetrug!

Der Mann hatte seine Suppe in einem Riesenkessel gekocht. Dagegen brodelte sein Süppchen maximal in einem Kochgeschirr.

Das die Banken diesen Betrug mitgemacht, ja gefördert hatten, war schon erstaunlich.

„Wer in der Politik oder in einer Bank seinen Sitzplatz ganz oben hat, ist selber Schuld, wenn er von seinem Gehalt leben muss."

Spruch seines Schwiegervaters.

Jedenfalls bestätigte das gierige Glitzern in den Augen des Mannes, als er die Mädchen in Kniestrümpfen und kurzen Röckchen im Sandkasten spielen sah, seine Vermutung.

Sie hatten Chemnitz passiert. Steigenberger nahm die A72 Richtung Plauen. Vor zwei Jahren war er drauf und dran gewesen, den Waldgasthof naher der Grenze zu verkaufen. Da war nicht mehr viel gelaufen. Erst als er diesen Hausmeister einstellte, lief der Laden wieder.

Und wie der lief!

Der Mann holte die Mädchen von jenseits der Grenze. Die Tschechenmädels waren froh, wenn sie was verdienen konnten, kamen freiwillig und machten ihre Sache richtig gut.

Hinten im Minibus knallte der erste Korken. Würde garantiert ein gelungener Abend und eine zufriedenstellende Nacht werden. Seine drei Stammgäste hatten schnell Kontakt zu Lohmann und dessen Freund Guido Schneidereit gefunden. Schneidereit saß in der selben Berliner Bankgesellschaft wie Lohmann, war verheiratet, hatte zwei Kinder und war nach dieser Nacht erpressbar.

Im Notfall.

Die Kameras, die in jedem Zimmer liefen, waren die beste Versicherung für seine Geschäfte. Dazu kamen noch die Kontakte des neuen Hausmeisters zu seinen früheren Arbeitgebern aus der Kreisdienststelle in Plauen. Der Mann war schon sein Geld wert.

Bei Plauen-Süd nahm Steigenberger die Ausfahrt auf

die E49 Richtung Adorf. Hinten im Wagen knallte erneut ein Korken. Es würde ein gelungener Abend werden, da war er sich sicher.

Mit Lohmann und diesem Schneidereit würde er klarkommen. Die Kredite würden über Lohmann laufen, und die Genehmigung des Kontrollausschusses unter der Leitung Schneiderreits wären dann nur noch reine Formsache. Dem Erwerb des heruntergewirtschafteten Wohngebietes mit den über dreihundert Wohneinheiten stünde dann nichts mehr im Wege.

Macht und Geld – schön ist die Welt!

Der einzige Wermutstropfen in diesem Honigtopf Leben war seine Angetraute. Ihr Gemotze und Gejammer in der letzten Zeit hatten ihn kalt gelassen, aber jetzt fing die alte, geile Kuh an, ihm zu drohen.

Das konnte gefährlich werden. Vor allem, da er kaum noch Männer fand, die bereit waren, sich Danielas anzunehmen.

Sie an Alkohol zu gewöhnen, war nur bedingt gelungen. Das Weib konnte saufen wie ein Legionär nach einem tagelangen Marsch durch die Wüste.

Mit Drogen sah es besser aus. Auf Hasch war sie ganz verrückt, aber das steigerte nur noch ihre gierige Lust auf festes Männerfleisch.

„Schick sie auf Urlaub", hatte Waldmüller, dem er sich anvertraut hatte, ihm empfohlen. „Gran Canaria, vielleicht findet sich unter den armen Kerlen von Uhrenverkäufern eine barmherzige Seele oder besser gesagt, ein harter Knochen. Keine ganz dumme Idee.

172

Wer weiß, vielleicht ließ sich sein Drogengeschäft, das er sich als drittes Standbein aufgebaut hatte, von Marokko direkt über Gran Canaria oder Lanzarote verlagern. Der Weg über Gibraltar nach Spanien und dann in die anderen europäischen Länder war alt, eingefahren und immer mit Verlusten verbunden.

Er ließ bis jetzt seine Ware in den Kanton Zug in der Schweiz liefern.

Emmentaler, das war seine Idee gewesen. Die zwischen 70 und über einhundert Kilo schweren Käseräder wurden ausgestochen, so dass eine Art Reifen von etwa fünf Zentimeter Wandstärke übrig blieb. Die Löscher im ausgestochen Käserad wurden mit Stoff gefüllt, wieder in den Käsereifen gedrückt, mit einer dünnen Wachsschicht versiegelt, und ab ging die Reise Richtung Deutschland. Ein kleiner Käseladen hier in der Inneren Altstadt war die Endstation.

Hinter ihm brach eine Lachsalve los. Staudacher hatte wieder einen seiner obervulgären Witze erzählt.

Steigenberger lachte ebenfalls, aber aus einem ganz anderen Grund. Schon seltsam, dachte er, wie er auf die Idee mit den Drogen gekommen war. Waldhofer hatte ihm eine Tages erzählt, dass die Soldaten des Bayernkönigs Ludwig II. es an Ausdauer und Hindernisüberwindung mit jeder Armee der Welt zu der damaligen Zeit hätten aufnehmen können. Sie kannten beim Marschieren über Stock und Stein keinerlei Ermüdung. Und das lag nicht am harten Drill, sondern am Trinkwasser.

Der Feldscher Theodor Aschenbrandt mischte Kokain in das Trinkwasser der Soldaten, und die Burschen entwickelten ein Durchhaltevermögen, von denen andere Monarchen nur träumen konnten.

Das Zeug in den Kaffee der Schwarzarbeiter- und er könnte die Hälfte der deutschen Malocher entlassen.

Aber das war nur mal so eine fixe Idee, die ihm da durch den Kopf gegangen war.

Jetzt war es nicht mehr der Kick für ihn, schlauer als die anderen zu sein, jetzt war es das Geschäft geworden. Die Gewinne waren gigantisch. Er würde mit den Drogengewinnen weiter expandieren, und dann wäre für sein Bauunternehmen ein Börsengang die logische Schlussfolgerung.

Er musste wieder lachen, als er daran dachte, wie sie die Zöllner ausgetrickst hatten. Dass die Grenzer die Käsetransporte die erste Zeit genau unter die Lupe nehmen würden, war klar. Deshalb liefen die ersten Monate nur Blindversuche.

Keine Drogen!

Nur Käse!

Der Zoll verlor jegliches Interesse an den Käsetransporten.

Hin und wieder fiel für die Leute eben auch mal ein beschädigter Käse ab.

Auch die Hunde interessierte der nach Propionsäure stinkende Käse nach kurzer Zeit nicht mehr.

Das Geschäft lief wie am Schnürchen.

Drogen und Mädchenhandel, was für ein einträgliches Geschäft.

Waldhofer musste hinten wieder einen seiner makabren Sado-Maso-Witze erzählt haben, denn die Männer riefen Pfui und lachten sich halbtot.

Steigenberger schwelgte weiter in Erinnerungen. Rund eine knappe Million Marokkaner lebte vom Drogenhandel. Für die Gewinnung von zwei Kilo Hasch benötigte ein Bauer im Schnitt drei Arbeitstage, und das damit verdiente Geld reichte für einen bescheidenen Luxus: Wellblechhütte, Satellitenschüssel und Fernseher. Oliven, Eier und Honig aus der eigenen Produktion. Einziges Problem war die Beschaffung des Wassers, das von den Kindern mittels Esel oft über mehrere Kilometer herangeschafft werden musste.

Er hatte sich vor zwei Jahren vor Ort umgesehen. Der Badeurlaub in Al Hoceima war ein Volltreffer gewesen.

Schneeweiße Strände.

Türkisfarbenes Meer.

Und dann eine Fahrt ins Rifgebirge mit einhei-mischem Fahrer und einem uralten Mercedes-Leihwagen waren ein Erlebnis der Sonderklasse gewesen. Der Hotelmanager hatte ihm geraten, sich nicht als Tourist zu outen. Einheimische versperrten oft die Straße und versuchten, die Touristen zum Kauf irgendwelchen Plunders zu zwingen. Fuhr man weiter, ohne gekauft zu haben, flogen nicht selten Steine.

Durch die Vermittlung des Fahrers war er schnell mit einem Bauern in Kontakt gekommen. Die Summe, die er ihm dagelassen hatte, um einen Brunnen bohren zu lassen, war für ihn Peanuts gewesen, für den Bauern allerdings ein kleines Vermögen.

So hatte er direkte Kontakte geknüpft, die sich jetzt auszahlten.

Seine Lieferungen gingen in die Hafenstädte und von da per Schnellboot oder Kleinflugzeug leider immer noch über Gibraltar aufs spanische Festland.

Verluste waren nicht zu vermeiden und eingeplant.

Die Gewinne konnten sich trotzdem sehen lassen.

Die Idee, das Unternehmen auf Drohnen umzustellen, steckte leider noch in den Kinderschuhen.

Die Verbindung nach Friedrichshafen am Bodensee würde er trotzdem weiter ausbauen. Für den Handel mit Koks wären ferngesteuerte Flugobjekte allerdings das Nonplusultra.

Scheiß auf das Sozialgefasel der Gutmenschen, im Kapitalismus zählte einzig und allein der Profit. Das war so und das würde so bleiben. Gut, in Deutschland war das Elend, das der Kapitalismus unter dem Volk anrichtete ja noch relativ erträglich mit all diesem Sozialquatsch wie Umschulungen, Wohngeld, Kindergeld, und weiß der Teufel, was es da noch alles gab. Aber der sehr dünn gewebte Schleier für die Verschleierung der Armut würde Risse kriegen, denn der Anteil der Bevölkerung, die unter die Armutsgrenze rutschte, wuchs.

Was würde geschehen, wenn das Maß voll war?

Die beste Versicherung dagegen war Geld, viel Geld.

Profit musst du machen.

Scheiß auf das Gefasel von sozialer Gerechtigkeit.

Sein zusätzlich aufgebauter Handel mit Kokain brachte das große Geld.

Die nächsten Lieferungen würden allerdings anders geplant laufen. Von Westafrika über das Rifgebirge würde es an Casablanca vorbei nach Agadir und von dort nach Gran Canaria gehen. Superreines Kokain nahm relativ wenig Platz ein, und wenn man daraus Crack machte …

Crack war das Zauberwort!

Aus einem Gramm Kokain wurden beim Verarbeiten mit Natronlauge und Wasser sechs Crackbrocken; und das brachte nach Abzug aller Unkosten und eventueller Verluste so an die zwei- bis dreihundert Prozent Gewinn.

Weit mehr als mit Haschisch je zu verdienen war, auch wenn die Zerstörung ganzer Haschisch-plantagen durch marokkanische Polizisten nachgelassen hatte. Durch Gehaltsaufbesserungen und die Einrichtung eines Bordells mit blonden Mädchen war ein Großteil der Polizisten an mittelschwerem Augenleiden erkrankt.

Die Neue, diese Anja, würde den dortigen Besuchern des Entspannungshauses sicher viel Vergnügen spenden. Dieser Hadir würde ihr sehr schnell die Flötentöne beibringen. Und von dort abzuhauen, war aussichtslos. Dafür sorgten allein die Hunde. Eine zweite Mädchenleiche konnten sie sich auf keinen Fall leisten. Das wäre sehr wahrscheinlich mit dieser widerspenstigen kleinen Nutte passiert. Dieses Tschechenmädel am Blauen Wunder hatte gereicht.

„Kleiner Unfall", hatte der Idiot gesagt, als das Mädchen nach dem Spiel mit diesem oberperversen Kerl nicht mehr geatmet hatte. Klimpke war bis an die tschechische Grenze gefahren und hatte die Leiche dort in die Elbe geschmissen. Der Verdacht würde sich auf die tschechische Bordellszene konzentrieren.

Steigenberger fuhr in die Einfahrt des Grundstücks und stoppte den Wagen an der Rückfront des Waldgasthofes. Die Männer stiegen aus. Jeder würde in dieser Nacht auf seine Kosten kommen, und die Kameras würden einen weiteren Beitrag für seine Lebensversicherung liefern.

Eric erschrak, als eine Hand sich von hinten auf seine Schulter legte. Er hatte gerade von Leona geträumt, während er Gläser polierte, die bereits vor Sauberkeit glänzten. Dämliche Angewohnheit, aber er konnte nicht anders. Wenn er träumte, mussten seine Hände in Bewegung sein. Vielleicht war es auch umgekehrt.

Trotz seines Schrecks drehte er sich betont langsam um. Vor ihm stand eine Frau mit rotem Haar und Sonnenbrille.

„Womit kann ich Ihnen …"

Die Frau nahm die Sonnenbrille ab.

„Leona!"

„Eric!" Sie warf sich mit einem Seufzer in seine Arme und ihre Schultern begannen zu zucken. Eric strich ihr sanft über den Rücken und hielt sie fest, bis das Zittern nachließ.

„Verdammt Mädel, wo hast du die ganze Zeit gesteckt? Wir haben uns große Sorgen gemacht."

„Wer wir?"

„Na ja, mein Poliertuch und ich", grinste Eric.

Leona drohte ihm mit dem Zeigefinger.

„Arnt hat deine Wohnung durchsucht und festgestellt, dass du ganz schön aufgerüstet hattest. Scheint aber nicht allzu viel genutzt zu haben. Er war ziemlich sicher, dass du nicht freiwillig verschwunden bist."

„Was seid ihr doch für schlaue Kerlchen."

„Ich hab mir ernsthaft Sorgen gemacht, obwohl Arnt der Meinung war, dass Unkraut, na und so weiter."

„Der soll mir unter die Finger kommen!"

„Sei nachsichtig mit ihm, Leona, den hat es ganz schön erwischt. Ist vom Dienst suspendiert worden."

„Soll das ein schlechter Witz sein, Eric?"

„Leider nein. Das LKA hat sein Büro auf den Kopf gestellt, und hier waren die Kerle ebenfalls und haben sein Zimmer auseinander genommen."

Leona starrte ihn offenen Mundes an.

„Soll angeblich polizeiinterne Informationen an den Verfassungsschutz und an die Medien weitergeleitet haben."

„Arnt? Die sind doch nicht ganz dicht. Da steckt ganz was Anderes dahinter. Wahrscheinlich ist er Schweinereien auf die Spur gekommen, die nicht an die Öffentlichkeit gelangen dürfen, und diese Leute haben zugeschlagen." Sie nahm das Bier, das Eric für sie eingelassen hatte, trank es in einem Zug aus und wischte sich den Mund ab.

„Kann ich für eine Weile wieder bei dir wohnen, Eric?"

„Dein Zimmer ist noch so, wie du es verlassen hast, Leona."

„Danke, Eric."

Sie ging nach oben, warf sich aufs Bett und war eingeschlafen, bevor sie die Schuhe von den Füßen streifen konnte.

Asbach hatte keine Ahnung, was ihn erwartete. Hartmanns Anruf war gestern Nachmittag gekommen und er war für zehn Uhr ins Präsidium bestellt worden.

Auf dem Gang zu Hartmann lief ihm Maibach über den Weg.

„Sei wachsam, Arnt, irgend so ein Heini von der Staatsanwaltschaft sitzt bei Henning."

„Kann mich mal", knurrte Asbach.

„Wäre schade um dich. Ich wüsste nicht, wer mir so plausibel wie du die Welt erklären sollte", feixte Maibach.

Während Asbach den Gang entlang marschierte, war ihm klar, dass er sich nicht verbiegen würde. Außerdem würde die Staatsanwaltschaft ihm nichts nachweisen können, da er keinerlei Informationen an irgend jemand weitergegeben hatte. Die Brüder wollten ihn ganz einfach außer Gefecht setzen.

Entweder war es die Hamburgreise, sein Besuch bei diesem Steigenberger oder die geplante Razzia. Wahrscheinlich alles zusammen.

Er klopfte an die Tür und trat ein.

Hartmann erhob sich und gab ihm die Hand.

Das Backpfeifengesicht mit den Augen eines toten Schellfisches neben Hartmann blieb sitzen.

„Oberstaatsanwalt Fischer", stellte der Chef dieses

lange, dürre Gerippe vor.

Sieht aus wie eine Stabheuschrecke, dachte Asbach und musste ein Grinsen unterdrücken. Er sah sich den Mann genauer an und sofort fielen ihm die anonymen Fotos ein, die ihm zugespielt worden waren und die er Eric zur sicheren Aufbewahrung übergeben hatte.

Hartmann wies mit der Hand auf den Stuhl vor dem Schreibtisch.

Asbach setzte sich. Verdammt, das konnte heiß werden. Er war sich absolut sicher, dass der Kerl neben Hartmann einer der Männer auf den Fotos war.

Hartmann spielte eine Weile mit einem Bleistift, sah Asbach an und sagte dann: „Du weißt, dass hier im Präsidium deine bisherige Tätigkeit für die KoK sehr geschätzt wird, Arnt."

Dummes Gesülze, Henning, dachte Asbach. Solltest du dir besser sparen. Er spürte die Unsicherheit seines Chefs.

„Du weißt aber auch, was dir zur Last gelegt wird?", fuhr Hartmann fort.

„Tut mir leid, aber ich weiß lediglich, dass mir Dinge vorgeworfen werden, die von Leuten konstruiert worden sein müssen, die ..."

„Das reicht, Herr Hauptkommissar Asbach"; fuhr dieser Fischer wie von der Tarantel gestochen auf. „Hier wurde von Niemandem etwas konstruiert. Allein der Mord an der Domina und ihre Anwesenheit in Hamburg bedürfen noch einer lückenlosen Aufklärung. Hinzu kommt noch die

Belästigung rechtschaffener Bürger dieser Stadt ohne vorherige Absprache mit ihrem Dienstvorgesetzten und ihr privater Umgang mit recht zweifelhaften Damen."

Fischer holte Luft.

„Anrüchig, sehr anrüchig für einen Beamten einer Sondereinheit der Polizei, Herr Hauptkommissar."

„Es gibt Dinge in dieser Stadt", erwiderte Asbach, „die weit anrüchiger sind."

„Da muss ich Ihnen vorbehaltlos beipflichten." Die Heuschrecke sah ihn mit einem sonderbaren Blick aus seinen Kabeljauaugen an. „Sehr anrüchig erscheint mir zum Beispiel, wenn Polizei und Presse im wahrsten Sinn des Wortes unter einer Decke stecken."

Pause.

„Ihnen ist eine Frau Heinemann bekannt?"

„Allerdings."

„Sie treffen sich gelegentlich mit der Dame?"

„Ist es neuerdings verboten, mit weiblichen Damen Kontakt zu pflegen?"

„Kommt auf den Status der Dame an."

Asbach sah, wie Hartmann dabei war, einen Bleistift zu zerbrechen.

„Die Dame war auf jeden Fall volljährig", grinste Asbach den Staatsanwalt an.

Für einen Moment sah er ein gefährliches Aufblitzen in den Augen des Mannes.

„Wenn ich richtig informiert bin, arbeitet diese Frau Heinemann für eine hiesige Zeitung."

Die Stimme signalisierte höchste Aggressivität.

„Es geht hier nicht darum, wer mit wem bekannt ist," fuhr Hartmann jetzt scharf dazwischen. „Es geht einzig und allein darum, dass der Mord an dieser Rechtsanwältin Ziegenbalg endlich aufgeklärt wird und eventuell damit verbundene Fälle von Korruption untersucht werden."

„Konzentration statt Hyperaktivität", warf der Staatsanwalt nickend ein.

Bloß nicht in alle Richtungen ermitteln, dachte Asbach. Man könnte ja auf Dinge stoßen …

Fischer erhob sich. „Alles Weitere, Herr Hauptkommissar Asbach, klärt Ihr Vorgesetzter mit Ihnen."

Wie kam der auf Hanna?

Der Heuschreck schloss die Tür hinter sich.

Auf dem Gang vor seiner Tür stand Maibach, und je näher Asbach kam, um so stärker fuhr ihm ein bekannter Duft in die Nase. Maibach schloss die Tür hinter Asbach und goss Kaffee ein.

Dann saßen sich die Männer gegenüber.

Nach einer Weile sagte Maibach: "Red mit mir, Arnt, und starre keine Löcher in die Tasse, wäre schade um den frischen Kaffee."

„Da gibt's nicht viel zu sagen, Hannes. Hartmann eröffnet natürlich kein Disziplinarverfahren gegen mich. Die Vorwürfe der Staatsanwaltschaft sind nicht ausreichend fundiert – was zu erwarten war. Sollte ein Schuss vor den Bug sein oder die Aufforderung, von bestimmten Leuten und Vorgängen die Finger zu lassen."

„Also musst du verdammt nah an etwas dran gewesen sein, was bestimmten Leuten mehr als nur unangenehm ist."

„Scheint so. Trotzdem war es ein Schuss in einen kalten Ofen!"

„Immer noch besser als in die Hose. Aber es gibt etwas, was dich interessieren könnte."

„Und das wäre?"

„Es gibt Krieg auf dem Immobilienmarkt."

„Was soll daran neu sein, Hannes? Monopoly ist hier seit den neunziger Jahren der absolute Renner. Der

Unterschied zum Spiel ist nur, dass mit echtem Geld und zwar mit richtig viel echtem Geld gespielt wird."

„Erinnerst du dich an die Namen Ritter und Neumann?"

Maibach goss Kaffee nach und sah Asbach an.

„Die Plattenbausanierungsexperten, die angefangen haben, ganze Wohnblöcke zu kaufen mit Geld, von dem niemand wusste, wo es herkam?"

„Genau die. Das Geld stammt übrigens von einer großen Berliner Bank. Die beiden Halsabschneider sind stinksauer auf einen hiesigen Baumagnaten und den Chef für Restitutionsfragen."

„Die haben wohl den Plattenganoven das Geschäft mit dem Berliner Geldinstitut vermasselt? Sag jetzt nicht den Namen Steigenberger!"

„Genau der. Hat erst mit den beiden Beutelschneidern gemauschelt und sie dann übers Ohr gehauen."

„Dass die sauer auf diesen Steigenberger sind, ist mir klar. Und natürlich auch auf den Restitutionsfritzen Wagenzink. Der ist doch, wenn ich mich recht erinnere, der Nachfolger von dem ermordeten Bergemann?"

„Du hast es erfasst, Arnt. Es geht wieder um ein Riesengeschäft mit der Platte. Ritter und Neumann, die als Geschäftsführer einer große Immobiliengesellschaft auftraten, hatten die Kredite über den Vorstandschef der Berliner Bank so gut wie in der Tasche.

Das ganz große Geschäft konnte beginnen."

„Und da funkt dieser Steigenberger mit seinem Klüngel ihnen dazwischen?"

„So ist es. Gerüchten zufolge sollen Bankkredite zu hoch und Modernisierungskosten zu niedrig angesetzt worden sein. Die Restnutzungsdauer wiederum sei zu hoch angelegt, und dann kommt noch der Denkmalschutz mit seinen Auflagen. Ein einziger Wirrwarr von Schiebereien, Grundstückspekulationen und Finanzmanipulationen. Die ganze Blase um diesen Steigenberger hängt in dem Geschäft mit drin."

„Der Osten, das gelobte Land für Falschspieler und Spitzbuben!"

„Du hast es erfasst, mein lieber Arnt, und so wird es wohl noch eine Weile bleiben!"

„Wie werden sich da wohl die beiden Geprellten Ritter und Neumann gefühlt haben?"

„Sicher nicht Himmelhoch jauchzend, das kannst du dir ja vorstellen. Das ganze Projekt war bereits mit dem Bundesbauministerium abgestimmt. Bonn hatte die Sache ebenfalls bereits abgenickt. Ein Millionendeal direkt vor der Nase weggeschnappt. Die betrogenen Betrüger müssen vor Wut gekocht haben."

„Kann ich mir gut vorstellen. Was ich mir nicht vorstellen kann, ist, dass die zwei Plattenhalunken das Ding widerstandslos geschluckt haben sollen."

„Es gab vor einigen Tagen einen Unfall auf der Autobahn."

„Lass die Katze endlich aus dem Sack, Hannes!"

„Also Wagenzink, der Nachfolger dieses

Bergemann, liegt schwer verletzt im Krankenhaus. Autounfall auf der A4. Ein schwerer Geländewagen hat den Audi, in dem Wagenzink saß, in die Leitplanke gedrückt."

„Danach Fahrerflucht?"

„Ein nachfolgender Mercedesfahrer hat alles gesehen und die Polizei angerufen. Die haben die Unfallverursacher nach einer wilden Verfolgungsjagd geschnappt."

„Und wieso ist das alles bei dir gelandet?"

„Alles, was nach Immobilien-und Baubetrug riecht, landet seit gut einer Woche auf meinem Schreibtisch. Anweisung vom Chef."

„Was ist mit den Unfallverursachern?"

„Zwei Kleinganoven. Haben gleich nach ihrer Vorführung beim Haftrichter gestanden. Zwanzigtausend Mäuse haben ihnen Unbekannte geboten, wenn ein bestimmter Audi in einen kleinen Unfall verwickelt würde."

Maibach machte eine Pause, kratzte sich am Ohr und fuhr dann fort: „Der Haftrichter heißt übrigens Staudacher und soll zum engeren Bekanntenkreis des Bauunternehmers Steigenberg gehören."

„Dann können sich die zwei Ganoven aber warm anziehen", warf Asbach ein.

„Der eigentliche Knüller ist aber, der Audi A8, in dem Wagenzink saß, ist eines von den Privatautos des Bauunternehmers."

„Also ..."

„Du liegst richtig, Arnt, die haben den Falschen erwischt, obwohl das unter den gegebenen

Umständen auch wiederum der Richtige war."

„Schlimm, Hannes, wenn die Anzahl der Ganoven in einer Gesellschaft so schnell wächst, dass die Aufnahmekapazität der Gefängnisse um ein Vielfaches überschritten wird."

„Wird noch schlimmer, mein Lieber. Es kursieren Gerüchte über Bestechung und Erpressung beim Autobahnbau. Die Schäden sollen bereits im oberen zweistelligen Millionenbereich liegen."

„Gibt es denn da keine Kontrollgremien?"

„Frage: Wer soll diese ausgepufften Brüder kontrollieren, die sind mit allen dreckigen Wassern dieser Welt gewaschen. Da haben wir Hinterwäldler keine Chance. Die Kerle machen irgendwo Insolvenz, gründen über einen guten Freund eine neue Zweigstelle, und schon läuft der Laden wieder. Dazu kommt, dass viele ehrliche, meist kleinere Baufirmen in die Pleite getrieben werden. Erbrachte Leistungen werden nicht bezahlt, der Unternehmer kann die Löhne nicht mehr bezahlen – Insolvenz. Die Brüder lassen sich notfalls verklagen und lassen es dann auf einen Vergleich hinauslaufen. Der Kläger ist immer der Dumme. Scheißkapitalismus!"

„Dein Sozialismus hat aber auch zu nichts geführt, Hannes."

„Eben, wir hatten`s in der Hand und haben`s gegen den Baum gefahren. Ich glaube, der Mensch hat so, wie er jetzt beschaffen ist, keine Wahl."

„Da bin ich aber ganz anderer Meinung, mein lieber Hannes. Der Mensch hat immer eine Wahl. Wir beide können zum Beispiel wählen, zwischen einem

Schluck kalten Kaffee oder einem guten Asbach Uralt."

Maibach stand auf, griff den speziell präparierten Ordner aus dem Regal und goss je einen Doppelten in die Kaffeetassen.

„Wenn dich ein Weib ganz pudelnackt von hinten an der Nudel packt. Wenn dir also gutes widerfährt, ist das schon einen Asbach Uralt wert. Prost, Arnt!"

„Prost, Hannes!"

„Das war verdammt knapp, Markus." Waldmüller strich sich gedankenverloren über den Schädel.

„Du sagst es." Steigenberger goss Kognak in die Gläser. „Verdammt knapp, und es sollte mich treffen, daran besteht kein Zweifel."

„Drei gebrochene Rippen und ein Schleudertrauma", ergänzte Waldmüller. „Meiner Ansicht nach hatte Wagenzink da mehr als einen Schutzengel im Gepäck. So wie die Karre aussah, hätte ich nicht gedacht, dass da einer überlebt."

„Prost, auf die Schutzengel", grinste Staudacher. „Andere Engel wird der Mann mit drei gebrochenen Rippen in der nächsten Zeit sicher nicht gebrauchen können."

Die vier Männer in der Villa Steigenberger am Elbufer hoben die Gläser.

Steigenberger, der an seinem Kognak nur genippt hatte, sah in die Runde. „Wie reagieren wir auf die beiden Hintermänner Ritter und Neumann?"

„Im Moment überhaupt nicht." Fischer wischte sich mit der Hand über den Mund.

„Die sollen ungeschoren davonkommen?", empörte sich Steigenberger.

„Hab ich nicht gesagt, mein lieber Markus, hab nur von "im Moment" gesprochen. Die Verhandlung gegen die beiden Idioten wird unser Freund Waldmüller führen, und das Urteil wird einschlagen wie eine Bombe. Hier wird ein Exempel statuiert, das allen klarmachen wird, dass es besser ist, sich nicht mit bestimmten Leuten anzulegen."

„Völlig richtig", ergänzte Staudacher. „Erstens wissen die Brüder zu viel über den Deal mit der Platte. Die Idee mit dem Zwischenerwerbsmodell war deren Idee. Zur Zeit zu gefährlich. Wenn die das Urteil gegen ihre Handlanger hören, wird denen erst mal Hören und Sehen vergehen. Trotzdem bleiben die auf unserer Liste, nur ziemlich am Ende."

„Jedenfalls hast du die Sache mit Berlin genial gelöst, Markus." Waldmüller klopfte Steigenberger anerkennend auf die Schulter. „Kein Wunder, dass die beiden Möchtegernmillionäre ausgerastet sind. Haben das Megageschäft ihre Lebens fast unter Dach und Fach, und plötzlich dreht Berlin den Geldhahn zu. Muss ein brutaler Schock für die Männer gewesen sein."

„Insolvenz ist das schönste Theaterstück auf dieser Schmierenbühne, vorausgesetzt, du gehörst zu den Zuschauern, oder noch besser, du bist der Regisseur", lachte Steigenberger.

„Apropos Spaß, Markus, hattest du nicht einen Abend der Sonderklasse für uns in Aussicht gestellt?" Waldmüller machte eine obszöne Geste mit der Hand.

Steigenberger erhob sich. „Wenn die Herren mir bitte folgen würden?"

Der Keller war in diffuses Licht getaucht. An einer Wand ganz hinten stand ein halbes Dutzend Käfige mit Türen aus Maschendraht, in denen als Katzen kostümierte Mädchen hockten. Eine Domina schlug spielerisch mit der Peitsche gegen die Türen. Die Katzen schlugen mit Ihren Krallenpfoten gegen den Draht und fauchten.

Waldmüller schritt im Paradeschritte an den Käfigen entlang und trat mit der Schuhspitze gegen die Türen, woraufhin die Katzen ihm ihr nacktes Hinterteil zuwandten.

Fischer grinste Steigenberger an und tippte sich an die Nase.

Die Männer nahmen an einem großen, runden Tisch Platz. Die Domina öffnete die Käfigtüren; und die Katzen krochen unter den Tisch.

Das Urteil, das Waldmüller am nächsten Tag über die beiden Unfallverursacher fällte, schlug in Juristenkreisen wie eine Bombe ein.

„Und du bist ganz sicher, dass der Kerl nicht koscher ist?" Steigenberger sah Oberstaatsanwalt Fischer besorgt an.

„Ganz sicher, Markus. Der Tipp kommt von Lohman, der sich schwere Vorwürfe macht, dieses Windei Schneidereit bei uns eingeführt zu haben."

Jetzt ist mir auch klar, dachte Steigenberger, warum die Kamera im Waldgasthof, in dem der Kerl mit dem Mädchen die Nacht verbrachte, keine verwertbaren Bilder gebracht hat. Der Heini hat sich nur mit der kleinen, aber sehr hübschen Nutte unterhalten

„Übrigens hat Lohmann nur durch Zufall davon Kenntnis erhalten. Die Berliner Staatsanwaltschaft ermittelt dort bereits in einem sehr großen Bankenskandal und hat Anfragen gestellt. Dabei muss der Name Schneidereit gefallen sein. Lohmann hat mich gestern angerufen."

Fischer erhob sich und trat ans Fenster.

Völlige Disproportion, dachte Steigenberger. Hüfte und Oberkörper waren viel zu kurz für die überlangen Stelzenbeine.

Fischer drehte sich um, sah Steigenberger ausdruckslos an und sagte: „Dein Name soll übrigens im Zusammenhang mit Ritter und Neumann gefallen sein. Das Ganze läuft, wie es aussieht, in

Richtung Erpressung. Dieser Herr Schneidereit soll heimlich Kopien von höchst belastendem Material über die Vergabe von nicht ganz sauberen Millionenkrediten gemacht haben. Du musst also in absehbarer Zeit damit rechnen, dass du erpresst wirst."

„Eins verstehe ich nicht, Robert, wie kommt die Staatsanwaltschaft Berlin an solche Informationen? Hat der Idiot im Suff geplaudert, oder was ist da los?"

„Ganz einfach, Markus, der Kerl sitzt selbst bis zum Hals in der Scheiße. Unterschlagung, Geldwäsche, Anstiftung zur Steuerhinterziehung mit Hilfe der Bankengesellschaft. Hat mitgekriegt, dass er ins Visier der Steuerbehörde und der Staatsanwaltschaft geraten ist und will durch einen Deal seinen Arsch retten. Er wird versuchen, die Einstellung eines Verfahrens gegen sich durch Aushändigung des brisanten Materials an die Staatsanwaltschaft zu erreichen."

Fischer sah erneut aus dem Fenster, sagte dann: „Deine Name ist jedenfalls auch gefallen."

„Der Teufel soll den Kerl holen!" Steigenberger spürte, wie es in seinen Schläfen anfing zu pochen.

„Du bist jedenfalls gewarnt, Markus." Fischer trank den Rest des Kognaks aus und wandte sich zum Gehen. „Machs gut, Markus, oder besser, lass es gut machen."

Steigenberger zog die Schublade seines Schreib-tisches auf, nahm eine Packung Schmerztabletten, knipste zwei heraus und spülte sie mit einem

Schluck Wasser herunter. Er streckte die Beine aus, lehnte sich nach hinten und schloss die Augen. Nach zehn Minuten war das Ziehen in den Schläfen abgeklungen und er konnte wieder klar denken.

Es gab nur eine Lösung. Wie bei einem vereiterten Zahn.

Eliminierung!

Klimpke!

„Wie geht's eigentlich, Goldi, deiner Schwester?"
Leona versuchte ihr Frage so beiläufig wie möglich
klingen zu lassen.

„Die hat`s geschafft, die Schlampe, macht Geld wie
Heu und gibt an wie `ne Tüte Mücken." Viola
lachte. „Hat sich also nicht geändert, wie du siehst.
Kaffee?"

„Wenn`s keine Umstände macht."

Viola verschwand in der Küche.

Leona kannte die Schwestern aus der Zeit, als sie
zusammen an der Kunsthochschule studiert und sich
eine gemeinsame Kellerwohnung geteilt hatten. Die
Schwestern hatten ihren Lebensunterhalt durch
Gelegenheitsprostitution verdient. Viola hatte mehr
oder weniger ihrer Schwester zuliebe mitgemacht.

Bei Goldi war das anders. Der gefiel es, wenn sie die
Männer richtig geil machen konnte. Meist, wenn bei
den Kerlen der Reißverschluss zu platzen drohte,
erhöhte sie das Nudelgeld. Trotzdem verließen die
Erleichterten den Keller meist höchst zufrieden,
denn Goldi hatte ihnen eine Nummer vorgespielt,
dass sie der festen Überzeugung waren, ihre Nudel
sei die Nudel aller Nudeln.

Wenn allerdings ein bestimmter Kunde, den weder
Viola noch sie selbst je gesehen hatten, sein
Kommen ansagte, drehte Goldi jedes Mal fast durch.

Sie badete und parfümierte sich, ließ sich dann von Leona auf das Sorgfältigste schminken.

Sie hatte den Stammkunden nie zu Gesicht bekommen. Einmal, als Goldi schwer betrunken war, hatte sie damit geprahlt, sie stehe unter dem persönlichen Schutz der Polizei.

Nach seinen Besuchen stank die ganze Kellerwohnung nach einem furchtbar aufdringlichen und ordinären Rasierwasser. Und an genau diesen Geruch hatte sie sich erinnert. Es war der Dieselgestank in ihrer Wohnung nach dem Überfall. Natürlich konnte das ein Zufall sein. Es gab sicher jede Menge Männer, die solches Stinkzeug benutzten.

Ihr Bauchgefühl sagte etwas Anderes.

Sie erinnerte sich, dass Goldi damals eine sehr enge Beziehung zu dem Stecher hatte. Wenn der sich meldete, geriet Goldi in eine Art Ekstase. Sie rieb sich Koks ins Zahnfleisch, deckte den Tisch und stellte sehr teuren Champagner kalt.

Nach seinen Besuchen war Goldi blank und musste ihre Schwester anpumpen.

Also sehr wahrscheinlich, dass er es war. Über die Schwestern würde sie herausfinden, ob sich ihr Verdacht bestätigte. Sie musste auf jeden Fall der Spur nachgehen, um das verdammte Schwein zu finden, bevor er sie fand.

Viola kam mit einem Tablett aus der Küche.

Kaffee und Prosecco.

„Prost!" Viola hob ihr Glas.

„Prost, auf die alten Zeiten. Läuft das Geschäft

noch?"

„Geht so. Seit Goldi ausgezogen ist, lahmt es. Bin nicht so der Typ, für den sich Männer in eine Fäkaliengrube stürzen."

"Kann es sein, dass ich Goldi auf dem Rennplatz in Reick gesehen habe?"

„Durchaus möglich, verkehrt jetzt in der besseren Gesellschaft."

„In der besseren Gesellschaft?"

„Ob die Leute wirklich zur sogenannten besseren Gesellschaft gehören, kann ich nicht beurteilen, nur Geld spielt bei denen keine Rolle."

„Profitierst du davon?"

Viola goss Kaffee ein, zögerte mit der Antwort und sagte dann: „Viola zahlt meine Miete, sonst wäre ich längst rausgeflogen."

Sie nahm einen Schluck Prosecco und fragte: „Malst du eigentlich noch?"

„Hab wieder angefangen damit und du?"

„Hab in den letzten Jahren außer welchen mit Pulsschlag keinen Pinsel mehr angefasst"; lachte Viola.

„Sag mal, kannst du dich noch an den rabiaten Kerl erinnern, der sich bei deiner Schwester den Tripper eingefangen hat und der sie daraufhin krankenhausreif prügelte."

Viola grinste breit. „Der Kerl ist später wiedergekommen, und ich denke, dass meine Schwester ihren jetzigen Job dem zu verdanken hat."

„Was macht Goldi denn jetzt?"

„Betreibt einen Käseladen an der Weißen Gasse."

„Einen Käseladen, deine Schwester?"

„Spezialitäten aus der Schweiz."

„Und damit verdient die Geld, richtig Geld?"

„Auf alle Fälle hat die welches und nicht zu knapp."
Leone verabschiedete sich. Sie wusste jetzt, was sie wissen wollte.

Was sie nicht wusste, war, dass Viola, gleich nachdem sie weg war, die Nummer ihrer Schwester wählte.

Asbach ging die Liste durch, die auf seinem Schreibtisch lag. Dieser Steigenberger hatte Wort gehalten. Er kreuzte einige Firmen an, die inzwischen in die Insolvenz gegangen waren. Die krumme Tour mit den Vermittlungsscheinen war mit Sicherheit nur über Firmen gelaufen, die schon angeschlagen waren und nichts mehr zu verlieren hatten.

Er musste endlich den Mord an der Rechtsanwältin aufklären und vor allem das Geflecht aus Betrug und Korruption, das in der Immobilien-und Baubranche herrschte, entwirren.

Nach dem Fall der Mauer waren Unternehmen im Baubereich wie Pilze aus dem Boden geschossen. Die Sanierung der Bausubstanz, die jahrzehntelang vernachlässigt worden war, versprach das große Geschäft zu werden. Gerüstverleihfirmen, Heizungs- und Sanitärunternehmen, Installationsfirmen, Unternehmen für Abwassertechnik, Bädereinrichtungshäuser und Küchenstudios überschwemmten den Markt.

Nur gut, dass der Markt sich selbst regulierte.

Der Markt hat immer recht und trennt früher oder später die Spreu vom Weizen oder die mit den ausgefahrenen Ellbogen von denen mit angelegten Armen.

Er verglich die Firmenliste mit der Liste, die er sich vom Arbeitsamt geholt hatte. Über zehn der geprellten Arbeitslosen waren an eine Elektrofirma vermittelt worden, die bis zur Insolvenz für ST&T gearbeitet hatte.

Asbach griff zum Telefon. Unter den ersten drei Nummern meldete sich niemand. Der vierte Anruf war erfolgreich.

„Hempel."

„Asbach, Kripo Dresden."

„Und?"

„Ich würde gern mit Ihnen über Ihre Tätigkeit in der Firma Frenzel sprechen."

„Leck mich am Arsch!"

Aufgelegt.

Den armen Kerl muss es ja mächtig erwischt haben, dachte Asbach.

Nummer fünf.

„Kein Anschluss unter dieser Nummer."

Nummer sechs.

„Ja bitte?"

„Hauptkommissar Asbach, Kripo Dresden. Spreche ich mit Herrn Schneider?"

„So ist es."

„Es geht um Ihre Tätigkeit bei der Elektrofirma Frenzel."

„Seid ihr endlich aufgewacht, ihr Schlafmützen von der Polente. Ein Glück, dass dieses hinterfotzige Weibsbild endlich in der Hölle schmort. Ist mir leider einer zuvorgekommen. Ich hätte dem Miststück gern eigenhändig den Hals umgedreht.

Wenn Sie sonst noch was wissen wollen, müssen Sie mich vorladen. Scheißdreck, verdammter!"

Klick.

Nummer sieben.

„Wiese." Zarte Frauenstimme.

„Hauptkommissar Asbach, Kripo Dresden. Ich hätte gern mit Frau Köhler gesprochen."

„Tut mir leid, Herr Polizeipräsident, die Dame ist verzogen. Aber wenn Sie Lust haben, und ich hoffe doch, dass das ab und zu der Fall ist, können Sie mich gern besuchen. Sie können in jeder Stellung Spurensicherung an mir durchführen, und ich stell mich auch gern tot für Sie, wenn Sie das mögen."

„Vielen Dank, junge Frau, aber vielleicht versuchen Sie es mal bei einem Bestattungsunternehmer."

„Ein Polizist mit Diensthumor, na so was? Sollten Sie mal in der Nähe der Hamburger Straße ermitteln, dürften Sie mir gern für mein loses Mundwerk die Rute geben. Egal wohin und sogar gratis."

„Vielen Dank für das großzügige Angebot, Frau Wiese."

Nummer acht.

„Hauptkommissar Asbach, Kripo Dresden."

„Heeremann. Was verschafft mir die Ehre Ihres Anrufes?"

„Es geht um Betrügereien mit Arbeitsvermittlungs-scheinen."

„Und die Firma Frenzel, wenn ich ergänzen darf."

„Hätten Sie Zeit für ein Gespräch bezüglich dieser Firma?"

„Alle Zeit der Welt, Herr Hauptkommissar. Wenn

Sie sich ein genaues Bild verschaffen wollen, wäre ein Besuch dieses Betriebes, oder besser gesagt, von dem, was davon noch übrig ist, sicher das Sinnvollste."

„Sie würden mich begleiten?"

„Aber gern doch."

„Ich hol Sie ab."

Der Mann, der bereits vor der Haustür stand, mochte Anfang fünfzig sein, mittelgroß und leicht untersetzt. Die braune Lederjacke musste teuer gewesen sein, war aber jetzt leicht abgewetzt.

Asbach musste grinsen. Das Ding sah seiner zum Verwechseln ähnlich. Nach der Wende hatten die Lederjackenverkäufer den Osten überschwemmt. Ab und zu war auch mal einer dabei gewesen, der Qualität an die weißen Neger verkaufte.

„Hauptkommissar Asbach."

„Heeremann."

„Steigen Sie bitte ein."

Sie fuhren stadtauswärts Richtung Pirna, bogen dann in Richtung Altenberg ab, fuhren durchs Müglitztal und parkten in Glashütte.

„Es gab zwei Möglichkeiten, hierher zu kommen", erzählte Heeremann. „Entweder mit dem Zug vom Hauptbahnhof bis Heidenau und dann umsteigen in den Zug nach Altenberg oder mit dem Auto. Für die Fahrtkosten war der Arbeitnehmer zuständig. War der größte Reinfall meines Lebens."

„Und dafür habt Ihr Eure Vermittlungsscheine abgegeben?" Asbach schüttelt den Kopf.

„Nach zwei Jahren Arbeitslosigkeit wären viele bereit gewesen, ihre Großmutter gegen einen Arbeitsplatz einzutauschen. Als Mann ohne Arbeit, vor allem, wenn du dreißig Jahre Arbeit hattest, gehst du vor die Hunde. Einer aus unserem alten Betrieb hat sich vor den Zug geworfen, nachdem ihm auch noch die Frau weggelaufen war. Du hast das Gefühl, du bist zu nichts mehr Nütze, du bist zu alt, zu faul, zu blöd, du bist der letzte Arsch der Menschheit. Viele haben angefangen richtig zu saufen, Gruppensaufen in Parkanlagen, vor Kaufhallen, egal wo, Hauptsache Stoff bis zum Abend und Gelaber. Gott sei Dank, mir geht's noch relativ gut, hab meinen Garten und meine Frau arbeitet in einer Großküche. Mein Arbeitslosengeld kommt pünktlich und wir können sogar kleine Reisen machen. Waren im Mai in den Alpen. Hätte nie gedacht, dass ich einmal durch Mayrhofen im Zillertal spazieren gehen würde. Und trotzdem, wenn der Mensch um Arbeit betteln muss, verliert er seine Würde. Dann ist das ganze Gerede von Freiheit einen Scheißdreck wert."

Heeremann war stehen geblieben. „Tut mir leid, Herr Hauptkommissar, aber bei dem Thema gehen die Pferde mit mir durch."

„Das kann ich gut verstehen, Herr ..."

„Wir sind da." Heeremann war vor einem großen Flachbau mit kleineren Nebengebäuden in einem großen, verwahrlosten Grundstück stehen geblieben. Einige Fenster waren eingeschlagen und zwischen den Gehwegplatten wucherte Unkraut. Aus einer

Dachrinne wuchs ein Birkensprössling.

Sie gingen um das Gebäude herum, Heeremann öffnete mit einem Schlüssel das halb verrostete Vorhängeschloss und zog die Tür auf.

„Hab bis zuletzt den Auskehrer gemacht und den Schlüssel behalten", sagte Heeremann.

Asbach schätzte den düsteren Raum, den sie betraten, auf gute zweihundert Quadratmeter. An den beiden Längsseiten standen Werkbänke mit Schraubstöcken, und an den Wänden hingen diverse Werkzeuge wie Schraubendreher, Seitenschneider, Kabelmesser, Zangen aller Art und ähnliches Zeug.

Während Heeremann in der Nähe der Tür stehen blieb, ging Asbach durch den Raum. Neben den Werkbänken an der linken Wand standen große Pappkartons mit Holzperlen, und von der Decke hingen dünne Perlonfäden. In den Kartons auf der gegenüberliegenden Seite lagen Mehrfachstecker mit und ohne Kabel, einzelne Stecker und lose Kabel.

Asbach ging zurück und sah Heeremann an.

„Arbeitsplätze für hochqualifizierte Facharbeiter", grinste der, „gearbeitet wurde in zwei Schichten. Die erste Schicht montierte die Kabel an die Stecker, beziehungsweise zog die Perlen auf die Fäden. Die zweite Schicht montierte die Kabel wieder ab und streifte die Perlen von den Fäden. Die erste Schicht … und so weiter und so fort, Herr Hauptkommissar."

Asbach schüttelte ungläubig den Kopf.

„War so, ob Sie`s glauben oder nicht." Heeremann

hatte die Hände zu Fäusten geballt.

„Nach zehn Arbeitstagen erhielt jeder Malocher fünfzig Mäuse. Danach bestand die Bezahlung aus Vertröstungen. Sei froh, dass du erst mal Arbeit hast! Die Arbeitswilligen drängeln sich vor unserer Tür! Die Lage am Markt ist nicht die beste! Die Zahlungsmoral der Kunden lässt zu wünschen übrig! Und so fort."

Heeremann trat mit dem Fuß gegen einen der Pappkartons. „Das Geld für den Sprit war weg, der Vermittlungsschein war weg und der letzte Rest von Menschenwürde war im Eimer. Eigentlich ein Wunder, dass dieses Stück Scheiße von einer Rechtsverdreherin so lange überlebt hat."

Heeremann spuckte auf den Fußboden und verrieb den Rotz mit der Schuhsohle.

Asbach hatte gerade seine Jacke im Schrank verstaut, als Hartmann anrief.

„Es gibt Neuigkeiten, Arnt, komm rauf."

„Hm." Asbach merkte, wie ihm heiß wurde. Sein erster Gedanke galt Hamburg. So was von saublöd! War wie der blutigste Anfänger in die Wohnung der Domina gestolpert.

Er ging zum Automaten und ließ zwei Becher Kaffee ein.

Wie kann einer allein so blöd sein?

Blutvergiftung und Gehirnerweichung durch eine Sexgrippe.

Dieses verdammte Weib hatte sich in seinem Gehirn breit gemacht wie die Made im fetten Käse. Seit sie damals seine Hand auf ihre warme Brust gelegt hatte, plagten ihn sexuelle Fantasien – auch am Tage. In Hamburg war es durch die Nähe besonders schlimm gewesen.

Er hatte von ihr geträumt.

Von ihren kleinen, spitzen Brüsten.

Von ihrem heißen Mund, der ihn küsste.

Von seiner Hand, die die zarte Haut ihrer Schenkel streichelte.

Von ihrer Zunge, die sich in seinen Bauchnabel bohrte und dann weiter nach unten wanderte.

Kein Wunder, dass er sich wie ein Volltrottel

verhalten hatte. Vielleicht war es doch besser, der Versuchung nachzugeben. Zumindest würde das den Unterleib und damit wahrscheinlich auch das Gehirn entlasten.

Er balancierte die Kaffeebecher bis vor Hartmanns Tür und klopfte mit der Schuhspitze an.

Vera, die höchst attraktive Chefsekretärin, öffnete, lächelte ihn an und wies auf die linke Tür, die vom Sekretariat abging. Er stellte die Kaffeebecher auf Hartmanns Schreibtisch und die Männer gaben sich die Hand.

„Setz dich, Arnt!"

Asbach nahm Platz.

„Der Ziegenbalgmord ist aufgeklärt."

Asbach sah Hartmann mit offenem Mund an.

„Mach die Futterluke wieder zu, bevor die Hausfliege Eier auf deinen Mandeln ablegen kann. Zwei Rumänen, ehemalige Securitateleute. Die Fingerabdrücke sind identisch. Einer ist tot, der zweite wird mit Sicherheit nicht überleben. Schwere Schussverletzungen, hat aber noch gestanden. Die beiden haben sich in Hamburg mit der Albanermafia angelegt, wollten groß ins Drogengeschäft einsteigen. Sollen zu den etwa dreitausend Securitateleuten Ceausescus gehört haben, die nach 1990 in Deutschland untergeschlüpft sind."

„Auftragsmord?"

„Sieht ganz danach aus, Arnt. Diese Ziegenbalg war nach allen bisherigen Recherchen das perfekte Erpressungsopfer. Die muss Geld wie Heu gemacht haben und hat wahrscheinlich zu viel davon für sich behalten wollen. Das Ganze muss über ein gut organisiertes System gelaufen sein."

„Dann sitzen die Hintermänner hier in der Stadt, Henning. Vermutlich Baubranche, denn nirgendwo arbeiten so viele Subunternehmen wie im Baugewerbe, und da lässt sich viel verschleiern."

Hartmann nickte. „Bleib an diesem Steigenberger dran, der Kerl stinkt wie ein toter Fisch, der drei Tage in der Sonne gelegen hat. Aber sei vorsichtig, da muss es Verbindungen bis weit nach oben geben."

„Wie knüpft man solche Verbindungen, Henning?"

„Finde die Schwachstellen von Leuten heraus, die dir nützen können. Sorge dann dafür, dass sie ihre meist perversen Wünsche gefahrlos verwirklichen können, und du hast sie in der Hand."

„Du tippst auf Sex?"

„Was sonst? Geld und Macht haben die schließlich im Überfluss. Die Gerüchte in der Stadt über ein Kinderbordell reißen nicht ab. Es verschwinden auch immer wieder Mädchen. Mit einschlägigem Filmmaterial kannst du dir im Notfall jeden gefügig machen. Dazu die Attacke der Staatsanwaltschaft gegen dich. Hat mich stutzig gemacht."

„Das jetzige Stadtgebiet soll ja in grauer Urzeit ein ausgedehnter Sumpf gewesen sein", lachte Asbach.

„Sumpfgebiete kann man durch Trockenlegung wieder bewohnbar machen, Arnt. Bleib an diesem Steigenberger dran. Mir scheint, dass dort der Sumpf am sumpfigsten ist. Aber sei vorsichtig, die Tentakel des Mannes scheinen bis Leipzig und Berlin zu reichen. Übrigens hat man in Berlin in der Nähe des

Doms eine Leiche aus der Spree gefischt."

„Soll vorkommen in Städten mit großen Flüssen."

„Ist bereits als Unfall oder Selbstmord zu den Akten gelegt worden. Nur mein Kontaktmann dort hat da so seine Zweifel."

„Und was hat das mit unseren Ermittlungen zu tun?"

„Dieser Tote, ein Herr Schneidereit, war ein hoher Bankangestellter."

„Mit Beziehungen nach Dresden?"

„So ist es."

„Lass mich raten: Steigenberger!"

„Richtig!"

Es klopfte.

Kowalski erhob sich und öffnete die Tür.

Die zwei Herren, die vor ihm standen, waren dunkel und seriös gekleidet. Der größere der Männer, der Kowalski an den Vollstrecker aus einer alten Unterhaltungssendung erinnerte, zeigte seinen Ausweis.

„Köhler, LKA Sachsen."

Der Mann machte eine knappe Kopfbewegung in Richtung seines Partners: „Oehme, ebenfalls LKA."

„Treten Sie ein!" Kowalski trat zur Seite.

Die Männer schoben sich durch die Tür, betraten das Büro und nahmen Platz.

„Kaffee?" Kowalski sah die Männer fragend an.

„Wäre nett von Ihnen, Herr Kowalski", sagte der Vollstrecker.

Kowalski stellte drei Tassen auf den Tisch und goss Kaffee ein.

„Sie arbeiten als Privatermittler?" Der Vollstrecker rührte in seinem Kaffee.

„So ist es."

„Sie haben eine Lizenz?"

„So ist es."

„Diebstahl, Betrug, Mietrecht, Schwarzarbeit und Zeugensuche."

„So ist es." Gut informiert, die Leute.

„Ziemlich umfangreiches Aufgabengebiet."

„So ist es."

Köhler beugte sich vor und grinste merkwürdig. „Sie können normal mit uns reden, Herr Kowalski, wir sind nicht von der Steuerprüfung. Sie arbeiten ab und an mit Hauptkommissar Asbach zusammen?"

Daher weht also der Wind. „Ist das verboten?"

„Mitnichten, wenn es sich um normale Polizeiarbeit handelt."

„Gibt es auch unnormale Polizeiarbeit?"

Köhler, der Vollstrecker, lachte. „Sagen wir es so, es soll auch Polizeiarbeit geben, die nicht ganz mit dem polizeilichen Ethos übereinstimmt."

„Kann ich mir bei Hauptkommissar Asbach nur sehr schwer vorstellen."

Pause.

„Ist Ihnen bekannt, ob Hauptkommissar Asbach Beziehungen zu, sagen wir, zweifelhaften Damen unterhält?"

Das Bild in der Zeitung, dachte Kowalski. „Soweit ich weiß, beschränkt sich sein Umgang auf die Damen im Polizeipräsidium, und inwieweit die im Dienst Unterwäsche tragen oder nicht, ist mir nicht bekannt."

Oehme konnte seinen Lacher nur mit Mühe in den Hals zurückdrücken.

Köhler warf ihm einen missbilligenden Blick zu.

„Hatten Sie, Herr Kowalski, je den Eindruck, dass der Hauptkommissar manchmal unter der Einwirkung von Drogen steht?"

„Allerdings."

Köhlers Kopf fuhr nach vorn.

„Der Herr Hauptkommissar hat bei unserem letzten Abend im Raskolnikoff nach vier oder fünf Bier und zwei Doppelkorn Probleme mit der Artikulierung gehabt."

Oehme sah schnell zum Fenster raus.

„Ihnen ist also nichts Nachteiliges über Hauptkommissar Asbach bekannt?"

Kowalski bewunderte die Selbstbeherrschung des Mannes und sagte: „Doch, allerdings, er scheint unbestechlich zu sein, was man in der heutigen Zeit nicht unbedingt zu den positiven Charaktereigenschaften zählen kann. Eine weitere unangenehme Eigenschaft von ihm ist, er geht immer direkt und von vorn auf die Leute zu."

Köhler verzog keine Miene und erhob sich. „Sie haben uns sehr geholfen, Herr Kowalski. Sollten Sie jemals Schwierigkeiten mit Ihrer Lizenz bekommen – und das geht manchmal überraschend schnell – können Sie sich jederzeit an mich wenden."

Er ließ seine Karte auf den Tisch fallen.

Oehme verabschiedete sich mit einem kräftigen Händedruck.

Beim Italiener war es rappelvoll. Hanna Heinemann, die Journalistin vom Morgenblatt nippte an ihrem Chianti und sah Richtung Eingang. Aus den Lautsprechern in den Ecken des Restaurants erklang Sharazan von Albano und Romina Power.

Sie war sich nicht sicher, ob Arnt ihrer Einladung folgen würde. War sehr kurz angebunden am Telefon. Sie wusste, dass ihre Reaktion auf das Bild in der Zeitung übertrieben gewesen war, aber es hatte sie getroffen, wie die gut aussehende, junge Frau an ihm gehangen hatte. Sie wusste, dass sie sich etwas vormachte, wenn sie behauptete, nie wieder eine feste Beziehung eingehen zu wollen.

War eine glatte Lüge!

Sie wollte ihn!

Die Liebe ist die egoistischste aller Gefühlsregungen und Sex ist der beste Kitt dafür.

Sie sah erneut zum Eingang, und da stand der Mann, den sie mit all seinen Ecken und Kanten haben wollte.

„Heute Nacht schnappt die Falle zu", murmelte sie.

Als er sie auf die Wange küssen wollte, drehte sie sich so, dass er ihren Mund traf.

„Heiß hier", grinste Asbach.

„Soll noch heißer werden heute, vor allem in der Nacht."

Sie bestellten.

Hanna hatte sich fest vorgenommen, kein Wort mehr über das Rennplatzbild zu verlieren.

„Entschuldige Arnt, war nicht so gemeint mit dem Bild."

Blöde Kuh, blöde, dachte sie sofort, als der Satz raus war, aber es hatte sie eine ganze Nacht beschäftigt.

Asbach sah sie an, legte seine Hand auf ihre und sah ihr in die Augen. „Männer gehören wahrscheinlich zu den allergefährdetsten Lebewesen auf diesem Planeten."

„Fällt mir schwer, dir zu widersprechen. Vielleicht noch der Tölpel, der so gefährlich lebt."

„Frauen sollen, je mehr Zähne sie verlieren, umso bissiger werden."

„Prost!"

„Prost, auf die heißen Tage dieses Sommers."

„Prost, auf die noch heißeren Nächte."

Sie stießen an, tranken, dann fragte Asbach:" Gibt`s Neuigkeiten auf dem Markt für junges Gemüse?"

Hanna sagte: „Seltsame Geschichte, die bei uns passiert ist. Frank Zimmermann, einer unserer besten Journalisten, der sich seit Langem mit Zwangsprostitution und Mädchenhandel beschäftigt, ist beim Joggen überfallen worden. Wurde schwer zusammengeschlagen. Milzriss und üble Nierenquetschungen. Liegt im Krankenhaus. Ich hab ihn besucht, als er wieder bei Bewusstsein war. Er hatte Schwierigkeiten beim Sprechen, wahrscheinlich hat auch der Kehlkopf was abgekriegt.

„Finger weg, hat er mir ins Ohr gekrächzt. Zu

gefährlich. Mehr war nicht zu verstehen."

Asbach sah Hanna fragend an.

„Mehr war beim besten Willen nicht zu verstehen. Der Arzt hat mich dann gebeten, das Zimmer zu verlassen."

„Kannst du ihn noch einmal besuchen?"

„Leider nein, er ist vorige Nacht verstorben."

„Tut mir leid."

„Uns auch. War ein fröhlicher, lebenslustiger Kerl mit viel Humor und mit ganzer Seele Journalist."

Sie schwiegen eine Weile, dann hob Hanna ihr Glas.

„Auf das Leben, Arnt. Es kann verdammt kurz sein, wenn man nicht auf sich aufpasst."

Hanna sah gedankenverloren in ihr Weinglas.

„Ist noch was?"

„Ich bin am nächsten Tag, als ich die Nachricht bekam, dass Frank im Krankenhaus liegt, in sein Büro gegangen. Er hat mir einige Tage zuvor das Passwort für seinen Computer anvertraut. Wenn ich jetzt darüber nachdenke, kommt es mir vor, als ob er was geahnt hätte. Das Zimmer sah nach Einbruch aus, der Computer war verschwunden."

„Habt ihr die Polizei verständigt?"

„Natürlich. Die haben Fingerabdrücke genommen und gesagt, wir sollten uns wenig Hoffnung machen, dass die Täter gefasst würden. Einbrüche und Diebstähle seien jetzt an der Tagesordnung. Du hast nichts gefunden?"

„Doch, in seinem Papierkorb lag ein Blatt Papier. Ein Druckerausdruck von einem Routenplaner. Dresden – Marokko über Frankreich und Spanien ins

Riffgebirge."

Marokko, überlegte Asbach. Wer hat in letzter Zeit von Marokko gesprochen?

„Die Rechnung, bitte!" Hanna hatte die Bedienung heran gewinkt.

Es war spät geworden. Leona hatte den dritten Tag in dem Straßencafe an der Weißen Gasse gesessen und den Käseladen beobachtet. Sie hatte im Durchschnitt so zwölf bis fünfzehn Kunden gezählt, die in das Geschäft gegangen waren. Wie der Laden so Gewinn abwerfen sollte, war unklar. Die Mieten hier im Zentrum waren schließlich nicht von Pappe. Goldi war vom Cafe hinter der Schaufensterscheibe nur als Schemen zu erkennen, und so entging Leona, dass sie mehrfach in ihre Richtung blickte und telefonierte.

Leona war klar, dass sie diese Käsebude jeden Tag beobachten musste.

Bis dieser elende Bulle hier aufkreuzen würde.

Und aufkreuzen würde der.

Käse? So ein Schwachsinn!

Bei Goldi?

Eher gehen die Maden in den Mond, und der fällt wie eine matschige Birne vom Himmel.

Weiß der Teufel, was da abging?

Wo sich Goldi niederließ, wurde gebumst und gedealt, gelogen und betrogen, und da konnte dieser miese Kerl von einem Bullen nicht weit weg sein.

Leona winkte der Kellnerin und zahlte.

Es war noch hell genug für einen Spaziergang rüber in die Neustadt, und sie musste sich die Beine vertreten nach dem langen Sitzen. Sie lief in Richtung Neumarkt, bog in die Rampische Straße ein und spazierte vom Rathenauplatz über die Carolabrücke.

Den dunklen Lieferwagen, der kurz nach ihr in die Alaunstraße einbog, nahm sie erst wahr, als es zu spät war.

Der Wagen hielt, zwei Männer sprangen auf sie zu, und als sie schreien wollte, legte sich eine grobe, harte Hand auf ihren Mund. Sie spürte einen Stich in ihren rechten Oberarm und dann flog sie wie ein alter Kartoffelsack in den Laderaum des Autos. Das Anfahren des Wagens bekam sie nur noch im Dämmerzustand mit.

Sie erwachte vom grellen Licht einer nackten Glühlampe an der Decke. Das Licht stach ihr in die Augen wie Nadeln, die sich durch entzündete Haut bohrten. Ihr Mund war trocken und die Zunge schabte am Gaumen entlang wie Sandpapier über verrostetes Blech. Ihr Versuch, sich aufzurichten, misslang. Sie lag nackt und gefesselt auf einem Tisch. An der Tür stand der Bulle und neben ihm ein Mann mit einem Bauch, der einem halbierten Fass glich. Der sah den Bullen fragend an.

Der Bulle nickte.

Der Bauch näherte sich und ließ die Hose nach unten gleiten.

Leona spannte ihren Körper zu einer Bogensehne, zielte auf die Kinnspitze des Mannes und stieß ihren Fuß blitzartig nach oben.

Der Mann taumelte rückwärts.

„Bei der Wildkatze musst du auf alles gefasst sein, Mirko", lachte der Bulle.

Er kam auf Leona zu und zog ihr grinsend zwei Schläge mit einer dünnen Gerte über die nackten Oberschenkel. Der Schmerz fuhr wie ein glühendes Messer durch ihren Körper.

„Die Filiale und die PIN, Dreckstück!

Leona spuckte ihm eine volle Ladung in die grinsende Visage.

Die auf sie herabsausenden Schläge füllten den Keller mit ihren Schreien. Klimpke wischte sich mit einem Taschentuch das Gesicht ab, grinste noch heimtückischer, griff eine Mineralwasserflasche, hielt ihr die Nase zu und flößte ihr die lauwarme Brühe ein.

Salzwasser.

Oh Scheiße, dachte Leona.

„Das reicht, Klimpke, wenn die jetzt abkratzt, kommen wir nie an die Moneten, lispelte der Mann, der sich immer noch sein Kinn rieb.

Klimpke nahm die Flasche von ihrem Mund, löste die Fesseln ihrer rechten Hand und stellte die Flasche neben sie.

„Wenn du Durst hast, bedien dich. Sollte dir die PIN einfallen, wir sind immer für dich da, du Stück Scheiße."

Zum Abschied trat der Bauch dicht an sie heran und verpasste ihr einen Schlag gegen die Schläfe.

Als Leona wieder zu sich kam, war der Kellerraum leer und es war kalt. Sie würde hier wahrscheinlich nicht mehr lebend herauskommen. Die mussten sie umbringen, die hatten gar keine andere Wahl. Aber vorher würden die das Geld kassieren wollen, und solange die das nicht hatten, würde sie am Leben bleiben.

Ob Eric sie schnell genug vermissen würde? Eher unwahrscheinlich, da sie in den letzten Tagen nur sporadisch im Hotel aufgekreuzt war. Vielleicht würde ihre Abwesenheit dem Hauptkommissar auffallen, aber der war sicher mit dieser attraktiven Frau beschäftigt, mit der sie ihn neulich abends gesehen hatte.

Das Geld im Schließfach war jetzt ihre Lebensversicherung. Sie musste, solange es ging, durchhalten. Wenn die Kerle die PIN hatten, würde das ihr Ende sein. Der Schlüssel für das Schließfach war in ihrer Tasche gewesen, aber die PIN war in ihrem Kopf und an die würden die Idioten so schnell nicht herankommen.

Plötzlich spürte sie Durst.

Ihr Mund war völlig trocken.

Neben ihr stand die Flasche.

Salzwasser.

Du darfst nicht davon trinken.

Du wirst davon trinken.

Diese verdammten Schweine!

Ihre Zunge war ein dicker Klumpen aus Löschpapier.

Was würden die mit ihr machen, wenn sie ihnen die PIN gab. Vielleicht würden sie sie erschießen oder erwürgen. Besser vielleicht als verdursten.

Ihr Herz begann wie verrückt zu rasen, ihr Atem wurde kurz und...

Plötzlich trat Eric aus der Wand, schnitt ihre Fesseln durch und hielt ihr eine Flasche Bier an die Lippen. Sie trank und trank, die Flasche müsste längst leer sein, aber sie trank weiter.

Eric nahm ihr die Flasche aus der Hand, und sie stellten sich hinter die Tür.

Nach einer Weile ging die Tür auf und Eric hämmerte die leere Flasche mit aller Gewalt auf den Kopf des Bullen, der mit einem schauerlichen Krächzem zu Boden ging. Eric hob ihn wieder auf und legte ihn auf die Pritsche. Leona griff die Salzwasserflasche und goss den Inhalt über den Kopf des Mannes.

Von ganz weit her hörte sie jetzt Stimmen. Jemand fuhr ihr mit einem Finger derb über die Haut oberhalb des Schlüsselbeins. „Scheiße, die Hautfalte bleibt, das Miststück ist am Verrecken. Drück ihr die Kiefer auseinander!"

Eine andere Stimme sagte: „Auf keinen Fall darf es noch eine Leiche geben, der Chef macht Hackfleisch aus mir. Das Ding in Berlin war an der Grenze, hätte die Schießgasse so nicht geschluckt."

Sie spürte, wie ihre Kiefer auseinander gedrückt wurde, dann floss Wasser in ihre Kehle. Sie hustete und spuckte. Die Flasche wurde ihr erneut zwischen die Zähne gepresst.

Sie begann zu schlucken. Es schmerzte im Hals, aber sie trank und trank, bis kein Tropfen mehr aus der Flasche kam und dann wurde es wieder dunkel um sie. Ein Schwall eiskaltes Wasser holte sie aus der Dunkelheit zurück. Sie schlug die Augen auf. Der Bulle hantierte mit einem Gerät zwischen ihren Schenkeln.

„Ich schließe dich jetzt unten an einen Elektrisierapparat an. Denk an die PIN! Sobald du sie uns nennst, schalte ich den Apparat aus. Hast du das verstanden?"

Es war ein höllischer Schmerz. der durch ihren Körper fuhr. Nach wenigen Minuten schrie sie die PIN gegen die Kellerdecke.

„Asbach."

„Kowalski, wie sieht ihr Terminkalender heute Abend aus, Herr Hauptkommissar?"

„Kein Eintrag."

„Gaststätte Elbinsel, 20.00 Uhr?"

„Geht in Ordnung,"

Asbach legte die Börsenzeitung weg. Sobald die Optimisten an den Aktienmärkten die Oberhand gewinnen würden, würde er verkaufen. Die Zeiten, als man nach Altmeister Kostolany Aktien kaufen, dann Schlaftabletten nehmen sollte und beim Erwachen als reicher Mann aus dem Bett steigen würde, waren vorbei.

Es sei denn, man konnte zwanzig oder mehr Jahre warten, dann behielt Kostolany Recht. Wenn man dagegen in den sogenannten besten Jahren ist, weil die allerbesten bereits vorbei sind, hat man für solche Sprüche nur noch ein müdes Lächeln.

Trotzdem, die Börse hatte etwas Faszinierendes für ihn. Es war nicht allein das Geld, was ihn reizte. Seine Entscheidung, den Markt richtig eingeschätzt zu haben, war ein erhebendes Gefühl.

Asbach sah auf die Uhr.

Wurde langsam Zeit.

Er rasierte sich. Wenn er am Abend ausging, musste er noch einmal über die Stoppeln fahren.

Hellblaues Hemd, dunkelblaue Jeans, Lederjacke.

Er ging nach unten.

Silli, Erics neue Eroberung, vollbusig, rundlich und rosig, stand am Tresen und zapfte Bier. Als sie Asbach sah, nickte sie mit dem Kopf Richtung Küche.

Eric stand am Herd und rührte in einem großen Topf herum. Seine Soljanka war das Markenzeichen seines Restaurants.

„Bin am Abend bei der Konkurrenz, Eric."

„Wo?"

„Elbinsel."

„Gute Wahl, hat eine sehr gute Küche."

„Wenn`s nicht zu spät wird, sehe ich noch mal rein auf ein Bier, Eric."

„Würde mich freuen. Pass auf dich auf, Arnt."

„Dito."

Kowalski stand vor dem Eingang und rauchte.

„Nicht ganz leicht zu finden, die Kneipe?"

„Musste drei Mal fragen."

Sie wählten einen Tisch am Fenster. Kowalski bestellte zwei Radeberger.

„Sehr schöne Lage, das Lokal", sagte Asbach. „Die Insel und gegenüber das herrliche Pillnitzer Schloss, ist schon eine Toplage."

„Das Schloss war ein Geschenk August des Starken an seine Geliebte. Wenn man bedenkt, was Männer in früheren Zeiten für Geschenke gemacht haben. Einfach mal so ein Schloss samt Park seiner begehrten Gräfin Cosel in den Schoß zu legen."

„Und das nur, um sich selber in eben diesen Schoß legen zu dürfen", grinste Asbach.

"Wenn man dann feststellt, dass die Dame zu aufmüpfig wird – ab in die Verbannung nach Stolpen!"

„Was heutigen Tages sicher nicht mehr möglich wäre, der Aufschrei EMMAS wäre mit Sicherheit bis Alaska zu hören."

„So ist es, Herr Asbach. Der Verbannungsort müsste schon etwas weiter weg liegen."

„Marokko vielleicht, soll ein sehr schönes Land sein." Asbach nahm einen großen Schluck von seinem Bier.

„Sehr romantisches Land in unserer Vorstellung. Schon die Namen der Städte lassen einen Mitteleuropäer von Abenteuern jeder Art träumen. Casablanca, Marrakesch, Agadier, Tanger. Enge, dunkle Gassen, verruchte Kaschemmen, tief verschleierte Frauen und dunkelhäutige Männer mit Dolchen am Gürtel."

„Wie schrecklich langweilig ist dagegen das Leben hier."

„Nur für Herrn Mustermann, Herr Hauptkommissar. Die Elite verschafft sich ihre Abenteuer auch hier. Falls Sie es noch nicht wissen sollten, ein bestimmtes Etablissement ist von der Leipziger Straße auf die Hamburger Straße verlegt worden."

Kowalski griff in die Innentasche seiner Jacke, zog ein Kuvert heraus und reichte es Asbach.

„Namen?"

„Namen und einiges mehr."

„Wie kommen Sie an so brisantes Material, Herr

Kowalski?"

Asbach wusste sofort, dass er die falsche Frage gestellt hatte. „Entschuldigung, geht mich nichts an."

Kowalski lachte. „Man hat eben noch so seine Verbindungen aus der Vergangenheit. Warum sollte man die nicht nutzen, wenn es darum geht, Schweinereien aufzudecken, die zum Himmel stinken."

Kowalski winkte der Kellnerin und zahlte.

„Kann ich Sie mitnehmen?", fragte Asbach.

„Nicht nötig, aber danke. Hab mir ein Taxi bestellt, besser für uns beide, man sieht uns nicht zusammen."

Leona versuchte den Kopf zu heben, aber es misslang. Die Welt um sie herum drehte sich wie ein außer Kontrolle geratenes Kettenkarussell und ihr wurde übel.

„Ich bin Anja." Die Stimme kam aus einem dicken Nebel, aber die Person musste sich in der Nähe befinden. Ein nasses Tuch berührte ihren Mund. Sie versuchte, daran zu saugen, aber ihre verschorften Lippen versagten ihr den Dienst.

„Ich hebe jetzt deinen Kopf an und du trinkst ganz langsam."

Ein blondes Mädchen beugte sich über sie und schob ihr vorsichtig einen Plastikhalm zwischen die Lippen. Leona saugte und eine warme, nach Pfefferminz schmeckende Flüssigkeit, füllte ihren Mund. Sie schluckte und schluckte, bis ihr Kopf zur Seite fiel und sie wieder einschlief.

Das tiefe, böse Bellen eines Hundes weckte sie auf. Das Bellen entwickelte sich binnen weniger Minuten zu einem infernalischen Höllenlärm. Eine heisere Stimme, nicht unähnlich dem Gebell, rief einen Befehl, und das Bellen verstummte sofort.

Die Tür quietschte und das blonde Mädchen stellte eine alte, verbeulte Blechkanne auf den Tisch. Sie goss Tee in eine Schale und hielt sie Leona an den Mund.

„Wo bin ich?", krächzte Leona, nachdem sie getrunken hatte.

„Marokko, ziemlich hoch oben in den Bergen, nennt sich Rifgebirge, diese verdammte Bergregion. Wenn du raus kannst, siehst du von hier oben eine Stadt ganz unten im Tal. Klingt wie Schaffhausen oder Schiffshausen oder so ähnlich in dieser Räubersprache, in der die Kerle hier reden. Sieh zu, dass du schnell wieder auf die Beine kommst. Am Wochenende ist hier der Teufel los. Wir sind zur Zeit nur wenige Mädchen, und von den Kerlen kommen da so gut und gern bis zu zehn Mann. Also beeil dich, du wirst gebraucht. Trink den Tee, der bringt dich wieder auf die Beine. Heute Abend kriegst du was zu essen."

Die letzten Worte drangen nur noch als sanftes Rauschen in Leonas Ohren.

Sie saß wieder in dem Auto neben diesem Scheißbullen, zugedröhnt mit dem Gesöff aus der großen Colaflasche.

Einmal wurden sie kontrolliert. Der Bulle goss ihr Schnaps über die Bluse und sie roch wie eine explodierte Destille.

„Restlos besoffen, meine Alte."

Der andere Polizist lachte.

An irgendeiner Grenze wurde sie in ein anderes Auto verfrachtet.

Der neue Fahrer fummelt kurz an ihr herum, verzog dann angewidert die Nase und ließ von ihr ab.

Sie erinnerte sich dunkel an Namen wie Barcelona, Cartagena und Malaga, deren Namen auf großen

Schildern an der Autobahn vorbeihuschten.

Dann nahm sie ein Boot auf und ihr wurde hundeelend.

Die Tür quietschte wieder. Eine ausgemergelte Frau stellte eine Schüssel mit dampfendem Eintopf auf den Tisch und verschwand wieder.

Gleich darauf erschien das blonde Mädchen, füllte einen Teller und half Leona von der Liege. Sie führte sie an den Tisch und befahl: „Iss!"

Leona nahm den Löffel und begann zu essen.

Hammel!

Im ersten Moment wurde ihr vom Geruch des Essens schlecht, doch dann überwog der Hunger. Sie schlang, was auf dem Blechteller war, in sich hinein.

Das Mädchen nahm ihr den Löffel weg.

„Mach Pause, sonst kotzt du alles wieder raus. Iss in einer Stunde weiter und nimm von dem Brot."

Sie führte Leona wieder zur Liege zurück.

„Morgen musst du raus, du musst dich akklimatisieren."

Alina ging ins Bad, putzte sich ausgiebig die Zähne und gurgelte mit Odol.

Was für einfältige Trottel sind doch Männer. Wenn du ihnen einen Ordentlichen bläst und dann noch so tust, als würde es dir Spaß machen, kannst du sie um den Finger wickeln.

Ihr Ziel war klar. Wenn du den Kuchen willst, darfst du dich nicht mit den Krümeln zufrieden geben. Die alte, verfettete und versoffene Wachtel Daniela musste schnellstens unter die Erde.

Alina Steigenberger, das klang doch.

Sie ging zurück ins Arbeitszimmer.

Steigenberger goss zwei Kognakschwenker halb voll und sie stießen an.

„War`s schön, mein kleiner Oralgulli?"

„Sehr schön." *Hätte beinahe gekotzt!*

„Du kannst das eben wie keine andere."

„Liegt daran, weil ich es gern mache." *Sei froh, dass ich ihn dir nicht abbeiße.*

„Wann lässt du dich eigentlich scheiden?"

Kannst du vergessen, du kleine Nutte. Die Alte weiß so viel von mir, dass ich gleich für einige Jahre freiwillig in den Knast gehen könnte.

Das Telefon klingelte.

„Steigenberger."

„Waldmüller."

„Sei mir gegrüßt, Günther. Ein Anruf um diese Zeit verheißt meist nichts Gutes."

„Du solltest als Gedankenleser auftreten, Markus. Es geht um Akten."

„Akten bestehen aus Papier und Papier kann vermodern, verbrennen oder bis zur Unkenntlichkeit zerkleinert werden."

„Es kann aber auch, wenn es in die falschen Hände gerät, gefährlicher als eine Handgranate sein."

„Moment Günther." Steigenberger machte eine wedelnde Handbewegung in Richtung Alina und Tür.

Alina verzog sich. *Na warte, mein Lieber!*

„Kannst weiterreden."

„Aus einem bestimmten Referat ist hochbrisantes Material verschwunden."

„Schießgasse?"

„LfV."

„Oh!"

„Du hast es erfasst."

„Namen?"

„Nicht nur."

„Und woher stammt deine Information?"

„Schulz, LKA."

„Und wie kommt das LKA an Informationen des Landesamtes für Verfassungsschutz?"

„So wie Kuhscheiße aufs Dach, Markus."

„Und wie kommt Kuhscheiße aufs Dach, Günther?"

„Hat sich Kuh auf Schwanz geschissen und mit Schwung aufs Dach geschmissen."

„Konkrete Gefahr?"

„Allerdings, Markus. Wenn diese Bombe explodiert, fliegen wir in alle Himmelsrichtungen."

„Kann man den Kuhschwanz an das Bein des Rindviehs binden?"

„Es ist leider kein Kuhschwanz, Markus. Da ist ein gewisser Hauptkommissar, ein wenig bekannter, aber sehr gefährlicher Privatschnüffler und die Presse. Sollten die davon Wind bekommen, brennt die Luft."

„Soll ich meine Hunde scharf machen, Günther?"

„Wenn wir unsere Haut retten wollen, Markus, müssen wir sie anderen abziehen."

„Also Kette los!"

„Tu das! Und mach es so leise wie möglich."

„Worauf du dich verlassen kannst."

Der Himmel war blau, leicht verschleiert, und ganz weit unten sah Leona die Stadt im blaugrauen Morgendunst. Sie machte einige Schritte vom Haus weg und setzte sich auf eine Bank. Die ausgemergelte Frau war vorhin mit einem großen Krug Wasser erschienen, hatte sie hinters Haus geführt und das Wasser in eine alte Zinkschüssel gegossen. Leona merkte hier an der frischen Luft, dass sie stank. Die Frau hatte ihr ein Stück harter Seife in die Hand gedrückt.

Beim Abtrocknen begegnete ihr Blick dem der Frau, die unverhohlen neidvoll Leonas feste, spitze Brüste musterte. Die Frau trug keinen BH, und ihre Brüste zeichneten sich schlaff und flach unter einem grauen Baumwollkleid ab.

Leona streckte sich wie neugeboren dem leichten Wind entgegen, der hier oben in den Bergen noch relativ kühl wehte.

Rifgebige, hatte Anja gesagt. Gehörte zum Atlasgebirge und sollte der weltgrößte Produzent von Haschisch sein.

Sie sah den Bauern auf den weiter unten liegenden Feldern bei der Ernte zu und hörte ihr fröhliches Lachen. Die Felder lagen zwischen Bohnen- und Maisstreifen, die von lehmigen Pfaden durchzogen wurden, und so nur von oben auszumachen waren.

An den Berghängen klebten die Hütten der Bauern.

Hier wächst der Stoff, aus dem die Träume gemacht werden, dachte Leona.

Sie erhob sich und ging in Richtung der nächstgelegenen Hütte. Es war eine Behausung aus Wellblech mit einer Satellitenschüssel auf dem Dach. Sie wollte sich bei der Frau für das Essen bedanken und blieb mit einem Ruck stehen.

Ein Hund schoss wie ein Torpedo auf sie zu, und weißer Geifer flog von seinen Lefzen, als das Halsband ihn fast erwürgte.

Leona zitterte am ganzen Körper. Der Hund stand unmittelbar vor ihr und gebärdete sich wie tollwütig.

Das ohrenbetäubende Bellen kam jetzt von allen Seiten des weitläufigen Geländes.

Leona sah, dass das gesamte Plateau von Laufdrähten durchzogen war, an denen Kampfhunde entlang rasten.

Von irgendwoher rief eine Frauenstimme einen Befehl, und die Hunde verstummten schlagartig.

Leona ging vorsichtig zu dem größeren Haus zurück.

Anja stand in der offenen Tür.

„Scheinst dich ja ganz gut erholt zu haben, Leona, ist aber noch kein Grund, sich als Hundefutter anzubieten. Spare dein jungfräuliches Fleisch lieber für die zweibeinigen Hunde, die sich morgen über uns hermachen werden."

Sie zog Leona ins Haus zurück, holte Kaffee in einer Thermoskanne und stellte Brot und Honig auf den Tisch.

In der hinteren Ecke des Raumes, der wie eine mexikanische Kneipe eingerichtet war, saßen drei dunkelhäutige Mädchen und kicherten. Eine davon, mit leicht olivfarbener Haut, hätte in Paris als Model ein Vermögen verdienen können, dachte Leona.

„Die sind freiwillig hier", sagte Anja. „Schicken das verdiente Geld nach Hause, damit die Familien dort überleben."

„Und wir?"

„Du wirst es erleben. Die hiesigen Polizisten sind versessen auf blonde Frauen. Einer der Bullen, Said, will mich hier rausholen. Spricht ziemlich gut Deutsch, hat einige Semester Biotechnologie in Bielefeld studiert und musste nach Marokko zurück, weil sein Vater verstorben war. Hat hier das Sagen."

„Kannst du ja froh sein, wenn der dich hier raus holt."

„Der will in Tanger ein eigenes Bordell aufmachen."

„Und du, als Blondi aus dem Norden, sollst das Zugpferd werden?"

„Ich nehme an"; erwiderte Anja, „dass er, wenn er dich sieht, sicher an ein Gespann denken wird."

„Die Chance, von hier wegzukommen, sollten wir nutzen, hab nicht die Absicht, mir hier als Bullenmatratze meinen Lebensunterhalt zu verdienen."

„Wirst du auch nicht, die Polizisten dürfen gratis. Nur die drei Mädels dort drüben werden bezahlt, aber nicht von den Kunden, sondern von dem Bauern."

Leona sah ihr Gegenüber ungläubig an. „Von welchem Bauern?"

„Seine Frau hat dir vorhin beim Waschen geholfen. Ihm gehört die Hütte mit der Satellitenschüssel. Die Alte ist nicht gut auf uns zu sprechen. Die ahnt, dass ihr alter Bock uns bei der ersten Gelegenheit bespringen möchte. Said hat mir erzählt, dass vor einiger Zeit ein Deutscher hier war, und seitdem spielt der Bauer hier den Chef. Hat die Bruchbude hier wieder herrichten lassen, hat einen Brunnen gebohrt und sich einen Fernseher angeschafft und bewacht das weibliche Inventar hier. Die Polizisten werden von ihm mit Augentropfen in Form von Geldscheinen versorgt. Ihrer Hauptaufgabe, die Drogenplantagen zu vernichten, können die nämlich nicht mehr wahrnehmen. Grauer Star im End-stadium. Außerdem dürfen die zum Wochenende gratis von uns Gebrauch machen."

„Hört sich aber nicht besonders gut an." Leona sah nachdenklich aus dem Fenster. „Also nichts wie weg hier. Kann dein Said uns dabei helfen?"

„Sicher, aber ich hab dir ja gesagt, was ich dann für ihn machen soll."

„Und ich wahrscheinlich ebenfalls. Trotzdem, erst mal weg aus diesem verdammten Gebirge, das Weitere wird sich finden. Das Getrommel hier in der Nacht macht mich verrückt."

Anja lachte schallend.

„Trommeln, du bist vielleicht ein Schätzchen. Die dreschen ihren Hanf. Das geht einige Nächte so, bis alle Pflanzen mehrfach ausgedroschen sind. Dann geht das Zeug Richtung Küste und dann per Schnellboot rüber aufs Festland. Rund eine Million

Marokkaner leben davon. Wird allerdings immer schwieriger, da die Regierung in verstärktem Maße die Plantagen zerstören lässt. So ein Glück wie die Bauern hier, wo die Polizisten vom Grauen Star geplagt werden, haben nicht viele Bauern. Hier hat sich jemand mit reichlich Geld eine Drogenoase geschaffen. In einigen Gegenden hat man sich allerdings schon auf den Handel mit Kokain eingestellt. Wird in Südamerika produziert, kommt nach Marokko und wird nach Europa transportiert. Keine Scherereien mit dem Anbau mehr."

„Hast du das alles von deinem Said?"

„So ist es. Morgen bringt Said eine kleine Probe Koks mit."

Es war der dritte Abend, den Asbach auf der Hamburger Straße verbrachte. Er hatte sich heute den Renault von Eric geliehen. Er durfte nicht auffallen, wenn der geplante Schlag gegen die Kunden und Betreiber des Bordells nicht ins Leere gehen sollte. Also schön Abstand halten.

Die knapp 500 Moneten für das Nachtsichtgerät hatten sich bezahlt gemacht. Er konnte sich jetzt vorstellen, was eine Katze bei Nacht sah.

Er blickte auf seine Armbanduhr.

Kurz nach Zehn.

Das war die Zeit, zu der die Herren in den teuren Limousinen hier einrückten. Die Autonummern, die er sich bisher notiert hatte und deren Fahrzeughalter Maibach bei der Verkehrsbehörde überprüfen konnte, bestätigten die Informationen Kowalskis.

Die Kunden stammten aus den oberen Gesellschaftskreisen. Diese Männer würden mit allen Mitteln zu verhindern suchen, dass ihre perversen Neigungen an die Öffentlichkeit gelangten.

Also Vorsicht!

Asbach sah erneut auf die Uhr.

Nach 11.00 Uhr.

Weitere fünf Limousinen hatten in der vergangenen Stunde das Tor passiert.

Er hatte die Autonummern.

Das reichte für heute. Er fuhr zum Hotel zurück und betrat die Gaststube.

Nicht viel los in der Woche. Die immer wieder angehobenen Bierpreise hatten die Besucherzahlen dezimiert. Viele holten sich ihr Bier jetzt bei Aldi oder Lidl und tranken sich vorm Fernseher einen an. Nur der Stammtisch war noch besetzt.

Eric stand hinter dem Tresen und polierte Gläser.

„Hallo, Eric, in Hollywood wird jetzt außer dem Oscar noch das Goldene Poliertuch für Gläserputzer verliehen."

„Red kein Blech, Arnt. Vergiss nicht, in deinem Testament zu vermerken, dass sie dir deinen Dienstausweis mit in die Urne geben sollen. Für dich war ein Anruf da. Von einer Frau Kowalski. Die Mutti schien außer sich zu sein, konnte vor Aufregung kaum einen vollständigen Satz von sich geben. Du sollst sofort vorbeikommen. Du wüsstest schon wohin."

Asbach machte auf dem Absatz kehrt, sprang in seinen Wagen und gab Gas. Am Blauen Wunder waren nur noch wenige Fahrzeuge unterwegs. Er drückte das Gaspedal nach unten, missachtete die rote Ampel am Körnerplatz und bog mit quietschenden Reifen nach links in die Grundstraße ein.

Die Frau stand am Gartentor. Sie war groß, größer als Kowalski, und er schätzte, dass sie einige Kilo mehr auf die Waage brachte als ihr spilleriger Ehemann. Jetzt ähnelte sie allerdings mehr einem Häufchen Unglück.

„Was ist passiert, Frau Kowalski?"

„Überfall, alles demoliert."

„Und ihr Mann?"

„Im St. Joseph-Stift", schluchzte sie.

„Kann ich sein Büro sehen?"

„Selbstverständlich."

„Haben Sie die Polizei verständigt?"

„Dietmar hat mir schon vor einiger eingeschärft, dass ich zuerst Sie informieren soll, wenn ihm etwas zustößt."

Sie ging immer noch schluchzend vor ihm die Treppe hoch.

Das Büro sah aus, als wäre eine Serie von Hand-granaten darin explodiert. Sämtliche Schub-kästen aus den Schränken lagen auf dem Fußboden, der Schreibtisch war aufgebrochen und der Fußboden-belag in den Ecken war nach oben geklappt.

„Haben Sie die Männer gesehen, Frau Kowalski?"

„Unsere Wohnung liegt im Erdgeschoss. Ich habe es poltern gehört, aber das war bei Dietmar nicht ungewöhnlich. Wenn er was suchte und nicht gleich fand, flog schon mal was an die Wand oder auf den Fußboden. Dann war mir allerdings, als hätte ich unterdrückte Schreie gehört, und bin hoch.

Dietmar lag auf dem Schreibtisch und zwei maskierte Männer hatten ihn in der Mache. Der eine Kerl hielt ihn fest und der andere hielt ein Feuerzeug an seine Fußsohle. Sein Mund war mit einem Klebestreifen verschlossen, so dass er nur unartiku-lierte Laute von sich geben konnte."

Die Frau wischte sich mit einem Taschentuch die

Augen.

„Ich hab mich auf den gestürzt, der mir am nächsten stand. Hab ihm einen Faustschlag ins Genick verpasst. Der Kerl hat sich umgedreht und mir in den Magen geboxt. Ich hab fürchterlich nach Luft geschnappt und bin zu Boden gegangen. Der Kerl hat mich hoch gezerrt, in den Abstellraum geschleift, und die Tür von außen abgeschlossen."

Asbach sah zu dem Raum an der rechten Wand.

Die Tür war aus den Angeln gerissen.

„Hab mich mit aller Kraft mehrmals gegen die Tür geworfen."

Wahrscheinlich hast du damit deinem Mann vor Schlimmerem bewahrt, dachte Asbach und sagte: "Sie lassen alles, wie es ist, Frau Kowalski, und rufen die Polizei. Das ich hier war, können Sie für sich behalten. Ich fahre zu Ihrem Mann ins Krankenhaus."

„Kann ich da nicht mitfahren?"

„Wenn Sie hierbleiben bis die Polizei eintrifft, wäre das für Ihren Mann besser. Ich ruf Sie an."

Asbach fuhr über das Blaue Wunder zurück Richtung Borsbergstraße. Kurz vor dem Straßburger Platz bog er in die Wintergartenstraße ein.

Die Schwester in der Notaufnahme rief den behandelnden Arzt.

„Sind Sie ein Verwandter von Herren Kowalski?"

Asbach zückte seinen Ausweis. „Nur eine Minute, Herr Doktor."

„Herr Kowalski kann nicht sprechen, sein Unterkiefer ist gebrochen, außerdem eine Rippenfraktur

243

und zwei gebrochene Finger."

Folter, dachte Asbach, diese Schweine.

„Ich brauche nur eine Minute."

Der Arzt begleitete Asbach zu dem Zimmer, in dem Kowalski lag.

„Ihre Frau lässt Sie grüßen. Ihr ist nichts passiert."

Er sah, wie der Mann erleichtert ausatmete.

„Ich habe nur eine Frage, Herr Kowalski. Sie brauchen nur leicht den Kopf zu bewegen. Haben diese Männer belastendes Material bei Ihnen gefunden?"

Kowalski bewegte den Kopf von rechts nach links, verzog aber sofort das Gesicht vor Schmerzen.

Der Arzt hob die Hand. „Das muss genügen, Herr Hauptkommissar."

Asbach legte seine Hand auf die Hand Kowalskis. „Werden Sie schnell wieder gesund, damit wir die Jagd eröffnen können."

Asbach fuhr zurück zum Hotel, rief Frau Kowalski an und bestellte viel Grüße.

Eric kam aus der Küche. „Bei dir ist eingebrochen worden, Arnt."

Asbach nahm zwei Stufen auf einmal nach oben. Die Tür seines Zimmers stand offen, und es sah ähnlich aus wie bei Kowalski.

Eric, der ihm gefolgt war, stieß einen Laut aus, der sehr dem eines zornigen Büffels glich.

„Hast du denn nichts gehört, Eric?"

„Der Stammtisch war heute in Hochform. Dynamo hat gewonnen und die haben gesungen, dass die Kakerlaken auf den Dachboden geflüchtet sind."

„Wie sind die überhaupt ins Hotel gekommen? Hattest du den Keller abgeschlossen?

„Hab ich immer."

„Lass uns runtergehen."

Die Kellertür nach außen war nur angelehnt.

Asbach sah sich das Schloss an.

„Waren Profis, Eric."

„Scheiße, verdammte! Morgen kommt hier ein Sicherheitsschloss und ein Stahlriegel an die Tür. Du kannst bis morgen in der 13 schlafen, Arnt. Sieh aber vorher nach, ob bei dir was geklaut worden ist."

Asbach war sicher, dass bei ihm nichts fehlen würde. Die Leute, die hier am Werk gewesen waren, hatten sicher etwas mitgebracht, was sie anschließend wieder mitgenommen hatten. Das Unterschieben von belastendem Material kam öfter vor, als es sich der nicht Eingeweihte vorstellen konnte.

Sie gingen wieder nach oben.

„Lass zwei Bier ein, Eric, und zwei Wodka.

„Falscher Alarm, Markus." Robert Fischer von der Staatsanwaltschaft schob seine endlos langen Beine von sich und lehnte sich zurück.

„Bin mir da nicht so sicher", erwiderte Steigenberger. „Mir ist dieser Asbach nicht geheuer. Keine Leiche im Keller, kein Ansatzpunkt für Bestechung oder Erpressung. Macht sich einfach nichts aus Geld. Einzige Leidenschaft scheint die Börse zu sein. Versteuert sogar seine Gewinne, wie mein Gewährsmann im Finanzamt berichtet. Ein Neutrum, und deshalb in der heutigen Zeit gefährlich."

„Mach dir keine Gedanken, Markus. Unsere Leute haben weder bei diesem Privatschnüffler noch bei diesem Hauptkommissar Asbach das verschwundene Material gefunden. Mein Kontaktmann beim Verfassungsschutz hat mir berichtet, dass es einen Auftrag von allerhöchster Stelle gegeben hat, das gesamte Material zu schreddern. Keiner will doch, dass hier eine Bombe hochgeht, die ein ganzes wohlgeordnetes System in die Luft jagen könnte. Einzig diese verdammten Zeitungsfuzzis könnten uns Ärger machen. Aber auch dort sitzen Leute von uns, die kein Interesse daran haben, dass ihre anrüchige Vergangenheit bekannt wird.

Unser Netzwerk ist intakt, Markus. Jeder Angriff auf uns ist zum Scheitern verurteilt. Sollte es doch

jemand wagen, uns ans Bein zu pinkeln, wird er mit einer Flut von Verleumdungsklagen überzogen, dass ihm die Luft zum Atmen knapp werden würde.
Unser Freund Waldmüller hat wieder mal überreagiert, wird langsam senil durch seine Kokserei."

„Das Gefühl habe ich schon lange, Robert."

„Übrigens, mein lieber Freund, hat deine Firma nicht voriges Jahr für einen der oberen Zeitungsleute auf den Wachwitzer Höhen eine alte Villa restauriert?"

„Allerdings."

„Schwarzarbeit?"

„Aber sicher doch, wie willst du sonst ordentlich Geld machen oder Beziehungen knüpfen? Die Malocher aus Polen legen keinen Wert auf den ganzen Sozialscheiß und sind auch mit der Hälfte des Lohns zufrieden. Die sind froh, wenn sie hier Arbeit kriegen."

„Ist das nicht riskant, die Leute ohne Sozialabgaben hier arbeiten zu lassen?"

„Wenn du gute Beziehungen zu den Kontrollgremien der Stadt hast, geht das Risiko gegen Null."

„Dass das ungesetzlich ist, weißt du, wusste es auch der Bauherr?"

„Der Mann war mehr auf der Baustelle als in seinem Büro, hat ständig rumgemäkelt."

„Also wusste der, wer für ihn arbeitet?"

„Logo."

„Müsste sehr unangenehm für den Herrn sein, der täglich in seinem Presseorgan dem Leservolk die reine Wahrheit verkündet, wenn seine Kunden erfahren würden, dass er Wasser predigt, selbst aber ...“

„Worauf willst du hinaus, Robert?“

„Der Mann soll dafür sorgen, dass eine gewisse Journalistin ihren Standort wechselt. Beförderung mit Gehaltserhöhung in einem Hamburger Revolverblatt.“

„Wegloben?“

„Du hast es erfasst.“

„Darf man fragen, warum?“

„Man darf. Wir wissen nicht, ob ein kürzlich verstorbener Journalist der Dame gegenüber geplaudert hat. Hinzu kommt noch ein sehr enger Kontakt der Frau zu unserem Hauptkommissar. Wir haben die Dame zwar im Griff, ihre Vergangenheit ist nicht ganz sauber, wir wissen aber nicht, welche Geheimnisse Frauen im Liebesrausch ausplaudern. Ein guter Journalist ...“

„...ist ein Journalist“, ergänzte Steigenberger, „der entweder auf einer unserer Gehaltslisten steht oder weit weg vom Zentrum des Geschehens arbeitet.“

„Wird das erledigt?“

„Postwendend, Robert.“

Said hatte alles vorbereitet. Die beiden blonden Mädchen waren überraschend schnell mit seinem Vorschlag einverstanden gewesen, die hiesige Gegend zu verlassen, um in Tanger ein großes Bordell zu eröffnen.

Wenn er mit den beiden Prachtexemplaren von hier verschwunden sein würde, übernahm Karim, der alte Bauer, das Kommando wieder. Der Kerl war schon lange scharf darauf, sich an den Ladungen, die nach Tanger gingen, wieder die Taschen füllen zu können. Auf dem Weg zu den Aufkäufern in Tanger wurde in Chefchaouen ein erheblicher Teil des Haschischs abgezweigt.

Deputat für den Chef.

Viele der Touristen fuhren jetzt direkt von Tanger nach Chefchaouen, der blauen Stadt im Rifgebirge, um sich ihren Kick zu holen. Während in den Cafés und Bars im Erdgeschoss Minztee konsumiert wurde, wurde oben gekifft, was das Zeug hielt. Die Nachfrage nach Hasch war deshalb in der Stadt im Rifgebirge besonders in den letzten Jahren rapid angestiegen. Die Barbesitzer kauften, ohne hinzusehen, wo das Zeug herkam. Von den Transporten der Plantage, in die sich der Deutsche eingekauft hatte und die nach Tanger gingen, ließ sich immer etwas abzweigen.

Würde nach seinem Abgang wieder das Geschäft Karims werden. Dem alten, geldgeilen Bauern wäre sein Verschwinden sicherlich nur recht.

Leona und Anja standen bereits vor der Tür, als Said mit dem alten, klapprigen Pick-up vorfuhr. Der Bauer, seine Frau und Said luden die Pakete mit den Haschplatten auf die Ladefläche. Said drückte dem Bauern ein Bündel Geldscheine in die Hand, blickte die beiden Mädchen an, sah zur Fahrerkabine und sagte: „Einsteigen, die Ladys, bitte."

In der Kabine war es eng, aber die Fahrt nach Chefchaouen verging wie im Fluge. Leona und Anja genossen nach der Gefangenschaft auf dem Plateau die Landschaft, das silbrige Grün der Olivenbäume, vereinzelte, in Blüte stehende Orangenbäume und Mais-und Bohnenfelder, hinter denen sich die Hanfplantagen versteckten. Je näher sie der Stadt kamen, um so unruhiger wurde Said.

„Ich hab einiges in der Stadt zu erledigen, ihr habt zwei Stunden für euch. Ihr verlasst auf keinen Fall die Medina. Solltet ihr auf dumme Gedanken kommen – ich habe eure Pässe. Die Polizei würde euch in wenigen Stunden erwischen. Auf Diebstahl gibt`s hier Gefängnis, und marokkanische Gefängnisse sind keine Wellnessoasen."

„Wieso Diebstahl?" Anja sah Said verwundert an.

Said nahm ein Bündel Dirhamscheine und steckte sie Anja in den Ausschnitt.

Anja zählte das Geld.

„Dreihundert Dirham. Wegen der lausigen Summe willst du die Polente auf uns hetzen?"

„Ich würde natürlich einig Nullen dranhängen, und ihr könnt sicher sein, dass die Polizei einem Polizisten mehr glaubt als zwei drogensüchtigen, kleinen Nutten ohne Pässe."

Sie hielten vor einem Durchgang mit Rundbogen an der blauen Mauer, die die Altstadt umgab. Said stellte den Motor ab, sie stiegen aus und gingen durch das Tor.

„Unglaublich, sieh dir das an, Leona!"

„Eine blau-weiße Stadt. So was hab ich noch nie gesehen."

„Blau schützt vor dem bösen Blick", sagte Said. „Der wird euch aber trotzdem treffen, wenn ihr ungehorsam seid."

Die jungen Frauen sahen sich an und Anja tippte sich so, dass es Said nicht sehen konnte, an die Stirn.

Sie gingen durch enge, verwinkelte, blaue Gassen, an kleinen Restaurants und Bars vorbei und kamen zum Place Outa el-Hammam. Alte Männer hockten auf Bänken im Schatten und beobachteten mit der Gelassenheit des Alters das Treiben der Touristen.

Die Moschee mit ihrem achteckigen Minarett schien der Wächter des Platzes und der ganzen, terrassenförmig in den Berg hinein gebauten Stadt zu sein.

Said sah auf seine Armbanduhr. „Punkt 15.00 Uhr wieder hier auf dem Platz, okay?"

„Okay."

Said verschwand in einer engen Gasse zwischen den blau getünchten Wänden zweier Häuser.

„Hier jetzt abzuhauen, wird wahrscheinlich nichts?"

Leona sah sich auf dem Platz um.

„Keine Chance, wir müssen warten, bis wir in Tanger sind", erwiderte Anja. „Von Said weiß ich, dass sie die Route geändert haben. Zu große Verluste in der letzten Zeit. Die bringen das Zeug, zu dem außer Hasch jetzt in verstärktem Umfang Koks hinzugekommen ist, mit Schnellbooten oder Fischereifahrzeugen von Ceuta nach Algeciras."

„Pfui Teufel, vielleicht unter Fischen versteckt?" Leona schüttelt sich.

„Sicher nicht so komfortabel wie auf einem Kreuzfahrtschiff, aber auf jeden Fall sicher. Wer wühlt schon gern in einer Ladung Fisch herum?"

„Also Tanger?"

„Tanger - und dann erst mal dieses Ekel Said loswerden!"

„Um jeden Preis?"

„Um jeden Preis! Ich will so schnell wie möglich nach Deutschland zurück."

„Wird ja Zeit, dass du dich wieder mal sehen lässt, Arnt."

„Ich mach mir Sorgen, Hannes. Die Gerüchte, dass Mädchen plötzlich aus dem Stadtbild verschwinden, verdichten sich."

„Dir geht es um die Kirsche vom Rennplatz?"

„Nicht nur. Es verschwinden vor allem sehr hübsche und sehr junge Mädchen."

„Normalerweise tauchen die so plötzlich wieder auf, wie sie verschwunden sind."

„Hab ein ungutes Gefühl in der Magengegend."

„Du denkst an die Hamburger Straße?"

„Allerdings, Hannes. Ist doch irgendwie sonderbar, dass wir die ganze Zeit, die wir die Villa observiert haben, kein einziges Mädchen zu Gesicht bekommen haben. Ich glaube kaum, dass die Herren, die dort einfuhren, alle schwul sind und sich gegenseitig einen blasen."

„Also Zwangsprostitution. Wahrscheinlich hast du recht. Die Frage ist nur, wie willst du Hartmann dazu bringen, dass er grünes Licht für einen Einsatz gibt? Wir sind für die organisierte Kriminalität zuständig, nicht für illegale Bordelle."

„Wir brauchten einen triftigen Grund für eine Hausdurchsuchung. Lass dir was einfallen, Hannes."

„Ich hätte da schon was. Beim Bau der neuen

Autobahn soll es nicht nur zum Himmel stinkende Schlampereien geben, man munkelt auch von Betrügereien in Millionenhöhe. Rechnungen und Nachtragsforderungen werden passend gemacht, Wasserschäden werden manipuliert, um Bestechungsgelder zur Verfügung zu haben. Zwischen einer Vielzahl von Subunternehmen werden Aufträge hin und her geschoben, Rechnungen werden gefälscht und Schmiergelder kassiert. Kleine Firmen werden in den Konkurs getrieben. Die nicht gezahlten Löhne werden..."

„Dann vom Steuerzahler gezahlt."

„So ist es. Um überhaupt Arbeit auf den Baustellen zu kriegen, mussten die Malocher eine Abtretungserklärung für ihr Insolvenzgeld unterschreiben. Und weißt du, wie ein großer Baukonzern an den Auftrag gekommen ist?"

Asbach schüttelte den Kopf.

„Mittels Dumpingangebot."

„Also muss es eine undichte Stelle während der Ausschreibung gegeben haben."

„Allerdings. Der Bauherr ist jetzt gezwungen, wenn er noch Gewinn machen will, zu kriminellen Methoden zu greifen."

„Und wie willst du das mit der Hamburger Straße in Verbindung bringen? Sag nicht ST&T und Steigenberger."

„Deine Schnüffelnase funktioniert ja noch einigermaßen, mein lieber Arnt. Dieser Herr Steigenberger geht nicht nur in der bewussten Villa ein und aus, sie gehört ihm."

„Bordell und Schmiergeldzentrale …" Asbach kratzte sich nachdenklich am Kinn. „Das müsste für eine Hausdurchsuchung reichen, Arnt."

„Eine Durchsuchungsanordnung erfordert die Zustimmung eines Ermittlungsrichters oder der Staatsanwaltschaft, anderenfalls kann das ein Verwertungsverbot nach sich ziehen, Hannes."

„Auch die Polizeibehörde kann eine Durchsuchungsanordnung veranlassen."

„Dann müsste sich Hartmann auf die Autobahnbetrügereien berufen."

„Der Antrag bei der Staatsanwaltschaft könnte natürlich sehr verspätet erfolgen, damit ein Scheitern wie bei der Bordellsache ausgeschlossen wäre."

„Die Durchsuchung würde also in der Annahme erfolgen, dass die Genehmigung der Staatsanwaltschaft bereits vorliegt."

„Vorauseilender Gehorsam, du bist ganz schön gerissen, mein lieber Hannes."

Das zweistöckige Haus lag in einer verwinkelten Gasse, nur einen Steinwurf entfernt vom Grand Socco, dem Marktplatz und der Medina in Tanger. Die Mädchen hörten am Tag, wenn die Fenster offen standen, die Geräusche des geschäftigen Markttreibens und rochen den Duft der exotischen Gewürze.

Die Zimmer im oberen Stockwerk, in denen Said sie untergebracht hatte, waren spartanisch eingerichtet. Ein Schrank, ein Tisch, zwei Stühle und ein altes Bett mit durchgelegener Matratze. Die Fenster waren vergittert, und wenn die Fensterläden geschlossen wurden, war es stockdunkel.

Die Tür zum Erdgeschoss war abgeschlossen.

In der unteren Etage wohnte eine Afrikanerin, Malaika, die für das Wohlbefinden Saids zuständig war. Einmal, als er schwer betrunken war, hatte er von seinen Plänen erzählt. Marrakesch hieß der Ort seiner Träume. Dort wartete das ganz große Geschäft und das ganz große Geld auf ihn. Die Stadt war in den letzten Jahren zum Zentrum für Sextourismus geworden.

Dort musste er hin. Er würde ein Sexhotel eröffnen, das keine Wünsche der Kunden unbefriedigt lassen würde. Prostitution war zwar in Marokko verboten, aber der Kampf der Regierung dagegen war nahezu erfolglos. Der Markt regulierte sich durch Angebot und Nachfrage, und blonde Engel waren hier seit jeher gefragt.

Leona war klar gewesen, dass Said sie demnächst zur Prostitution zwingen würde. Sie hatten aus einem Drahtkleiderbügel eine Art Dietrich gebastelt und einen Fluchtversuch gewagt. Im Morgengrauen, Said schlief noch seinen allabendlichen Rausch aus, waren sie aus dem Haus geschlüpft. Gegen Mittag hatte Said sie im Containerhafen aufgespürt und mit einem Helfer in einem Lieferwagen zurückgebracht. Er hatte die Fensterläden verriegelt und sie getrennt in den Zimmern eingesperrt, in denen es am Tag sehr heiß wurde.

Ohne Wasser, ohne Essen.

Am dritten Tag stand er mit einer Wasserflasche in der Tür.

„Ich hoffe, das wird euch eine Lehre sein. Solltet ihr noch einmal versuchen abzuhauen, landet ihr im Gefängnis. Auf Prostitution und Drogenhandel stehen hier lange Gefängnisstrafen."

Hoffentlich für dich, du verdammter Zuhälter, dachte Leona.

Es gab, wie es aussah, nur eine Möglichkeit, von hier zu verschwinden. Anja musste diesen Miguel weiter bezirzen. Der junge Mann, der die Drogen hier von Saids Haus mit seinem Lieferwagen abholte und zum Hafen brachte, warf bei jeder Gelegenheit sehnsüchtige Blicke zu Anjas Fenster hoch. Wenn er sie sah, leuchteten seine Augen auf.

Dafür hatte Said ihm schon eine derbe Kopfnuss verpasst. Eine solche Demütigung vor den Augen seiner Angebeteten vergisst kein spanischer Mann.

„Das ist wie Handball mit einer scharfgemachten Handgranate, Arnt." Hartmann sah seinen Asbach zweifelnd an. „Man weiß nie, wann sie explodiert und wen es erwischt. Ist dir das klar?"

„Ich sehe keine andere Möglichkeit, Henning. Wir können weder einen Richter noch die Staatsanwaltschaft einweihen. Einige von denen stehen mit einem großen Fragezeichen auf unserer Liste. Auf jeden Fall kann auch die Polizeibehörde eine Durchsuchungsanordnung erlassen, aber es geht auch anders."

„Wenn ST&T bei diesen Autobahnmauscheleien dabei ist und dieser Steigenberger der eigentliche Betreiber des Kinderbordells ist, wird das Ding verdammt heiß. Mit der Kundschaft aus Justiz, Wirtschaft und Politik wird es mit Sicherheit Ärger geben."

„Wird es unter Garantie, Henning. Deshalb dürfen nur wir drei, du, ich und Maibach davon Kenntnis haben. Du stellst kurz vor Dienstschluss am Freitag den Antrag bei der Staatsanwaltschaft, so dass er dort frühestens am Montag auf dem Schreibtisch liegt. Unser Team geht ganz einfach davon aus, dass die Durchsuchungsanordnung von der Staatsanwaltschaft erlassen wurde. Samstagmorgen, wenn das Haus bis auf die Mädchen leer ist, schlagen wir zu.

Es wäre unklug, die Freier im Haus zu überraschen. Der Brand würde garantiert mit so viel Sand oder Löschschaum abgedeckt, dass er ersticken würde. Wir schnappen uns diesen Zuhältertypen Müller und bringen die Mädchen, die noch minderjährig sind, in die Obhut der Jugendhilfe."

„Du weißt, Arnt, dass, wenn die Aktion schief geht, wir beide wieder Streife fahren – wenn wir Glück haben?"

„Du bleibst außen vor, Henning. Du konntest ja nicht ahnen, dass die Truppe davon ausgegangen ist, dass die Anordnung bereits erlassen wurde. Diese verdammten, übereifrigen Hitzköpfe."

„Und dein Freund Maibach?"

„Wird, wenn es schief gehen sollte, Börsenmakler."

„Hat der sich bei dir etwa infiziert?"

„Nicht bei mir, bei seiner Frau Gertrud. Die ist besessen vom Börsenspiel, will das große Geld dort machen. Ist von der zur Zeit herrschenden Börseneuphorie angesteckt und denkt, sie kann durch die Börse ein Vermögen machen."

„Und, kann man das nicht?"

„Du kannst an der Börse ein kleines Vermögen machen, sagt Kostolany, musst aber mit einem großen Vermögen anfangen."

„Wann soll die Aktion starten, Arnt?"

„Ende der Woche, wir sollten so wenig Zeit wie möglich verlieren."

„Na dann toi, toi, toi!"

Asbach verließ das Präsidium zu Fuß. Der Spaziergang über die Elbe rüber zum Watzke auf der

Hauptstraße würde ihm guttun. Er hatte sich in letzter Zeit eindeutig zu wenig bewegt.

Der Anruf von Hanna heute Morgen und ihr Vorschlag, sich wieder mal zu treffen, war überraschend gekommen. Sie hatten lange nichts voneinander gehört.

Hanna saß bereits an einem Tisch im hinteren Teil des gut besuchten Restaurants.

Sie sah blass aus.

Asbach sah zum ersten Mal winzige Falten an ihren Augenwinkeln.

Sie umarmten sich.

Hanna drückte sich heftig an ihn.

„Geht´s dir gut?" Asbach sah ihr aufmerksam ins Gesicht.

„Geht so, aber setz dich erst mal."

„Erzähl!"

„Hab eine Gehaltserhöhung bekommen."

„Und da machst du ein Gesicht wie sieben Tage Regenwetter?"

„Bin sogar als beste Journalistin des Jahres ausgezeichnet worden."

Die Kellnerin überreichte ihnen die Speisekarten.

„Darf ich Ihnen schon etwas zu trinken bringen?"

„Zwei große Bier, bitte."

„Nanu, du und Bier?"

„Muss was runterspülen."

„Die Gehaltserhöhung?"

„Meine Versetzung."

„Was?"

„Meine Versetzung nach Hamburg, soll dort Chefredakteurin werden."

„Will dich dein hiesiger Chef, dieser Wahlberg, loswerden?"

„Sieht ganz danach aus, Arnt. Der Kerl scheint irgendwie unter Druck zu stehen."

Das Bier kam.

Hanna nahm einen tiefen Schluck.

„Ich hab ihn gefragt, ob das was mit Zimmermann, dem verstorbenen Kollegen, zu tun hat. Wahlberg hat dermaßen rumgeeiert, dass mir sofort klar war, dass ich weggelobt werde. An der Sache, an der Zimmermann dran war, muss `ne Menge Dreck gewesen sein. Die vermuten wahrscheinlich, dass Zimmermann mich eingeweiht hat oder dass ich an seinem Computer war."

Hanna Heinemann machte ein Pause und sah Asbach an. „Die vermuten wahrscheinlich, dass durch mich davon etwas auf der Schießgasse landen könnte."

„Über einen gewissen Hauptkommissar sozusagen. Wirst du annehmen?"

„Was bleibt mir Anderes übrig, Arnt? Aber vielleicht kann ich es noch verhindern."

„Wie willst du das machen?"

„Ich bin einer riesengroßen Schweinerei auf der Spur."

„Red schon!"

„Eine meiner Schulfreundinnen sitzt im Amtsgericht und ist für Grundstücksverkäufe zuständig. Die ist unglaublichen Schiebereien und Durchstechereien in diesem Amt auf die Spur gekommen. Minderwertige, preisgünstige Grundstücke sollen nach der

Veräußerung durch Umwidmungen in hochwertiges Bauland umgewandelt worden sein. Eine hiesige, große Baufirma steckt da bis zur Halskrause mit drin. Die Firma hat auch ein heruntergewirtschaftetes, großes Wohnareal zu einem Spottpreis erworben."

„Klingt gefährlich, Hanna."

„Wenn nur die Hälfte von dem stimmt, was Betti angedeutet hat, wird das, wenn ich es publik mache, einen Skandal geben, der bis in die obersten Etagen Stühle zum Wackeln bringt. Wahlberg wird mich dann schwerlich abschieben können, ohne dass er selbst in eine anrüchige Position gerät."

„Sei bei der Aktion vorsichtig, Hanna. Diese Leute lassen sich nicht gern an`s Bein pinkeln."

„Ich treffe mich übermorgen noch einmal mit Betti. Sie will mir Kopien von den ganzen Schweinereien mitbringen, die da gelaufen sind."

„Und warum macht die das?"

„Sie wird von ihrem Chef drangsaliert. Sie ist das, was ihr Männer als absolute Kirsche bezeichnet. Der Kerl will mit ihr in die Kiste und gibt keine Ruhe. Betti ist glücklich verheiratet, hat zwei wunderbare Kinder und denkt nicht im Traum daran, wegen diesem geilen Bock ihre Ehe auf`s Spiel zu setzen. Der Mann ist ihr so zuwider, dass sie, wenn sie in Not wäre, es lieber mit einer Gurke machen würde."

Asbach sah Hanna verwundert an.

„Bettis Worte, sie ist manchmal, wenn sie etwas ärgert, sehr drastisch. War sie schon in der Schule. Da sie mit Abstand das hübscheste Mädchen der

Klasse war, musste sie sich schon sehr früh gegen die Zudringlichkeiten der Jungen wehren. Zu einem besonders aggressiven Pubertierer hat sie einmal gesagt, er soll sein kleines Pullerchen zwischen Tür und Rahmen halten. Sie würde mit großem Vergnügen die Tür mit Schwung zuwerfen. Der arme Kerl hieß von da an in der ganzen Schule Pullerchen. Betti musste sich sehr zeitig ihrer Haut wehren."

„Gefällt mir, deine Betti."

„Gefällt auch leider ihrem Chef. Der hat ihr gedroht, er könne sie auch nach Erfurt versetzen, wenn sie nicht mit ihm in die Kiste gehen würde. Dummerweise ist sie verbeamtet."

„Und warum ist sie mit der Sache zu dir gekommen?"

„Sie will, dass ich die Blase aufsteche und zwar in unserer Zeitung."

„Also ein Schuss vor den Bug ihres Chefs?"

„Eher wohl in seine Hose", lachte Hanna.

Auf dem Weg zurück in die Altstadt war Hanna aufgedreht, wie Asbach sie selten erlebt hatte.

Und sie fühlte sich heiß an.

Sehr heiß

Leona sah aus dem Fenster.

Nanu, Miguel war heute mindestens eine Stunde zu früh, um die gestern eingetroffene Ware abzuholen.

Er winkte Leona zu und betrat das Haus.

Wieder stutzte Leona. Miguel hatte noch nie das Haus betreten. Er musste bisher so lange draußen warten, bis Said erschien. Also besaß der junge Mann inzwischen einen Nachschlüssel.

Leona musste grinsen. Liebe macht erfinderisch.

Sie horchte.

Schritte kamen die Treppe hoch, verhielten vor der seit ihrem Fluchtversuch immer abgeschlossenen Tür zur oberen Etage.

Ein kratzendes Geräusch von Metall an Metall.

Sie schob vorsichtig die Tür einen Spalt auf und blickte in den langen Gang.

Miguel sah sie und lächelte.

Die Tür zu Anjas Zimmer öffnete sich und Miguel schlüpfte hinein.

Hat also funktioniert, dachte Leona.

Sie waren übereingekommen, Miguel als Fluchthelfer zu benutzen. Der Junge war hochgradig in Anja verliebt. Anja hatte jedes Mal, wenn er die Ware abholte, von ihrem Fenster aus heftig mit ihm geflirtet.

Leona legte das Ohr an die dünne Wand.

Geflüster.

Plötzlich vernahm sie von unten Motorengeräusche.

Verdammt!

Said war zu zeitig.

Er sah den Lieferwagen und die offene Haustür.

Leona hörte ihn die Treppe hoch kommen. Sie öffnet ihre Tür um einige Zentimeter.

Said riss wie ein wild gewordener Stier die Tür zu Anjas Zimmer auf und stürzte hinein.

Leona, die ihre Kammer verlassen hatte, sah, wie Said den jungen Spanier mit einem wilden Griff aus Anjas Armen riss und rechts und links ohrfeigte.

Miguel erstarrte zur Salzsäule.

Einen spanischen Jüngling vor den Augen seiner Angebeteten zu ohrfeigen, konnte nur tödlich enden – für den Einen oder den Anderen.

Miguel riss sich mit einer einzigen blitzschnellen Bewegung los, griff die schwere Keramikvase, die auf dem Tisch stand, gab dem für Sekunden verblüfften Said einen Stoß vor die Brust und schmettert mit vor Wut verzerrtem Gesicht das Tongefäß auf dessen Kopf.

Die Vase zersprang in tausend Stücke, Said verdrehte die Augen und rutschte wie in Zeitlupe an der Wand nach unten.

Miguel stürzte sich in besinnungsloser Wut auf ihn und begann ihn zu würgen.

Plötzlich kam Said wieder zur Besinnung und schlug Miguel die Faust ins Gesicht.

Blut spritzte aus Miguels Nase und er taumelt zurück.

Mit einer Behändigkeit, die die Mädchen dem schweren Mann nicht zugetraut hätten, kam Said wieder auf die Füße. Er versetzte Miguel einen weiteren Schlag gegen den Unterkiefer. Miguel taumelte zurück und fiel auf das Bett. Said stürzte sich auf ihn und umklammerte seinen Hals.

Als Miguels Gesicht sich zu verfärben begann und seine Augen sich verdrehten, kam Leben in Leona. Sie griff einen der schweren Holzstühle, hob ihn so hoch sie konnte und ließ ihn mit aller Kraft auf den Rücken Saids krachen. Eines der kräftigen Stuhlbeine landet auf seinem Kopf.

Der Mann gab einen röchelnden Laut von sich, wurde schlaff und fiel wie ein Sack auf Miguel.

Leona half, den schweren Mann von Miguel herunter zu rollen.

Alle drei starrten auf den Mann, der mit ausgebreiteten Armen auf Anjas Bett lag.

Leona fand als erste die Sprache wieder: „Was machen wir mit dem Kerl? Wenn der wieder zu sich kommt, sind wir erledigt."

Anja sah Leona hilflos an.

Leona lief in ihr Zimmer und kam gleich darauf mit Bettlaken, Überzug und einer Decke zurück. Sie sah Miguel an und machte mit den Händen die Bewegung des Einwickelns. Der Junge verstand sofort. Er fühlte den Puls des Bewusstlosen, nickte Leona zu, zog Said vom Bett herunter und ließ ihn auf das Laken und die Decke plumpsen.

„Dein Bettzeug auch, Anja!"

Sie wickelten Said von den Füßen bis zu den

Schultern in die Laken und Bezüge, bis er einer ägyptischen Mumie glich. Miguel holte Stricke und das Abschleppseil aus dem Auto, und sie verschnürten Said zu einem Paket.

„Und jetzt?" Anja zitterte und lehnte sich an Miguel.

Leona zeigte mit dem Daumen nach unten.

Sie zogen und schoben das schwere Bündel die Treppe hinab ins Erdgeschoss. Miguel öffnete eine Tür, hinter der sich ein großer Vorratsraum befand.

Sie zerrten den Mann in das Gelass hinein.

Said kam zu sich, öffnete die Augen und stieß, als er seine Situation erfasst hatte, einen heiseren Wutschrei aus.

Miguel presste ihm sofort eine Hand auf den Mund.

Leona hielt dem Gefesselten die Nase zu, bis er den Mund öffnete und nach Luft schnappte. Sie stopfte ihm einen alten Putzlappen als Knebel in den Mund, riss von einem Vorhang einen Streifen ab, schlang den Stoff um seinen Kopf und verknotete ihn fest.

Said würde atmen, aber nicht schreien können.

Sie ließen die Tür offen, traten ins Freie und ließen auch die Haustür einen Spalt offen.

„Was, wenn ihn keiner findet?" Anja sah Leona ängstlich an.

„Mach dir keine Gedanken, hier kommt immer jemand vorbei. Said hatte ja auch eine ganze Menge Privatkundschaft, die er regelmäßig mit Stoff versorgte. Wichtig ist, dass wir dann bereits in Spanien sind, sonst kann das böse für uns enden."

Asbach wurde das ungute Gefühl in seiner Bauchgegend nicht los. Er ging alle Gespräche und Ereignisse der letzten Wochen in Gedanken noch einmal durch, aber er konnte das, was ihn beunruhigte, nicht fassen.

Lenk dich ab, Arnt.

Besuch mal wieder Maibach.

Er wusste, dass bei einer Unterhaltung über völlig belanglose Dinge oft der Knoten in den Gehirnwindungen platzte.

Maibach saß an seinem Schreibtisch und starrte trübsinnig vor sich hin.

„Ist deine Kaffeemaschine explodiert, Hannes?"

„Bin sauer wie eine unreife Zitrone, Arnt."

„Auf mich?"

„Auf Karola, unsere Tochter."

„Auf das liebe Mädchen, kann ich mir nicht vorstellen?"

„Den Verdacht hatte ich seit einiger Zeit. Karola beklaut uns."

„Red keinen Unsinn, Hannes!"

„Ist kein Unsinn. Karola hat einen Kerl kennengelernt. Ist ja an sich das Normalste von der Welt. Obwohl sie sich bis jetzt mit ihren 25 Jahren kaum für das andere Geschlecht interessiert hat. Sie hat uns den Burschen zu ihrem letzten Geburtstag vorgestellt. Nicht unsympathisch, aber meiner Ansicht nach Typ Windhund. Die beiden waren vor kurzem eine Woche in Amsterdam."

Maibach erhob sich und holte die Kaffeekanne.

„Sehr schöne Stadt, aber nicht ungefährlich für junge Leute", warf Asbach ein.

„Gertrud war hell begeistert von dem Burschen, hat sich wahrscheinlich schon auf Enkelkinder gefreut. Die erste Ernüchterung kam, als Gertrud ihre EC-Karte vermisste. Sie geriet sofort in Panik und ist zur Sparkasse gelaufen, um die Karte sperren zu lassen. Die Sparkassenangestellte, die Gertrud seit Jahren kennt, hat das Konto überprüft. Drei Abhebungen in Amsterdam."

Maibach atmete tief durch.

„Karola war die einzige, die außer mir die PIN ihrer Mutter kannte. Gertrud hat ihr manchmal die Karte gegeben, wenn Karola blank war, aber unbedingt ein Paar neue Schuhe haben musste.

Die zweite eiskalte Dusche erwischte Gertrud, als sie in dem Ingenieurbüro anrief, in dem Karola seit Jahren arbeitete und man ihr sagte, dass Karola schon seit Wochen nicht mehr zur Arbeit erschienen sei.

Keine Entschuldigung.

Keine Krankmeldung.

Sie hatten ihr fristlos gekündigt.

Gertrud ist sofort raus nach Tolkewitz zu Karolas Wohnung gefahren. Es muss einen fürchterlichen Krach zwischen den beiden gegeben haben. Gertrud solle gefälligst besser auf ihre EC aufpassen. Sie,

Karola, hätte weder die Karte noch habe sie Geld von dem Konto abgehoben."

Maibach nahm einen Schluck Kaffee.

„Als Gertrud gerade voller Zorn die Wohnung verlassen wollte, hat es geklingelt. Als sie die Tür öffnete, stand eine Mann mit Halbglatze und Bierbauch vor ihr. Der Mann hat sie verwundert angesehen und gesagt: `Nee, für so ne Alte fuffzich Mäuse, nee, da hol ich mir lieber selber einen runter.`"

Maibach zerbrach den Bleistift, den er die ganze Zeit zwischen seinen Fingern gerollt hatte.

„Prostitution! Scheiße!" Asbach konnte sich gut vorstellen, was in Maibach vorging.

„Hab mal recherchiert. Zwei Vorstrafen wegen Drogenhandels, schwere Zechprellerei in zwei großen Hotels an der Ostsee, Autodiebstahl und noch einiges mehr."

„Hast du mit Karola gesprochen?"

„Bin am nächsten Tag hingefahren und hab geklingelt. Keine Reaktion.

Hab mich ins Auto gesetzt und gewartet. Nach einer halben Stunde kam ein Kerl aus dem Haus. Vielleicht einer von Karolas Kunden. Hab wieder geklingelt."

Maibach griff zum Kaffeetopf und Asbach sah, dass seine Hand zitterte.

„Karola hat aufgemacht, mich mit weit geöffneten Pupillen angesehen und mir die Tür vor der Nase zugeschlagen."

„Drogen?"

„Garantiert! Der Kerl hat sie süchtig gemacht und lässt sie jetzt für sich anschaffen. Wahrscheinlich ist Karola nicht die Einzige, die der Lump für sich arbeiten lässt."

Maibach kratzte sich am Kinn. „Manchmal, Arnt, wünsche ich mir die Mauer zurück. Dann brauchte man nicht ständig Angst um die Kinder zu haben."

„Es sei denn, sie würden versuchen, das gelobte Land des Sozialismus zu verlassen, um sich vielleicht einmal Paris anzusehen. Da würden sie nämlich im Knast landen oder erschossen werden."

„Vielleicht wäre aber auch mit der Zeit die Mauer durchlässig gewrden."

„Dein Glauben in allen Ehren, Hannes, aber Himmel und Hölle, Feuer und Wasser, Kapitalismus und Sozialismus oder, wie vielleicht Nietzsche sagen würde, Mann und Frau, sind und bleiben unversöhnliche Antipoden."

„Das reicht jetzt, du Superhirn. Was würde bloß aus mir kleinem Dummerchen werden, wenn ich dich nicht hätte?"

Auf alle Fälle geht es dir jetzt etwas besser, mein lieber Hannes, dachte Asbach.

„Was hast du mit dem Chef vereinbart bezüglich Hamburger Straße, Arnt? Ich werde nämlich danach einige Tage Urlaub nehmen und diesen Zuhälter beschatten, bis ich weiß, was der Fiesling vom Tag seiner Geburt bis heute für krumme Dinger gedreht hat. Den Saukerl ziehe ich aus dem Verkehr, und wenn es das Letzte ist, was ich in meiner Laufbahn als Polizist gemacht habe."

Asbach sah, wie die Adern an den Schläfen Maibachs wieder pulsierten. „Mach nichts Unüberlegtes, Hannes, du wärst ein echter Verlust für die Schießgasse und vor allem für mich. Wüsste nicht, wo ich sonst noch einen so guten Kaffee kriegen würde wie bei dir?"

„Also, wann geht`s los?"

„Freitag zu Samstag."

„Gut, sehr gut, da kann es frühestens Montag zu Gegenmaßnahmen kommen."

Asbach erhob sich. „Danke für den Kaffee, Hannes, und denk daran, wenn du Hilfe brauchst, ich bin immer für dich da."

Bettina Bachmann sah auf ihre Armbanduhr. Ihr blieb noch Zeit bis zu dem Treff mit Hanna. Sie bummelte die Prager Straße Richtung Hauptbahnhof entlang. Ein Glück, dass sie mit Hanna nach dem letzten Klassentreffen in Kontakt geblieben war. Auf Hanna war Verlass, die würde den Artikel so formulieren, dass ihr Chef, dieser Oberarsch Zinnhobel, wissen würde, woher die Andeutungen über die Ungereimtheiten im Amt kamen. Und dass es im Notfall gefährlich für ihn werden könnte.

Bettina war klar, dass Hanna noch mehr würde wissen wollen. Schließlich war sie Journalistin, und wie es aussah eine ziemlich gute Journalistin. Aber im Moment musste das genügen, was sie an Material in ihrer Handtasche hatte.

Vor einem Schuhgeschäft blieb sie stehen. Sie musterte die Auslage. An ein Paar lachsfarbenen Stilettos blieb ihr Blick hängen.

Der Mann mit Basecape und Sonnenbrille, der ihr, seit sie das Amtsgericht verlassen hatte, wie ein Schatten gefolgt war, war ihr bisher nicht aufgefallen.

Sehr schöne Stilettos, aber viel zu teuer. Sie würden ihre langen, schlanken Beine noch mehr zum Blickfang machen. Sie mochte es, wenn sie den Männern gefiel, wenn sie sich nach ihr umdrehten oder ihr nachpfiffen. Sie wusste, dass sie trotz ihrer zwei Kinder und ihrer 37 Jahre immer noch ein Hingucker war.

Sie genoss die Blicke der Männer, aber dabei blieb es. Seit sie mit Daniel verheiratet war, gab es keinen anderen Mann mehr, der sie ernsthaft interessiert hätte.

Sie war im wahrsten Sinn des Wortes glücklich.

Nur dieser dämliche Zinnhobel lag ihr im Magen wie ein Kilo Schmierseife.

Vergiss dieses geile Dreibein!

War aber nicht so einfach.

Der Kerl bedrängte sie nach wie vor. Er ließ sich keine Gelegenheit entgehen, wie unabsichtlich ihren Hintern zu streifen oder ihre Brust zu berühren.

Sie schüttelte sich jetzt noch, wenn sie daran dachte, wie er sie vor einiger Zeit, als sie die Letzten im Büro waren, betatscht hatte. Er war von hinten ganz nah an sie herangetreten, hatte ihre Brüste gepackt und ihr ins Ohr gekeucht: „Bück dich, du geiles Luder, ich will dich von hinten ficken."

Sie hatte seinen Alkoholatem gerochen, sich blitzschnell umgedreht und ihr Knie in seinen Weichteile gerammt. Hatte sie früher schon in der Schule geübt, wenn Jungen zudringlich wurden.

„Das wirst du bereuen, du dämliche Kuh", hatte er sie angeschrien, und war wutschnaubend aus dem Büro gestürmt.

Am nächsten Tag begann sie, die ersten Kopien zu machen. Was sie nicht wusste, war, dass dieser Zinnhobel Minikameras im Büro und auf der

Damentoilette installiert hatte.

Bettina sah auf die Uhr, es wurde langsam Zeit. Sie wollten sich vor dem Barococo treffen.

Die Fusgängerampel am Karstadt sprang gerade auf Rot. Sofort bildete sich ein Pulk von Leuten. Der Mann mit dem Basecape und der Sonnenbrille schob sich vorsichtig nach vorn. Kurz bevor die Ampel für die Fußgänger auf Grün umsprang, spürte Bettina einen kurzen, aber heftigen Stoß im Rücken. Sie kam ins Straucheln, verlor den Halt, ließ ihre Handtasche fallen und stürzte vor eines der letzten Autos, bevor die Ampel wieder auf Rot sprang.

Bevor sie die Stadt verließen, bog Miguel in eine enge Seitenstraße ein und hielt vor einer Bar. Ein sehr großer Mann mit einem sehr großen Bauch trat aus der Tür.

Miguel stieg aus und die Männer gaben sich die Hand. Der große Mann zeigte auf die Mädchen in der Fahrerkabine.

Miguel schüttelte den Kopf.

Die Männer begannen, einen Teil der Ware in die Bar zu schaffen. Als Miguel wieder auf dem Fahrersitz saß, zeigte er den Mädchen einen ganzen Packen Geld.

„Überfahrt!" Wie viele Spanier, die vom Tourismusgeschäft lebten, konnte er einigermaßen Deutsch und Englisch.

Sie fuhren in Richtung Küste. Sollte Said vorzeitig gefunden und befreit werden, würde er sie zuerst im Hafen von Tanger suchen. In Ceuta würde er sie wahrscheinlich nicht vermuten.

Kurz bevor sie das Städtchen Ksar es Seghir erreichten, legte Miguel seine rechte Hand auf den Oberschenkel Anjas. Leona beugte sich etwas nach vorn und warf einen Blick auf Miguels Hose. Der Junge hatte eine Latte, dass die Jeans zu platzen drohte.

Anja schob seine Hand von ihrem Schenkel.

„Armer Kerl", sagte Leona.

„Tut mir auch leid, der Bursche", erwiderte Anja. Sie sprachen schnell, so dass Miguel der Unterhaltung der Mädchen nicht folgen konnte. „Hab schon für üblere Kerle die Beine breitmachen müssen, aber damit ist Schluss."

Miguel zog mehrere große Scheine aus dem Geldbündel und hielt sie Anja hin.

Anja schüttelt den Kopf.

„Aber du kannst meine Telefonnummer haben und mich in Deutschland anrufen. Vielleicht kommst du mich mal besuchen."

Miguel zog Anjas Kopf blitzschnell zu sich herüber, küsste sie auf den Mund und schob ihr ein Geldbündel in den Ausschnitt.

„Geld für Reise", lachte er und reichte Anja einen alten, verschmierten Zettel und einen Kugelschreiber. Anja schrieb die Telefonnummer auf und legte sie Miguel auf das Armaturenbrett.

Leona wurde schläfrig. Sie lehnte sich zurück und schloss die Augen.

Ob dieser Hauptkommissar noch an sie dachte?

Ob er sie überhaupt vermisste?

Kaum, der war bestimmt mit dieser schönen Journalistin glücklich.

Dumm war sie gewesen. So eine Gelegenheit wie in Hamburg würde so bald nicht wiederkommen. Bei der Vorstellung, eine Nacht mit dem Mann ihrer Träume zu verbringen, jagten ihr wohlige Schauer über die Haut. Sie spürte seine Hände auf ihren Brüsten, auf ihrem Bauch, zwischen ihren

Schenkeln, spürte, wie seine Finger sie streichelten und erschauerte.

„Ist dir nicht gut?" Anjas Stimme riss sie aus ihrem erotischen Traum.

„Was?"

„Du hast herzzerreißend gestöhnt."

„Hab geträumt."

Miguel stoppte das Auto. Sie waren im Hafengelände von Ceuta angelangt.

„Ihr wartet." Miguel stieg aus und verschwand.

„Was passiert, wenn der Bursche mit dem Geld einfach verschwindet?" Leona sah Anja zweifelnd an.

„Keine Sorge, ich habe ihm fest versprochen, in Deutschland auf ihn zu warten. Hat ja eine Telefonnummer."

„Deine?"

„Eine! Ist zwar nicht ganz fair, aber ich will zurück zu meinen Eltern und ein enttäuschter, spanischer Jüngling ist nicht ganz so tragisch wie zwei in einem marokkanischen Vorstadtpuff vergammelnde, junge Frauen."

„Hast du eine Ahnung, wie es jetzt weitergeht?"

„Soweit ich Miguel verstanden habe, nimmt der zu einem gewissen Wasif Verbindung auf. Dieser Wasif ist hier die zentrale Figur für alles, was mit Schmuggel zu tun hat. Wir setzen mit einem Schnellboot nach Algeciras über."

„Was passiert, wenn uns die Küstenwache stoppt?"

„Bakschisch, wird alles von diesem Wasif schon vor der Überfahrt geregelt.."

278

Der Anruf kam am zeitigen Vormittag.

„Asbach."

„Bettina ist überfahren worden." Hannas Stimme zitterte.

„Was für eine Bettina?" Asbach wusste im Moment nichts mit diesem Namen anzufangen.

„Meine Informantin aus dem Amtsgericht."

„Die, die dir das Material über die Korruptionsfälle bei Grundstücksverkäufen besorgen wollte?"

„Genau die."

„Verkehrsunfall?"

„Von Seiten der Polizei, ja."

„Und von deiner Warte aus?"

„Mord!"

„Woraus schließt du das?"

„Bettina wollte sich mit mir im Barococo am Altmarkt treffen und mir Material über diese Grundstücksschiebereien mitbringen."

„Könnte ein Motiv sein."

„Könnte, du bist gut. Ihre Handtasche ist verschwunden, unauffindbar. Eine Frau macht niemals einen Stadtbummel ohne ihre Handtasche."

„Könnte was dran sein."

„Könnte, könnte, könnte. Sie wurde vom letzten Auto während einer Grünphase erwischt, durch die Luft geschleudert und ist dann gegen die zweite

Ampel gekracht. Sie war sofort tot."

„Gibt es Zeugen?"

„Jede Menge, jeder hat etwas Anderes gesehen. Eine ältere Dame glaubt, Betti sei gestoßen worden."

„Was sagt die Verkehrspolizei?"

„Unfall, die Frau sei gestolpert. Sie wollen trotzdem Ermittlungen einleiten. Die Familie hat Druck gemacht. Der Ehemann ist wie ich der Meinung, dass es Mord war. Betti war nie und nimmer der Typ für einen Selbstmord, eher hätte sie eine Latte vom Zaun gerissen und damit zugeschlagen."

„Was kann ich dabei tun, Hanna?"

„Spitz bitte die Ohren und bleib an der Sache mit dran."

„Was hast du vor?"

„Ich packe."

„Sehen wir uns vor deiner Abreise noch?"

„Weiß nicht."

„Wieso hat diesen verdammten Scheiß keiner verhindert?" Steigenberger war außer sich. Am frühen Montagmorgen hatte er von der Razzia auf der Hamburger Straße erfahren.

„Heute Morgen lag der Antrag auf meinem Schreibtisch", sagte Staatsanwalt Fischer.

„Und wieso haben dann die Idioten von der Schießgasse bereits in der Nacht von Freitag auf Samstag zugeschlagen?"

„Hab vorhin diesen Hartmann, den Chef der KoK, angerufen", mischte sich Waldmüller ein. „Der hat sich vielmals entschuldigt. Seine Truppe unter der Leitung des uns nicht ganz unbekannten Hauptkommissars Asbach sei davon ausgegangen, dass die Genehmigung bereits erteilt worden sei."

„Verdammt und zugenäht", wütete Steigenberger, „das Ding kann uns teuer zu stehen kommen."

„Keine Panik, Markus", beruhigte ihn Waldmüller. „Von den Mädchen droht kaum Gefahr. Die dürfen nur in Anwesenheit der Eltern verhört werden. Das lässt sich bei der Klientel mit ein paar großen Scheinen in den meiste Fällen verhindern. Gefährlich werden könnten uns nur diese zwei Weiber, die, Gott sei Dank, sich nicht mehr in hiesigen Gefilden befinden."

„Sorgen macht mir dieser verdammte Hauptkommissar Asbach", warf Staudacher ein. Der Mann scheint keine Leichen aus der Vergangenheit im Keller zu haben, und soweit ich weiß, ist der Kerl auch nicht bestechlich."

„Hast du noch Verbindung zu diesem Windei von Bullen, der auf der Schießgasse arbeitet, Markus?", fragte Fischer.

„Hab ich."

„Liegt nicht noch ein ganzer Packen Falschgeld von irgendeiner Razzia in der Asservatenkammer der Schießgasse?"

„Wäre einen Versuch wert."

Mirko Müller saß verzweifelt in seiner Zelle. Zehn Jahre war das Mindeste, womit er rechnete. Zwangsprostitution Minderjähriger, Körperverletzung, Verstöße gegen das Betäubungsmittelgesetz.

Diese kleine Schwarzhaarige, die Klimpke am Hauptbahnhof aufgegriffen und die er, Mirko, für sich reserviert hatte, war immer erst durch eine Portion Koks so richtig in Fahrt gekommen. Dann aber ging die Post ab. Wenn er an ihren jungenhaften, geschmeidigen Körper dachte, bekam er auf der Stelle eine Erektion.

Aus und vorbei!

10 Jahre oder mehr!

Aufhängen.

Pulsadern öffnen.

Sich den Schädel an der Wand einschlagen, wie er es einmal in einem Buch aus dem spanischen Bürgerkrieg gelesen hatte.

Dazu war er zu feige.

Seit ihm vor Jahren ein Schläger in einer Disco die Nase platt geschlagen hatte, hatte er panische Angst vor körperlicher Gewalt. Selbst zuzuschlagen, wenn keine Gegenwehr drohte, das war etwas Anderes, das machte Spaß.

Oder hungern bis zum Exotus.

Die würden ihn zwangsernähren.

Alles Scheiße, und er stand bis zum Hals mittendrin.

Kinderschänder – so würden die Knackis ihn sofort einstufen.

Aufhängen wäre eine Möglichkeit.

Es schloss an seiner Zellentür.

Ein kleiner, gedrungener Herr mit schwarzem Bürstenhaarschnitt betrat die Zelle.

„Staudacher, ich werde den Prozess gegen Sie führen, Herr Müller."

Mirko Müller brach der Schweiß aus.

Den Kerl kenne ich, dachte Müller, war der nicht Stammgast im Lolita? Frage: War das ein gutes oder ein schlechtes Zeichen?

Er entschloss sich zu einem Angriff. „Sie sind doch ..."

„Man soll schweigen oder Dinge sagen", unterbrach ihn der geschniegelte Herr, „die noch besser sind als schweigen, sagt Pythagoras."

Staudacher blickte den Mann unverwandt an, bis er sah, dass dem der Schweiß aus dem Haaransatz lief.

„Die Ausnutzung der Hilflosigkeit, Ausweglosigkeit und Unwissenheit einer Person, um sie zu sexuellen Handlungen oder Prostitution zu zwingen, ist strafbar. Das Strafmaß beträgt bis zu 10 Jahren. Bei Anwendung körperlicher Gewalt, und wenn die Opfer minderjährig sind, erhöht sich das Strafmaß erheblich. Oft spielen dabei Drogen eine Rolle, und so kann man sich leicht an die 20 Jahre Knast einfangen."

Der Mann sah Mirko Müller weiter starr in die Augen.

„Es gibt aber auch Gerichtsurteile, die sehr mild ausgefallen sein sollen."

Pause.

„Es gibt aber auch Angeklagte", fuhr Staudacher fort, „die während ihres Prozesses weitgehend an Gedächtnisverlust zu leiden beginnen. Eine solche Erkrankung kann ganz plötzlich, zum Beispiel durch einen Schock, ausgelöst werden."

Pause.

„Wieviel?", krächzte Müller.

Staudacher hob die rechte Hand, streckte drei Finger aus und wiegte den Kopf.

„Sie sind der Richter?"

„Der bin ich."

Müller nickte.

Staudacher klopfte an die Zellentür.

„Anja?"

„Mama!"

Dann lagen sich Mutter und Tochter weinend und lachend in den Armen.

Leona stand ein wenig abseits. Ein Gefühl von Neid flackerte kurz in ihr auf.

Anja schob ihre Mutter sanft von sich weg und deutete auf Leona.

„Meine Freundin."

Anjas Mutter warf einen kurzen Blick auf Leona, schüttelte den Kopf und sagte: „Ihr seht beide aus, als hättet ihr ein Jahr in der Kanalisation gelebt."

„Könnte man so sagen", murmelte Anja.

„Kommt rein. Ihr müffelt, höflich formuliert."

„Wir stinken, sind abgerissen und halb verhungert", lachte Anja.

„Zieht euch aus und schmeißt eure Klamotten in den Müll, ich lass euch ein Bad ein."

Während das Wasser einlief, verschlangen die Mädchen Spiegeleier mit Toast, Schinkenbrötchen, Pfannkuchen, Weintrauben und Ananasscheiben mit unfassbarer Gier und Geschwindigkeit.

„Langsam Mädels, esst langsam, es ist genug da. Ich seh mal nach dem Bad."

Als sie im warmen Wasser der großen Wanne lagen, liefen beiden Mädchen zur gleichen Zeit die Tränen über die Wangen.

Dann kam das Lachen.

Explosionsartig.

Es erschütterte die abgemagerten Körper der jungen Frauen wie ein schwerer Schüttelfrost.

Dann kam das befreiende Lachen, und die Mädchen umarmten sich.

„Wie geht es bei dir weiter, Anja?"

„Ich mach mein Abi nach und werde danach irgendwas mit Biologie studieren – und du?"

„Ich geh auf die Jagd."

„Und was willst du jagen?"

„Ein Schwein!"

„Nur eins?"

„Vorerst ja."

„Den Bullen, der dir den ganzen Scheiß eingebrockt hat?"

„Genau den."

„Wenn du Hilfe, Geld oder sonst was brauchst, du weißt, du kannst immer auf mich zählen, Leona."

Die Mädchen sahen sich an und wussten, dass jede von ihnen in der Anderen eine Schwester gefunden hatte.

„Womit kann ich Ihnen behilflich sein, meine Dame?"

Eric stand an der Rezeption und sah die vor ihm stehende Dame in Blau fragend an.

Tolles Weib, blaues Tuchkostüm, blauer Hut, blaue Handtasche ..., aber halt, wart mal, das ist doch ...

„Leona!" Es war fast ein Schrei, der aus Erics gewaltigem Brustkasten herausbrach.

Die Dame legte schnell ihren Zeigefinger auf ihre Lippen.

„Tener todavia cuarta libremente?" Leona setzte, was ihr an spanischen Brocken noch im Gedächtnis haftete, zusammen. Egal, was sie sagte, Hauptsache es klang Spanisch.

Sie zeigte Eric einen kleinen Zettel, den sie in der Hand gehalten hatte. Ist mein Zimmer noch frei?

„Si, si, Senora, es ist alles bereit für Sie."

„Bist immer noch der clevere Eric", flüsterte Leona lachend.

„Wenn Sie mir bitte folgen wollen?"

Eric griff den Schlüssel mit dem schweren Messingring und zeigte auf den Lift.

Als sich die Tür des Lifts hinter den beiden schloss, fiel Leona Eric um den Hals, drückte ihn fest an sich und gab ihm einen herzhaften Kuss auf die Wange.

„Mein Gott, wie habe ich euch vermisst?" Sie strich

Eric liebevoll mit der Hand über die Wange.

„Wie geht es unserem Hauptkommissar?"

Der Lift stoppte. Eric dirigierte Leona zu ihrem Zimmer.

„Erzähl ich dir gleich."

Er schloss auf, stellte den Rollkoffer ab und ließ sich in einen Sessel fallen.

„Es geht ihm schlecht, sehr schlecht, Leona."

Eric erhob sich, öffnet die Minibar, nahm zwei Pullis heraus und schraubte den Verschluss ab.

„Prost! Auf deine Gesundheit, Senora."

„Prost, Eric! Erzähl schon!"

„Arnt ist vom Dienst suspendiert, und gegen ihn laufen mehrere Ermittlungsverfahren."

„Gegen Arnt, willst du mir einen Bären aufbinden?"

„Arnt hat in einer Nacht-und Nebelaktion nach längerer Observierung ein Kinderbordell auf der Hamburger Straße ausgehoben. Die Mädchen haben einige der Freier auf Fotos, die ihnen vorgelegt wurden, erkannt. Sein Chef, dieser Hartmann, hat daraufhin die Staatsanwaltschaft eingeschaltet."

„Endlich kriegen die Schweine, was sie verdient haben"; stieß Leona hervor.

„Schön wäre das schon, Mädel, aber leider gibt es zwei Klassen von Menschen: die Gerechten und die Ungerechten. Die Einteilung in diese Kategorien wird allerdings von den Gerechten vorgenommen, sagt Oscar Wilde."

Eric sah Leona an und fuhr dann fort: „Es wurde eine Razzia im Polizeipräsidium durchgeführt. Die müssen bei dieser Sonderkommission KoK oder wie die sich nennt, alles auf den Kopf gestellt haben. Hier tauchten sie zu fünft auf. Haben alles durchwühlt. Bei Arnt haben sie eine größere Menge Falschgeld beschlagnahmt und in seinen Börsenunterlagen gewühlt."

„Falschgeld, bei Arnt, die müssen doch mit dem Klammersack gepudert sein." Leonas Stimme zitterte vor Empörung.

„Blüten in fünfstelliger Höhe. Unter seiner Matratze und unterm Fußbodenbelag."

„Untergeschoben?"

„Was denn sonst. Oder kannst du dir einen Polizisten vorstellen, der heiße Ware unter der Matratze versteckt?"

„Arnt und Falschgeld! Ich kann`s nicht fassen. Da müssen die Leute schwer unter Druck stehen."

„Arnt ist der Meinung, dass es die Blüten sind, die aus der Asservatenkammer stammen und die er selbst einer Fälscherbande im Grenzgebiet des Erzgebirges abgenommen hat."

„Dann kann es nur ein Bulle aus der Asservatenkammer geklaut haben", sagte Leona.

„Deckt sich mit Arnts Verdacht. Der Staatsanwalt hat übrigens noch zwei weitere Ermittlungsverfahren gegen Arnt eingeleitet. Steuerhinterziehung bei Börsengeschäften und Weiterleitung brisanter Ermittlungsergebnisse an die Medien. Wer weiß, was den Brüdern noch alles einfällt?"

„Wohnt Arnt noch hier?"

„Ja, aber er ist äußerst umtriebig, hat keine Ruhe mehr, ist ständig unterwegs und hat was von einem

Pulverfass an sich."

„Kann ich mein Zimmer behalten, Eric?"

„Solange du willst, Leona, ich bin froh, dass du gesund und munter wieder da bist, meine Liebe."

Eric erhob sich, zog Leona aus dem Sessel, drückte sie noch einmal gegen seinen Bauch und strich ihr über den Kopf.

„Vorsicht Eric, meine Perücke", lachte Leona.

„Ruh dich erst mal aus." Eric wandte sich zur Tür.

„Moment noch, Eric, ich bin die spanische Senora, die hier als Vertreterin für Dessous auf der König-straße ein Geschäft eröffnen will. Entendisto?"

„Enten-was"

„Hast du mich verstanden?"

„Capito!"

Übrigens, gibt es einen Ausgang, den man benutzen kann, ohne gesehen zu werden?"

„Im Keller, ich gebe dir den Schlüssel."

„Und wundere dich nicht, wenn du mich auch mal als jungen Mann sehen solltest, Eric."

Als Eric das Zimmer verlassen hatte, warf sich Leona auf das Bett und schloss die Augen. Sie war zurück. Gott sei Dank! Alles war relativ gut gegangen. Sie hatten Spanien und Frankreich per Anhalter durchquert. Viele Fernfahrer waren froh, wenn sie auf ihren langen Fahrten Gesellschaft hatten. Einige wollten mehr, aber da waren sie lieber ausgestiegen.

Von Miguel hatten sie sich in Almeria getrennt. Der Junge war über die Trennung von Anja untröstlich gewesen. Er hatte sich erst beruhigt, als Anja ihm versicherte, sie würde sich auf seinen Besuch in Dresden freuen.

Die Telefonnummer hatte er ja.

Was der arme Kerl nicht wusste, war, dass er sie unter der Nummer niemals erreichen würde.

Nicht schön für den Jungen, aber nicht zu ändern.

Sie war, nachdem sie sich von Anja verabschiedet hatte, zu ihrer alten Wohnung gefahren. Oben auf dem Dachboden stand noch der alte Koffer mit ihren diversen Verkleidungsutensilien, und das Geld hinter dem Balken war ebenfalls noch da. Das würde eine ganze Weile reichen.

Im Karstadt hatte sie sich neue Klamotten gekauft.

Ab morgen war die Jagd eröffnet. Diesmal würde sie den Bullen zur Strecke bringen, das wusste sie. Ihr Hass auf den Kerl war zu einer glühenden Eisenkugel in ihrem Bauch geworden. Für alles, was er ihr angetan hatte, würde das Schwein büßen. Der würde alle seine Gaunereien und Verbrechen gestehen. Wahrscheinlich würde er, wenn sie ihn in der Mache hatte, selbst Verbrechen gestehen, von denen er nur gehört hatte.

„Stell Strafanzeige wegen Verfolgung Unschuldiger, Arnt."

Kowalski trank einen Schluck Kaffee.

„Angriff ist die beste Verteidigung. Du kannst übrigens sofort bei mir einsteigen, falls du nicht zurück ins Präsidium kommst oder willst."

„Du hast wohl durch mich noch nicht genug Scherereien gehabt?"

„Hätte schlimmer kommen können."

Nachdem Kowalski aus dem Krankenhaus entlassen worden war, hatte sich ganz langsam zwischen den Männern eine Freundschaft entwickelt, die auf gegenseitiger Achtung beruhte. Dieser prasseldürre Windhund von Privatdetektiv war verlässlich.

„Übrigens waren eure Leute von der KoK nicht die einzigen, die Material zum organisierten Verbrechen gesammelt haben. Von meinem Mann beim Verfassungsschutz weiß ich, dass die seit geraumer Zeit in der gleichen Richtung wie ihr ermittelt und gesammelt haben. Vor allem, was den Autobahnbau betrifft. Mein Informant ist der Meinung, dass dieses Material, wenn es an die Öffentlichkeit gelangen würde, ein politisches Erdbeben auslösen könnte. Der Imageschaden für die großen Parteien wäre nicht abzusehen."

„Könnte mir gut vorstellen", warf Asbach ein, „dass

manche Namen uns sehr bekannt vorkämen."

„Mein Informant hatte vor, mir Kopien zu besonders schmutzigen Vorgängen zu besorgen."

„Wieso hatte?"

„Das gesamte Material ist geschreddert worden, entweder aus Versehen oder aus vorauseilendem Gehorsam."

„Aus vorauseilendem Gehorsam? Kannst du mir das erklären?"

„Von allerhöchster Stelle wurde, als nach der Wiedervereinigung die organisierte Kriminalität, speziell hier in Sachsen, auszuufern drohte, der Verfassungsschutz mit der Observierung betraut. Die Tentakel der Verbrechersyndikate sollen sich bis in höchste Regierungskreise vorgearbeitet haben.

Der Verfassungsschutz hat gründlich und gewissenhaft gearbeitet, bis sie vom Datenschutz gestoppt wurden. Als sich nämlich herausstellte, dass Justiz und Politik sich ebenfalls in dem Sumpf suhlten, wurde das Ganze für die etablierten Kreise zu gefährlich."

„Was hat der Datenschutz da zu suchen, wo mafiöse Machenschaften und kriminelle Handlungen zum Himmel stinken?" Asbach schüttelte verständnislos den Kopf.

„Du musst das aus der Warte der Datenschützer sehen, Arnt", grinste Kowalski. „Die Leute haben einen lukrativen Job, müssen ihre Berechtigung nachweisen und kennen schließlich auch den Einen oder Anderen aus der Riege derer, die das Sagen im Lande haben. Ein ganz findiger Datenschutzkopf postulierte etwa Folgendes: Einzelnen Kriminellen sowie der gesamten organisierten Kriminalität geht es nicht darum, die verfassungsmäßige Ordnung im Lande zu verändern. Es geht ihr darum, in Ruhe und Ungestörtheit ihren eigenen kriminellen wirtschaftlichen Interessen nachgehen zu können."

„Wer also", ergänzte Asbach, „schwere Straftaten ungestört begehen will, braucht die verfassungsmäßige Ordnung im Lande und ist somit kein Feind der bundesdeutschen Verfassung."

„Also ist", ergänzte Kowalski, „wer in aller Ruhe seinen kriminellen Betätigungen nachgeht, kein Staatsfeind. Somit ist der Verfassungsschutz natürlich nicht zuständig für Straftaten im kriminellen Bereich, auch wenn sie von Leuten aus Regierungskreisen begangen werden."

„Einleuchtend", grinste Asbach, „also weg mit den Akten, ehe ..."

„So schnell nun auch wieder nicht, mein lieber Arnt. Der zuständige Minister hätte die Akten gern der Staatsanwaltschaft ausgehändigt, die sie auch gern genommen hätte. Ein weiterer Minister hätte dann per Weisungsrecht gegenüber der Staatsanwaltschaft entscheiden können, wen man von den kriminellen Amtspersonen ans Messer liefert und wen nicht. Schließlich steht das Interesse der Partei über allem."

„Für die Datenschützer", ergänzte Asbach, „war also klar, die rechtswidrig angelegten Akten müssen weg."

„Sie wurden geschreddert", grinste Kowalski. „Das

Makabre an der Geschichte ist, dass ganz böse Zungen behaupten, Leute vom Datenschutz seien sehr eng mit Leuten befreundet, die betroffen wären, wenn der Skandal öffentlich würde."

„Ein Sumpf zieht am Gebirge hin, verpestet alles schon Errungene", zitierte Asbach.

„Schon erstaunlich, was Goethe alles vorausgesehen hat", ergänzte Kowalski.

Der junge, sehr schlanke Mann in den verkeimten Jeans und der abgewetzten Lederjacke parkte den alten, klapprigen Renault in der letzten Reihe auf dem Parkplatz direkt vor dem Polizeipräsidium. Mit dem abgegriffenen Basecap und der Sonnenbrille hätte wahrscheinlich selbst ihre Mutter Leona nicht erkannt. Sie hatte ihre nicht allzu üppigen Brüste mit einer Gummicorsage platt gedrückt und sich den Anflug eines Schnäuzers unter die Nase geklebt.

Am Automaten löste Leona ein Parkticket und setzte sich wieder in den Renault. Das Auto hatte sie für wenig Geld auf einem Markt für Gebrauchtwagen erstanden.

Der Kauf war allerdings das Wenigste gewesen. Das Fahren dagegen war eine ganz andere Sache. Sie hatte mit Neunzehn die Fahrerlaubnis gemacht; und das war's dann aber schon gewesen.

Ihr hatten die Hände gezittert, und der Schweiß war ihr aus allen Poren gebrochen, als sie vom Hof des Händlers auf die Straße gefahren war.

„Autofahren lernt man durch Autofahren", hatte der Fahrlehrer damals gesagt.

Sie war kreuz und quer über Land gefahren, und so hatte sie sich allmählich wieder sicher auf der Straße gefühlt.

Der Bulle kam Punkt 18.00 Uhr aus dem Hauptportal des Präsidiums.

Dienstag.

Käsetag. Daran hatte sich nichts geändert.

An dem Tag ließ Klimpke seinen Wagen stehen und ging zu Fuß Richtung Rathausplatz.

Goldi stand noch immer hinter der Theke der Käsebude.

Sie hatte gewissenhaft recherchiert. Sobald der Bulle den Laden betrat, hängte Goldi das Closed-Schild ins Fenster.

Klimpke würde sich seinen Anteil an Hasch und Koks abholen, mit Goldi im Lager hinter dem Verkaufsraum eine Nummer schieben und dann zum Hauptbahnhof schlendern. Dort würde er seinen Anteil an die Händler verscheuern und dann zurück zur Weißen Gasse marschieren, um sich die Kante zu geben.

Ritual, wie es aussah.

Wenn er dann genug hatte, würde er sich mit dem Taxi nach Hause fahren lassen.

Das Taxi für den heutigen Abend hatte sie bereits bestellt. Auch sonst war Leona gut vorbereitet.

Doch dann war alles viel einfacher abgelaufen, als sie es erwartet hatte. Klimpke war schon ziemlich angeschlagen, als sie die Kneipe betrat.

Leona sah sich kurz um und setzte sich dann zu zwei Damen im hinteren Teil des Raumes.

Sie hatte mit ihnen über Gott und die verfahrene Welt geplaudert, einen ausgegeben und die Hand der einen, leicht übergewichtigen Dame, von ihrem Knie geschoben.

Ihre Verkleidung war also perfekt.

Als Klimpke zur Toilette ging, war sie an den Tresen getreten, hatte drei Martinis bestellt und unauffällig einige Tropfen in sein Bier fallen lassen.

Klimpke war nach kurzer Zeit äußerst redselig geworden und hatte dann einen ziemlich betrunkenen Eindruck gemacht.

Leona trat an den Tresen, klopfte dem schon schwer angeschlagenen Bullen auf die Schulter und sagte: „Das reicht aber für heute, Papa."

Der sah sie benebelt an, rutschte vom Hocker und ging widerstandslos mit ihr nach draußen zu dem wartenden Taxi.

Klimpke schlug die Augen auf. Er starrte verständnislos die junge Frau an, die in einem Korbstuhl neben seinem Bett saß.

Perücke, Sonnenbrille und Bärtchen waren in ihrer Tasche verschwunden.

In Klimpkes Augen kehrte die Normalität zurück.

„Nachterstedt, was machst du Schlampe in meiner Wohnung?"

Er versuchte sich aufzurichten.

Als er merkte, dass er sich nicht rühren konnte, trat Panik in seine Augen.

„Mach mich sofort los, sonst ..."

Er verstummte abrupt, als er die Spritze in Leonas Hand sah. Die hatte bei Dagobert gewirkt, und das würde bei diesem miesen Bullen nicht anders sein.

Sie stach ihm die Kanüle in den Oberschenkel.

„Au, du blöde Kuh, was soll das?"

Leona bewegte die Kanüle.

Klimpke gab einen Schmerzensschrei von sich.

„Hör auf damit! Was willst du überhaupt?"

„Das werde ich dir sagen, du mieses Schwein von einem Polizisten. Hör gut zu, denn ich sage es nur einmal. Erstens will ich das Geld zurück, dass du aus meiner Wohnung geklaut hast. Zweitens will ich ein Geständnis, dass du in der Asservatenkammer warst und das Falschgeld dem Hauptkommissar untergeschoben hast, und drittens wirst du gestehen, dass du Straßenkinder an diesen ekelhaften Zuhälter Mirko Müller verkauft hast."

„Bei dir piepts wohl, du Schlampe?"

Klimpke versuchte, sich erneut aufzurichten, aber die Fesselung hielt. „Mach mich sofort los, über das Geld können wir reden."

„Wir? Du wirst reden!"

„Fick dich ins Knie, du Periodengurke!"

Leona öffnete die Flasche mit der Essigessenz und zog die Spritze auf.

Klimpke quollen die Augen aus dem Schädel.

Sie streifte die Latexhandschuhe über.

„Die PIN! Deine EC und den Schließfachschlüssel habe ich bereits!"

„Dich bring ich um, du verdammter Hurenfetzen!"

„Wird nicht ganz leicht sein als Blinder."

„Blinder?"

„Ich werde jetzt das schrumplige Ding zwischen deinen Beinen mit Essig füllen. Wird höllisch wehtun, fault aber relativ schnell ab."

„Das wirst du nicht wagen, du ..."

Leona zog mit spitzen Fingern den schlaffen Penis an der Vorhaut nach oben und setzte die Kanüle an.

Klimpke stieß einen Schrei aus.

Sie klebte ihm den Mund zu.

„Wenn ich mit deinem Zipfel fertig bin, nehme ich mir deinen Augen vor."

Pause.

„Willst du lieber reden?"

Klimpke nickte.

Leona riss das Klebeband von seinem Mund.

Güntzplatz, 3348."

Leona legte die Spritze auf den Nachttisch, streifte die Handschuhe ab und und griff zum Diktaphon.

„Du wirst jetzt folgende Sätze nachsprechen: `Ich habe minderjährige Mädchen zum Zwecke der Prostitution an den Zuhälter Mirko Müller verkauft. Ich bin in der Asservatenkammer gewesen, habe das Falschgeld genommen und Hauptkommissar Asbach untergeschoben`."

„Nie und nimmer werde ich das sagen, du dämliche Kuh!" Er wand sich wie ein Aal an der Angel in seinen Fesseln.

Leona griff wieder zur Spritze. „Wir fangen doch vielleicht besser mit einem Auge an. Das Eiweiß wird durch die scharfe Säure koagulieren und es wird Nacht werden – und zwar für einen der miesesten Polizisten, der je die Reihen der Polizei geschändet hat."

Sie zog sein rechtes Augenlid nach oben und näherte die Kanüle dem Auge.

„Hör auf, ich sag`s."

Leona schaltete das Diktaphon ein.

Als der Text aufgenommen war, schob sie das Gerät in ihre Handtasche. „Bei dem Versuch, mir nachzustellen oder der geringsten Annäherung, gehen Kopien des Bandes an verschiedene Staatsanwaltschaften im Lande. Wird zwar mit größter Wahrscheinlichkeit nicht gerichtsverwertbar sein, aber Untersuchungen werden bestimmt eingeleitet."

Klimpke sah sie hasserfüllt an.

„Mach den Mund auf, du Stück Dreck!" Sie griff das Glas, träufelte einige Tropfen aus der Pipette in das Wasser und hielt es Klimpke an den Mund. Der presste die Lippen fest zusammen. Leona griff erneut die Spritze und näherte sie seinem Auge.

„Mach den Mund auf!"

Klimpke öffnete die Lippen.

„Wirst auf alle Fälle gut schlafen, du Schandfleck."

Leona sah auf ihre Uhr und verließ die Wohnung. Sie würde, sobald die Sparkasse öffnete, das Geld holen, noch einmal zurückkommen, dem Kerl noch eine Portion der Tropfen verabreichen, eine halbe Stunde warten und dann seine Fesseln lösen.

Der Kerl sollte die nächsten Jahren in Angst und Schrecken leben.

Als sie das Haus verließ, atmete sie tief durch.

„Du bist teilweise rehabilitiert, Arnt. Prost! Auf dein Wohl!" Maibach hob sein Bierglas. „Hartmann hat die Fingerabdrücke auf dem Umschlag, in dem das Falschgeld aufbewahrt wurde, prüfen lassen."

„Und?"

„Du hattest Recht. Die haben auf dem Umschlag die Fingerabdrücke Klimpkes gefunden. Da der Kerl aber nie offiziell mit dem Falschgeld in Berührung gekommen sein kann, liegt der Verdacht der Manipulation vor."

„Und?"

„Das Windei wurde nach Leipzig versetzt."

„Super", grinste Asbach, „dort sind solche Typen zur Zeit noch gefragter als hier."

„Wie bist du überhaupt auf Klimpke gekommen?"

„Ein Polizist mit dem Dienstrang in einer Sonderkommission wie der unseren kann nur ein faules Ei sein. Außerdem gibt es Menschen, die einem alternden Bullen wohlgesonnen sind."

„Meintest du Mädchen, als du Menschen sagtest?"

„Nur kein Neid, mein lieber Hannes. Du bist schließlich mit deiner Gertrud gut versorgt."

„Da hast du allerdings recht. Soll dir viele Grüße von Gertrud ausrichten, und du bist heute eingeladen. Gertrud hat gutes Geld mit deinen Börsentipps gemacht."

„Sag ihr viele Grüße von mir und sie soll aufpassen, dass sie rechtzeitig ihre Gewinne realisiert. An der Börse riecht es nach Euphorie, die Optimisten sind in der Überzahl, und das ist kein gutes Zeichen für die Börse."

„Es gibt auch noch andere Zeichen, Arnt, und die sind nicht nur für die Börse gefährlich."

„Red Klartext, Hannes oder schweig, wenn du mit mir sprichst. Was ist los?"

„Die Gerüchteküche brodelt. Das Ding mit dem Falschgeld ist zwar vom Tisch, aber angeblich wollen die dir noch wegen Steuerhinterziehung ans Leder."

„Damit werden sie kein Glück bei mir haben. Es gibt keinen Börsengewinn, den ich nicht versteuert habe – obwohl das zur Zeit die Wenigsten machen. Da es viel zu wenig Steuerfahnder gibt, wird beschissen, was das Zeug hält. Irgendwann soll so etwas wie eine Abgeltungs-oder Kapitalsteuer eingeführt werden. Die soll dann direkt von der Bank an das Finanzamt überwiesen werden.

„Keine schlechte Idee, Arnt."

„Vergiss aber nicht, Hannes, dass wir in Deutschland leben. Wenn da nämlich einer eine Idee hat – selbst wenn es eine gute Idee ist – stehen sofort diejenigen auf, die diese Idee auch hätten haben können, aber nicht hatten. Die finden dann Argumente, die messerscharf beweisen, dass die Idee gegen das Grundgesetz, das Datenschutzgesetz, das Jugend-schutzgesetz, den Artenschutz, den Denkmalschutz und weiß der Teufel, was hier im Lande noch alles geschützt und reglementiert wird, verstoßen."

„Jedenfalls will man um jeden Preis deine Aussage vor Gericht verhindern."

„Dürfte verdammt schwierig werden."

„Die werden vor keiner Lüge zurückschrecken, um dich mundtot zu machen."

„Lassen wir es darauf ankommen, Hannes."

Das braune Kuvert, das in seiner Post lag, trug keinen Absender. Asbach schlitzte es mit einem Messer auf. Das Foto, das er herauszog, zeigte eine Aufnahme Hannas, die an einem Tisch in einem Straßencafé saß, einen Eisbecher vor sich hatte und entspannt ihre Umgebung musterte.

Hinter ihr, mehr ein Schatten als eine reale Gestalt, stand ein Mann mit Sonnenbrille. Die Mündung des Revolvers in seiner Hand zeigte auf Hannas Hinterkopf.

Fotomontage.

Es war die erste direkte Warnung.

Wenn er aussagte, dann ...

Er knirschte mit den Zähnen.

Es gab zwei Möglichkeiten für ihn.

Die erste hieß Zeugenverweigerungsrecht.

Schied aus!

Die zweite Möglichkeit war, Hanna aus der Schusslinie zu bringen.

Hanna musste sofort aus Hamburg verschwinden.

Auf jeden Fall, bis der Prozess vorbei sein würde.

Also fahr nach Hamburg.

Wenn du das machst, Herr Volltrottel, legst du eine Spur, der selbst ein blinder, gehörloser Dackel mit Nasensyphilis problemlos folgen kann.

Leona.

Wäre allerdings eine ziemliche Zumutung. Asbach hatte längst bemerkt, dass die junge Frau mehr als freundschaftliche Gefühle für ihn empfand.

Er verließ das Hotel.

Leona wohnte seit einigen Wochen in einer Atelierwohnung auf dem Bischofsweg. Er ging zu Fuß vom Hotel die Alaunstraße Richtung Alaunplatz hoch. Was für ein Glück, dass die Wende schneller kam, als die Genossen der Plattenbauweise die Neustadt schleifen konnten.

Asbach stieg die Treppen bis zur obersten Etage hoch und klingelte.

Ein tiefes, rauhes Hundegebell war die Antwort, dann öffnete sich die Tür. Neben Leona stand ein unglaublich großer Leonberger.

„Bist du auf den Hund gekommen, Leona?"

„Hab ihn aus dem Tierheim geholt, weil er dem Herrn Hauptkommissar so sehr ähnelt", grinste Leona.

„Ich denke, wir sollten beim Du bleiben, Mädchen."

„Komm rein. Und du gehst zur Seite Mäuschen, wenn hoher Besuch kommt."

Asbach betrat den großen Raum und blieb wie angewurzelt vor der Staffelei stehen.

Aus einer düsteren Teufelsfratze leuchteten ihm zwei helle Eisaugen entgegen, die er sofort erkannte.

Klimpke!

„Deine Tage in Freiheit sind hoffentlich gezählt", murmelte Asbach.

Kowalski hatte Papiere gekauft, die aus dem Schreibtisch eines Journalisten auf seltsame Weise verschwunden und bei Kowlski gelandet waren. Sie enthielten, so Kowalski, Informationen, aus denen die Verflechtung zwischen dem Baumagnaten Steigenberger, diesem Klimpke und hochrangigen Persönlichkeiten des öffentlichen Lebens hervorgingen.

„Hat es dem Herrn Hauptkommissar ob der hier arbeitenden, genialen Künstlerin die Sprache verschlagen, oder sind seine Stimmbänder durch hochsteigende Galle verätzt worden?"

„Nur schade, dass wir das Geständnis dieses Lumpen nicht vor Gericht nutzen können, Leona. Aber die Tage dieser Schmeißfliege sind gezählt."

„Gibt es vielleicht auch erfreuliche Dinge, die den Herrn Hauptkommissar in das bescheidene Atelier einer hochbegabten Malerin geführt haben?"

„Wenn diese hochbegabte Künstlerin noch einmal das Wort Hauptkommissar in den Mund nehmen sollte, lege ich die Dame übers Knie."

„Dem Herrn Hauptkommissar so nah – das könnte ein sehr reizender Abend werden."

„Das reicht aber jetzt, Leona. Kann man mit dir ausnahmsweise auch mal vernünftig reden?"

„Ich höre, Arnt. Aber bevor du etwas sagst, sage ich dir was. Anja wird aussagen! Und nun nimm endlich Platz!"

Leona beugte sich zu dem Hund herunter und sagte: „Mäuschen, das ist der Mann meiner Träume, sei nett zu ihm, auch wenn er sich jetzt auf deinen Platz setzt."

Sie sah Asbach an. „Möchtest du was trinken?"

„Einen Wodka auf den Mut dieser Anja vielleicht?"
Leona nahm aus dem Kühlschrank eine Flasche Moskovskaya und goss ein.

„Vermutest du Querelen, Arnt?"

„Vermuten? Ich bin sicher, dass diesen Leuten jedes Mittel recht sein wird, die Aussagen der Zeugen als böswillige Verleumdung darzustellen und Gegenklagen einzureichen."

„Anjas Vater ist bereits seinen Job bei der Bank los."

„Ich dachte, der wäre Abteilungsleiter?"

„War, Arnt. Ihm wurde das Angebot gemacht, Filialleiter einer großen Bank in Leipzig zu werden."

„Wenn?"

„Wenn Anja plötzlich Gehirnschwindsucht bekäme. Er müsse schließlich an das Renommee der Bank denken."

„Der Mann hat abgelehnt?"

„Hat er. Anja wird unter allen Umständen aussagen, und ich ebenfalls.."

„Sind wir ja schon drei."

Asbach schob die Hand unter den Tisch und kraulte den riesigen Kopf des Leonbergers. Der Hund gab Laute des Wohlbehagens von sich, die sich anhörten wie leises Donnergrollen.

„Mäuschen ist ein sehr zutreffender Name für das süße Hündchen", lachte Asbach.

„Ich liebe die Extreme, aber es könnte nicht schaden, wenn du mir den eigentlichen Grund deines Besuches verraten würdest."

Durchschaut.

„Du könntest mir einen großen Gefallen tun,

Leona."

„Jederzeit und an jedem Ort, der dir gefällt."

„Ist kein Spaß, Mädchen, das könnte gefährlich werden."

"Sag schon!"

„Würdest du für mich nach Hamburg fahren?"

„Mit dir?"

„Für mich!"

„Gibt`s dort eine Leiche mit durchgeschnittener Kehle?"

„Dort gibt es eine Journalistin ..."

„Deine Freundin?" Der Glanz in Leonas Augen erlosch.

„Wenn ich aussage, besteht Lebensgefahr für sie."

Dann sag schnell aus, dachte Leona für Sekunden.

„Soll ich mit ihr verreisen?"

„Nein, du sollst sie nur dazu bringen, dass sie für einige Wochen, zum Beispiel, auf die Seychellen fliegt."

Leona sah Asbach an. „Du verlangst ziemlich viel von mir, Arnt."

„Ich weiß."

„Dafür solltest du mich aber wenigstens einmal küssen."

Leona zog seinen Kopf zu sich heran, küsste ihn auf den Mund und schob seine Hand unter ihr Top. Sie trug keinen BH. Asbach umfasste mit einem wohligen Erschauern ihre warme, feste Brust und berührte die Brustwarze. Ihre Haut fühlte sich heiß an.

Der Hund zu seinen Füßen bewegte sich und holte

Asbach zurück.

Er nahm seine Hand von Leonas Brust und schob sie sanft von sich. Die maßlose Enttäuschung, die er bei ihr wahrnahm, tat ihm in der Seele weh.

„Es geht nicht, Mädchen."

„Du liebst mich kein bisschen?"

„Im Gegenteil, Leona, ich mag dich sehr, und gerade deshalb will ich das nicht. Männer in meinem Beruf bleiben besser allein."

Er sah den feuchten Schimmer in ihren Augen.

„Hab schon einmal eine Frau schwer enttäuscht."

„Du würdest mich nie enttäuschen, Arnt, denn ich würde niemals Forderungen stellen."

„Doch, das würdest du, irgendwann macht jede Frau, die liebt, ihre Ansprüche geltend."

„Du liebst diese Journalistin?"

Und genau das war es, was er nicht wusste.

Was er wusste, war, dass er für ihr Leben verantwortlich war.

„Warum komme ich bloß immer zu spät", seufzte Leona?

„Fährst du?"

„Ich fahre, aber nur dir zuliebe."

Das schrille Läuten des Telefons riss Asbach aus dem ersten Schlaf.

Er sah auf die Uhr. Kurz nach zwölf.

„Arnt, ich bin es, Eric. Hier bei am Tresen steht ein höchst aufgeregter Herr, der dich um jeden Preis sprechen muss."

„Wer, verdammt ..."

„Ich bin ´s, Arnt, Kowalski!"

„Komm rauf, Dietmar."

Asbach rollte sich aus dem Bett, zog den Bademantel über und öffnet die Tür.

„Es ist was schreckliches ..."

„Komm erst mal rein!"

Asbach trat zur Seite und wies auf die Sesselecke.

„Was ist passiert?"

„Maria, meine Tochter, ist entführt worden."

„Wann?"

„Sie ist heute Morgen zur Schule gefahren und nicht mehr nach Haus gekommen."

„Hast du ihre Freundinnen angerufen. Ist doch Mode geworden, dass die Kinder fremd übernachten."

„Hab ich", stöhnte Kowalski, aber nur bis der Anruf kam."

„Was für ein Anruf?"

„Ein Anruf mit verzerrter Stimme."

„Erpressung?"

„Allerdings. Sollte ich meine Tochter gesund und nicht verkrüppelt wiedersehen wollen, würde ich gut daran tun, gewisse Akten einer bestimmten Person zu einem bestimmten Zeitpunkt zu übergeben. Sollte ich Kopien anfertigen und davon je Gebrauch machen, würde man meine beiden Kinder ...“

Kowalski versagte die Stimme.

„Verdammt“, stieß Asbach hervor.

„Ein so hübsches, junges Mädchen und blind, da sei Gott vor, hat das Schwein gesagt. Wenn ich den Kerl vor mir gehabt hätte, wäre ich zum Mörder geworden, Arnt.“

„Die Akten, die sich auf diesen Steigenberger und seinen Clan beziehen?“

„Ja.“

„Die Kerle werden für alles büßen, das verspreche ich dir. Aber im Moment sitzen die am längeren Hebel. Die Gesundheit deiner Tochter hat Vorrang. Du wirst die Papiere übergeben. Allein dieser Klimpke hat so viel Dreck am Stecken, dass es nur eine Frage der Zeit ist, bis wir den erwischen.“

„Dann hat, hoffe ich, Arnt, auch dieser Steigenberger sein letztes krummes Ding gedreht. Egal, wo du hinstichst, du triffst immer auf das Duo Klimpke-Steigenberger.“

„Und den Schutzschirm für die Machenschaften der zwei Ganoven halten Leute, die ganz weit oben sitzen, so weit oben, dass sie glauben, zwischen ihnen und dem Himmel gäbe es keine Instanz mehr, die jemals Rechenschaft von ihnen verlangen könnte.“

„Bis auf einen unbestechlichen Hauptkommissar und einen Privatdetektiv."

„Auf alle Fälle werden drei Personen vor Gericht aussagen, obwohl dieser Kinderschänderring nichts unversucht lassen wird, diese Aussagen zu verhindern."

„Wenn`s schief geht, Arnt, steigst du bei mir ein."

Der Schlag saß.

Tiefschlag mit Präzision ausgeführt.

Wenn Leona ihm nicht die Fotos auf den Tisch gelegt hätte, wäre er von einem üblen Ränkespiel aus Eifersucht ausgegangen.

Hanna Arm in Arm und ganz vertraut mit diesem Fischer auf den Landungsbrücken in Hamburg. Mit diesem Heuschreck von der hiesigen Staatsanwaltschaft.

Nicht zu fassen!

„Wie bist du auf die Idee gekommen, dass Hanna mit gezinkten Karten spielt, Leona?"

„Hab deine Journalistin in Hamburg zwei Tage beschattet. Der Hauptgrund war wahrscheinlich meine Eifersucht – ich gebe es zu. Dazu kam aber noch ein nicht ganz unbegründetes Misstrauen."

„Wieso Misstrauen?"

„Hab euch vor einiger Zeit auf der Hauptstraße gesehen und heimlich fotografiert. Dann hat der Zufall den Rest besorgt. Eine Freundin von mir hat sie auf dem Foto erkannt. Deine Journalistin ist während ihrer Studienzeit in eine sehr dubiose Sache an der Uni verwickelt gewesen. Es gab da eine Gruppe, die anlässlich des Staatsbesuches eines ranghohen bundesdeutschen Politikers in Ostberlin eine Aktion geplant hatte. Die Aktion flog auf und die beteiligten Studenten wurden exmatrikuliert."

„Und?"

„Deine Journalistin durfte als Einzige weiter studieren – in Leipzig."

Die Sünden der Vergangenheit holen jeden irgendwann ein, dachte Asbach. Dann blitzte ein Gedanke in seinem Kopf auf.

Dieser mysteriöse Unfall auf der Waisenhausstraße war als Verkehrsunfall mit Fahrerflucht zu den Akten gelegt worden. Hatte Hanna da versucht, über ihn Leute auszuschalten, die sie manipulieren konnten? Und irgendwas war schiefgelaufen?

Wenn Sie jetzt wieder die Seiten gewechselt hatte, stand es wahrscheinlich schlecht um den anstehenden Prozess und um ihn. Wer weiß, was der Steigenbergerklüngel wieder ausgeheckt hatte?

„Ich werde trotz aller Querelen aussagen, Arnt, und Anja ebenfalls."

„Dann macht euch auf einen Spießrutenlauf gefasst. Die werden in eurer Vergangenheit wühlen bis zu den Exkrementen in euren Windeln, ihr werdet mit Verleumdungsklagen überzogen werden, die euch zu kriminellen, drogensüchtigen Prostituierten abstempeln werden."

Leona sah Asbach kampflustig an und sagte: „Aber wir können auch gewinnen – schließlich leben wir in einem Rechtsstaat."

„Rechtsstaat", meine liebe Leona, „bedeutet, dass die Ausübung staatlicher Macht nur auf der Grundlage der Verfassung und von formell und materiell verfassungsmäßig erlassenen Gesetzen mit dem

Ziel ..."

„Das reicht, Arnt, eine Übersetzung in eine verständliche Sprache wäre mir lieber."

„Der Rechtsstaat hat die Aufgabe, die Menschenwürde, Freiheit, Gerechtigkeit und Rechtssicherheit des Individuums zu sichern."

„Na also, Gerechtigkeit, was willst du mehr?"

„`Vor Gericht und auf hoher See sind wir in Gottes Hand`, sagt man."

„Hat Gott sich jemals geirrt?" Leona sah Asbach schief grinsend an.

„Für Gerechtigkeit hienieden sorgen aber nicht Gott, sondern die Gerichte, und die Rechtsprechung obliegt dem Richter."

„Und Richter sind Menschen," ergänzte Leona.

„Und Menschen machen Fehler, meine Liebe."

„Also machen auch Richter Fehler, willst du damit sagen."

„Wovon du ausgehen kannst. Schätzungen sprechen von 10 bis 25 Prozent an Fehlurteilen. Was nicht verwunderlich ist, da der Richter die Ermittlungsakte meistens vor der Hauptverhandlung gelesen hat. Da die Polizei sehr oft von einer Verdachtshypothese ausgeht, eignet sich der Richter unbewusst die Sicht der Ermittlungsbehörde an."

„Klingt nicht so recht optimistisch für unseren Prozess."

„Dazu kommt, dass Zeugen vor Gericht mitunter schamlos lügen, die Polizei bei Kapitalverbrechen unter Druck von Seiten der Medien und der öffentlichen Meinung steht und diesen Druck oft an den Angeklagten weitergibt."

„Der dann aus einem Zufriedenstellungsbedürfnis heraus die Tat gesteht?"

„Die er dann, wenn er wieder Herr seiner Sinne ist, widerruft."

„Womit die Sache dann erledigte wäre, Arnt?"

„Leider nein, Leona. Ein schönes, sauberes Geständnis gefällt natürlich dem Richter. Also warum die Kacke noch einmal umrühren? Zwei Jahre, drei Monate und ab in die Zelle."

„Du übertreibst, Arnt."

„Ich wollte, es wäre so. Du kannst dem Richter nicht einmal Bequemlichkeit oder gar Böswilligkeit vorwerfen. Allzu oft wird bei den Vernehmungen nicht ganz sauber protokolliert, sodass dem Richter nur ein Gedächtnisprotokoll vorliegt. Dazu kommt die geheiligte Unverletzlichkeit des Richters und eine Rechtsprechung, die allzu oft mit dem politischen System konform geht."

„Ich denke, du übertreibst schon wieder, Arnt."

„Leider ist dem nicht so, es kam und es kommt immer wieder zu gravierenden Fehlurteilen.
1958 bekam Maria Rohrbach lebenslang Zuchthaus wegen Mordes an ihrem Ehegatten. 1961 Freispruch.
Otto Becker erhielt im Mordfall Carmen Kampen 12 Jahre. Freispruch 1976.
Michael Mager wurde wegen Mordes an einer Rentnerin verurteilt, und erst Jahre später freigesprochen.
Oder der Wormser Prozess.
25 Angeklagte saßen wegen Kindesmissbrauch un-

schuldig in U-Haft.

Auch ..."

„Das reicht, Arnt! Wenn durch unsere Aussagen einige Leute hinter Gitter kommen sollten, bin ich sicher, dass es keine Unschuldigen trifft."

Leona sah den Hauptkommissar an. „Und jetzt küsst du mich!" Sie zog seinen Kopf zu sich heran.

Wenige Tage vor Prozessbeginn gegen die Freier des Kinderbordells wurde Hauptkommissar Asbach wegen Mordverdachts an einer Hamburger Domina verhaftet. Seine Aussage gegen hochrangige Personen aus Politik, Justiz und Wirtschaft war damit für den Prozess nicht mehr relevant.

Nachträgliche Untersuchungen der vor Ort gesicherten Spuren aus der Wohnung der Ermordeten wiesen auf eine Beteiligung Asbachs hin – so die Meinung der Staatsanwaltschaft.

Gegen die Zeuginnen Anja Reimann und Leona Nachterstedt wurden nach ihrer Aussage vor Gericht Verleumdungsklagen eingereicht. Gleichzeitig wurden Verfahren gegen die beiden jungen Frauen wegen Drogenhandels eingeleitet.

Zwei junge Männer aus dem Kosovo, die kurz vor ihrer Abschiebung aus Deutschland standen und sich ihren Lebensunterhalt mit Drogengeschäften verdienten, hatten die jungen Frauen bei einer Gegenüberstellung als Drogenlieferanten identifiziert.

Der Zuhälter Mirko Müller wurde zu drei Jahren und vier Monaten Haft verurteilt. Er hatte während der Verhandlung keine Namen der Stammkunden seines Kinderbordells preisgegeben.

Bei einem späteren Treffen des Richters, der das

Urteil gegen den Zuhälter gefällt hatte, mit dem Chef des Baukonzerns ST&T Markus Steigenberger, sagte der Richter: „Dieses Urteil war an der Grenze des Machbaren. Wäre ich darunter geblieben, hätte das Zweifel an der Integrität des Richterstandes ausgelöst."

Der Richter ging nach einem knappen Jahr mit einer gute Pension in den Ruhestand.

Drei weitere, von den jungen Frauen als Freier identifizierte Personen des gehobenen Dienstes, wurden befördert, und, da dringender Bedarf an hochqualifizierten Juristen in anderen Bundesländern bestand, versetzt.

Alle Beschuldigten reichten Verleumdungsklagen ein.

Hauptkommissar Asbach wurde nach dem Ende des Prozesses aus der U-Haft entlassen. Die genauere Prüfung der Verdachtsmomente gegen den Hauptkommissar erwiesen sich als nicht stichhaltig.

Seine Suspendierung vom Dienst wurde nicht aufgehoben.

Er wurde Mitinhaber der Detektei Kowalski & Asbach, stellte sich für die Öffentlichkeit tot und verfolgte insgeheim die immer übleren Machenschaften der Baugesellschaft ST&T.

Auf dem Schreibtisch Asbachs fand Maibach ein abgerissenes Kalenderblatt.

Beißt dich ein Hund und du beißt ihn nicht zurück,
so denkt er, du habest keine Zähne.